Los cuentos que cuentan

Edición a cargo de
Juan Antonio Masoliver Ródenas
Fernando Valls

Los cuentos que cuentan

EDITORIAL ANAGRAMA
BARCELONA

Portada:
Julio Vivas
Ilustración: «School of Balthus», George Deem, 1993

© Para esta edición, EDITORIAL ANAGRAMA, S.A., 1998
Pedró de la Creu, 58
08034 Barcelona

ISBN: 84-339-1080-9
Depósito Legal: B. 37796-1998

Printed in Spain

Liberduplex, S.L., Constitució, 19, 08014 Barcelona

Para Juan Ramón Masoliver y Sergio Beser,
lectores y amigos ejemplares

Prólogo

LA CONTINUIDAD DEL CUENTO:
ENTRE LA DISCIPLINA Y LA LIBERTAD

Si en 1993, o sea, ayer mismo, parecía que estaba produciéndose un renacimiento del cuento en España, y buena prueba de ello era la importante obra de Juan Eduardo Zúñiga, Javier Tomeo, Álvaro Pombo, José María Merino, Luis Mateo Díez, Cristina Fernández Cubas, Juan José Millás, Enrique Vila-Matas, Javier Marías y Antonio Muñoz Molina (y la nómina incluye a propósito autores de muy distinta edad e inclinaciones estéticas), unos pocos años después puede constatarse ya –y ése es uno de los propósitos de esta antología– que se ha dado un relevo más, con la calidad literaria suficiente como para señalar que existe una continuidad en la tradición cuentística española.

Quizá por ello sea el momento de olvidar afirmaciones como que entre una generación y otra de cuentistas españoles tenía que producirse ¿inevitablemente? un vacío, como solía ser habitual y ocurrió entre la aparición de la obra de Ignacio Aldecoa, Ana María Matute, Juan Benet y Jesús Fernández Santos, por sólo apuntar unos nombres significativos, y la de aquellos autores citados que llegan al género entrados los años setenta. Espero no equivocarme demasiado si señalo que los componentes de esta última hornada, la que aparece a finales de los ochenta y comienzos de los noventa, en la que Antonio Soler y Luis Magrinyà podrían aparecer como cabezas de fila, están a la altura de sus predecesores.

11

A diferencia de la novela, que suele desenvolverse en su entorno con una cierta naturalidad, y de los libros de poesía y teatro, que siempre han gozado de una mala salud de hierro, el cuento necesita unas peculiares condiciones para poder subsistir y desarrollarse. Sin un mercado editorial dinámico, plural y activo, que busque nuevos resquicios en la creación, una prensa (diarios y revistas) que fomente el encargo y que esté dispuesta a darles cobijo, unos lectores interesados en el género, una rica y variada tradición a la que acogerse y una crítica exigente (periodística y académica) que lo apoye, quizá no hubiera sido tan sencillo que tantos autores como hoy lo hacen apostaran por el cuento o que muchos de estos libros hubieran visto la luz.

A las editoriales que tradicionalmente han apoyado el relato, como Alfaguara, Tusquets y Anagrama, se suman ahora otras más jóvenes y, por qué no decirlo, más modestas, como Debate, Pre-Textos, Aguaclara, Valdemar, Lengua de Trapo..., lo que no ha impedido, cuando lo aconsejaba el indudable interés literario, que apostaran por un tipo de libros que mucho me temo que tienen una salida comercial más complicada. En suma, el cuento disfruta hoy de unos canales de difusión de los que nunca había dispuesto. El éxito comercial de algunas antologías recientes (pienso en las de Ángeles Encinar y Anthony Percival, eds., *Cuento español contemporáneo*, Cátedra, 1993; Ángeles Encinar, ed., *Cuentos de este siglo: 30 narradoras españolas contemporáneas*, Lumen, 1995; Laura Freixas, ed., *Madres e hijas*, Anagrama, 1996, y en la mía, *Son cuentos. Antología del relato breve español, 1975-1993*, Espasa-Calpe, 1993), dirigidas no sólo al público lector sino al mercado escolar, me hace pensar que en estos tiempos de prisas e impaciencia, el cuento es un género especialmente útil para la tradicional disección académica y, lo que es mucho más sugestivo, para captar lectores.

Como la poesía, con la que tanto parentesco tiene, el cuento, el relato, aparece hoy ante el escritor como el territorio por excelencia de la disciplina y la libertad. Lo que para el editor podría ser un inconveniente (¿quién que tenga algún trato con editores no les ha oído decir que los libros de cuentos no se venden?), le proporciona al autor una inmensa libertad. Al sentirse al margen de las presiones del mercado (editores, agentes y gacetilleros varios), que tanta mella está haciendo en los novelistas, puede convertir su creación en un ámbito de tanteo, de experimentación.

Si algo caracteriza al cuento español actual es la variedad de registros e intenciones, la libertad con que cada autor utiliza el estilo, los temas y la estructura. Microrrelato, cuento, narración, fábula, relato y *nouvelle*, conviven como ricas posibilidades a las que acogerse. A los relatos orales, que tanta presencia tuvieron en la literatura de los años setenta y ochenta, se les han superpuesto las reelaboraciones literarias. Y quizá todo ello sea debido a que, como lectores, nunca como en este momento habíamos tenido a nuestro alcance, incluso en traducciones fiables cuando no se conoce la lengua original, la tradición universal del cuento literario moderno, de Poe a Cortázar, pasando por Maupassant, Clarín, Chéjov, Joyce, Hemingway, Carson McCullers, Rulfo, Borges y Carver. Así, el autor que se inicia en el género tiene a su disposición, para poder servirse a su gusto, no sólo a los maestros citados sino una rica y variada tradición en su propia lengua. Y no quiero olvidar a dos grandes autores catalanes, Mercè Rodoreda y Pere Calders, que podrían añadirse a la lista anterior. Leyendo los cuentos que hemos seleccionado se aprecia el conocimiento y la libre utilización de unos recursos literarios que sus predecesores no tuvieron tan a mano. Así, han asumido la técnica y el encanto propio del relato oral, aunque esta modalidad ya no pese tanto como en los años anteriores. La dimensión crítica de lo fantástico y su presencia entre la cruda realidad sigue teniendo plena vigencia. Se ha vuelto a cultivar el realismo, aunque ahora se disfraza de sucio o grotesco. Si ya nadie sensato lo considera un «género menor», e incluso algunos de los autores que hemos escogido han salido a la palestra con un libro de cuentos, otros son únicamente cuentistas, y empieza a ser raro dejar que la eficacia del cuento consista únicamente en un final

13

sorprendente, un efecto que no es –según Bioy Casares– más que una prueba de pobreza.

A la vista de las *poéticas* (nos ha parecido que esa práctica, más o menos habitual en las antologías de poesía, es una costumbre muy ilustrativa para lectores y estudiosos que merecía la pena tomar prestada) puede deducirse que muchos de estos autores aspiran sobre todo a *contar*, entre otras razones porque tuvieron su primera escuela en los relatos orales. Pero lograr mantener la *tensión interna* aparece ahora como la aspiración principal.

Mercedes Abad vincula al cuento con la poesía (por su intensidad y por la libertad de su lenguaje) y con la novela (porque también utiliza personajes para urdir historias) y apela a dos grandes maestros del género: Maupassant y Cortázar. Sin la naturalidad de la voz que cuenta, sin un desenlace inesperado, no hay cuento, pues éste es un género que como ningún otro exige la perfección, apunta Fernando Aramburu. Juan Bonilla ha escogido como poética unas frases del escritor argentino Fogwill, en las que se defiende el contar como una manera de pensar, de construirse un mundo propio, de «no ser escrito» por otros. Gonzalo Calcedo cree que los cuentos adquieren pleno sentido en un libro y sólo en la revelación su verdadero significado. Javier Cercas, como Cortázar, se muestra partidario de la esfericidad, del final cerrado, de esos cuentos que relatan varias historias a la vez, de la escritura como vía para descubrir lo que se ignora. Si al estilo llano, ritmo ágil, título enigmático y concentración de elementos, le añadimos una dosis adecuada de interferencias entre sueño y realidad, la presencia de la ironía y una leve intencionalidad social o moral, siempre al servicio de los «fantasmas del deseo», tendremos los ingredientes habituales de los relatos de Luis García Jambrina. Marcos Giralt Torrente reivindica un tipo de cuento con final abierto, que oculte más de lo que diga y que logre transmitir la complejidad del mundo. Para Mariano Gistaín su «CuenTaCuentos», su «cuento ideal», debe ser «máxima elipsis» y «síntesis total». Concibe los relatos José Ángel González Sainz, sean cuentos o novelas, como un medio para ordenar el caos de la realidad o para trastocar un mun-

14

do y unos lenguajes impuestos, para lo cual se replantea las contradicciones con el fin de intentar conseguir un desvelamiento del sentido, que siempre acaba escurriéndosenos entre las manos, como ocurre en autores como –son algunos de sus preferidos– Gógol, Kafka y Jiménez Lozano. Por una literatura que cree vida con las palabras justas, es la apuesta de Josan Hatero. Luis Magrinyà, que ha reescrito –con más o menos consciencia– algunos cuentos tradicionales, utiliza una dimensión distinta, la de la *nouvelle*, que le permite una mayor *complicación* para señalar los efectos que el amor, o el terror, producen en las gentes. Isabel del Río, apelando a *Las mil y una noches*, aspira en sus cuentos no a ofrecer respuestas ni a plantear preguntas sino a posponer el desenlace. José Ovejero ha apostado por la variedad, por las posibilidades de cambios continuos, por la ubicuidad que le permite el género. Juan Manuel de Prada pretende, con una poética antirrealista, subvertir las leyes de la realidad, de aquello que suele llamarse normalidad. Antonio Soler concibe su obra narrativa como un todo en el que sus novelas y relatos, término que prefiere al de cuento (pues, por «estructura, intención y duración» se siente más cerca de la novela corta), no son más que fragmentos de una narración de cuerpo mayor, que se alimenta, en igual medida, de sueños y de sucesos reales. Pedro Sorela cuenta *historias fulminantes*, visiones, que suelen ser relatos de viajes. Manuel Talens se sirve de la farsa, de lo grotesco, como contrapunto de la historia oficial; e incluso parodia los argumentos que utilizaban los manuales escolares del franquismo. Eloy Tizón, que se remite a Chéjov, apuesta por un cuento inagotable cuyo auténtico paladar estriba en que sabe a poco y en el que –puesto que *menos es más*– sólo se admite la plenitud. Pedro Ugarte considera el cuento no sólo un género mayor e incombustible sino también «el que mejor refleja, interna y externamente, nuestro tiempo y nuestros problemas». Para Ignacio Vidal-Folch todo el desarrollo del cuento debe tener la intensidad y espectacularidad de la apoteosis de un *strip-tease*. Y Roger Wolfe, que cita entre sus autores favoritos a Chéjov y Hemingway, defiende unos cuentos que sean instantáneas de vida, en los que el arranque y el remate final deben completarse con una tensión sostenida.

Aviso para navegantes

No hemos pretendido hacer ni una antología de escritores jóvenes, ni de nuevos narradores, ni de ninguna otra zarandaja semejante. Entre otras razones porque creemos poco en unos marbetes que tienen más que ver con la inmediatez de lo periodístico que con lo literario, ámbito en el que hemos querido desarrollar nuestro trabajo. Nuestro propósito principal ha sido llamar la atención sobre autores de edades muy distintas (entre Josan Hatero y Juan Manuel de Prada, que nacieron en 1970, y Manuel Talens que lo hizo en 1948) que hayan publicado al menos un libro de cuentos con piezas de interés. Pero como siempre he creído que los criterios antológicos hay que interpretarlos, si hubiéramos encontrado a algún autor imprescindible para explicar el desarrollo del género, también lo habríamos incluido, aunque ni siquiera tuviera un libro. No ha sido así. Es bien sabido que toda antología es una apuesta por unos autores. Cuando es de cuentos, hay que decantarse por unas piezas que a menudo adquieren pleno sentido en el conjunto del volumen del que a menudo forman parte. El caso de Luis Magrinyà (véase su poética) es especialmente sintomático al respecto. Si encima, como ocurre en esta ocasión, el apoyo se lo proporcionamos a unos autores que están –más o menos– empezando su trayectoria literaria, las posibilidades de equivocarse son infinitas. Pero así es el juego y ése el riesgo, y ni que decir tiene que su mayor atractivo.

Como hay profesionales del escarbar en el plato en busca del condimento que no aparece, no está de más aclarar que hemos decidido no incluir en esta antología a aquellos autores que ya han tenido un merecido reconocimiento como cuentistas en trabajos críticos universitarios o en otras antologías significativas, como las ya citadas, o la de Juan Antonio Masoliver, ed., *The Origins of Desire. Modern Spanish Short Stories*, Londres, 1993. Pienso, al respecto, en Juan Miñana, Agustín Cerezales o en Martínez de Pisón, por ejemplo. Hay otros escritores que podrían haberse incluido, pero la obtención de galardones tan importantes como son los premios nacionales, aunque haya sido por obras en otros géneros (pienso en Gustavo Martín Garzo y en Felipe Benítez Reyes), o su reconocimiento casi unánime por la crítica y el público (Almudena Grandes), nos ha hecho pensar –al no ser ésta una antología generacional– que no era el lugar adecuado para recoger su interesante obra. Un caso distinto es el de autores como Belén Gopegui, con una obra significativa como novelista, pero que no ha publicado ningún libro de cuentos y sólo ha cultivado el género ocasionalmente.

Dadas las peculiaridades de este volumen, en estos últimos años hemos realizado un cierto trabajo de búsqueda. Teníamos la sospecha, ahora estamos casi seguros que infundada, de que en alguna remota editorial de provincias, o en alguna de esas colecciones institucionales que duermen el sueño de los justos en un húmedo almacén, podría hallarse algún autor desconocido, de interés, que no hubiera podido acceder a las casas editoras que tienen una distribución racional. Hemos leído infinidad de libros que autores y editores nos han enviado con una generosidad y paciencia que quiero agradecer desde aquí. La conclusión a la que hemos llegado es que esas editoriales citadas, y otras similares que tienen una «distribución normal», hacen de adecuado filtro y entre todas suelen publicar todo lo que les llega de algún interés. E incluso, con más frecuencia de la que dicta el sentido común, con excesiva generosidad y benevolencia en sus criterios.

Si recorriendo las páginas de este volumen se hacen una cierta idea de cómo escriben los miembros de la última hornada de cuentistas españoles, y si –por añadidura– los relatos que recogemos incitan a algún curioso lector a la búsqueda de sus libros, habremos cumplido nuestro doble objetivo. Pero si, además, logramos contagiarles la pasión por el género es que la miel va sobre hojuelas.

FERNANDO VALLS

17

Mercedes Abad

Sueldo de marido

Tendrán que disculparme, pero que me aspen si sé cuáles son las leyes que gobiernan el cuento. Ante un fiscal, admitiría sin incurrir en perjurio que dispongo de dos o tres sospechas más o menos fundadas y de un par de impresiones de viaje que han logrado mantenerse a flote en medio de un océano de dudas. Pero me temo que esta munición más bien escasa no me permite atacar una teoría del género capaz de regocijar a futuros estudiosos.

Sin embargo, y pese a sospechar que sus leyes no son distintas de las de la novela y la poesía, creo que el relato breve discurre por un territorio que le es propio.

De la poesía bebe su intensidad, su mordiente, el grado máximo de libertad del lenguaje, la necesidad de alcanzar la máxima expresividad en la distancia más corta y esa «alta presión espiritual y formal» a la que alude Cortázar, sin lugar a dudas uno de los grandes campeones del cuento. Pero también bebe de la novela en cuanto que urde historias, por mínimas que sean, y construye personajes, por mucho que el género breve exija que éstos sean retratados en un par de pinceladas, con la mayor economía de medios posible (de hecho, cuando describo un personaje siempre tengo en mente un par de líneas escalofriantes de Maupassant, otro maestro del género breve: «Cuando no estaba presente, nunca se hablaba de ella, jamás se pensaba en ella»; después de semejante trallazo, ¿qué le añadiría a nuestra idea del personaje decir que era rubia o morena, gorda o flaca, que le chiflaban las lentejas estofadas con chorizo o que prefería el apio crudo?). Sospecho que estas líneas de Maupassant, con su precisa artillería, dan más de lleno en el blanco que todas las balbuceantes teorías disponibles en torno al cuento. Una novela se propone dar la vuelta a un mundo; un cuento, en cambio, nos ofrece sólo un fragmento de vida; si además de conocer las leyes de la poesía y de la novela, el cuentista tiene dotes de artillero y calcula bien la dosis de dinamita, conseguirá que su artefacto narrativo actúe *(Cortázar* dixit*) «como una explosión que abre de par en par a una realidad más amplia».*

No sé si todas esas sospechas me autorizan a decir que tal vez la grandeza del género breve consiste en que a través de historias aparentemente insignificantes y hasta a veces deliberadamente triviales, el cuento es un magnífico lugar desde el que observar la conducta humana en su insignificancia y su grandeza.

SUELDO DE MARIDO

Lánguidamente recostado en su diván favorito y literalmente sepultado bajo un montón de periódicos y libros que no tenía intención alguna de leer, Arturo Sostres era la viva estampa del hombre mortalmente aburrido. Aquella mañana las manecillas del reloj parecían especialmente interesadas en fastidiarlo. Y no sólo las malditas manecillas, sino también la lluvia desganada e intermitente y los criados, que lo exasperaban con su incesante trajín y con su eterna e inconmovible esperanza de recibir órdenes, cosa harto improbable dada la energía que requiere hasta el más primario de los deseos. Arturo juzgaba que sus criados eran infinitamente más afortunados que él; los envidiaba –o simplemente fingía hacerlo– porque ningún acto de voluntad era imprescindible en sus vidas: sus gestos y acciones estaban sujetos a órdenes precisas procedentes del exterior. Mil y una veces había fantaseado con la posibilidad de regalarles la inmensa fortuna que lo constreñía a una vida ociosa, vacía de objetivos y de esfuerzos, vacía de acontecimientos extraordinarios que vinieran a turbar la monotonía, una vida, en suma, que había apagado su curiosidad, antaño vigorosa, y que había reblandecido su cerebro y su voluntad, permitiendo de ese modo que la indolencia se apoderase de él. Sus frecuentes bostezos y suspiros, que no carecían de sentido del ritmo, hacían las veces de signos de puntuación de sus interminables lamentaciones.

(Llegados a este punto, es posible que alguien haya pensado que, dado el lamentable estado en que se halla –vacío de toda preocupación intelectual, inmerso en la lamentación y la autocompasión, repudiado por la lucidez, estremecido por frecuentes bostezos e incapaz de abandonar su pasividad–, Arturo Sostres no va a sernos de gran utilidad como personaje. Pero semejante idea no podría ser más desatinada; en realidad, disponemos de un recurso casi infalible para impulsarlo a la acción. El encargado de ejecutar el gesto que arranque a Arturo Sostres de su estúpido letargo será uno de sus más admirados amigos de adolescencia y, también, uno de los pocos que no han ingresado todavía en las apretadas filas de la vida convencionalmente ordenada.)

Un bostezo potencial estaba a punto de abrir de par en par la boca de Arturo cuando el timbre de la puerta lo sacó bruscamente de su ensimismamiento. Diligente, uno de los criados se disponía ya a abrir, pero un gesto seco y autoritario de Arturo lo detuvo. Arturo levantó su cuerpo con parsimonia no exenta de gracia y caminó hacia la puerta donde, segundos después, el cartero le entregó una carta de cuyo aspecto dedujo que debía de tratarse de un asunto personal. Y nada más leer el nombre del remitente, la expresión indiferente y abúlica del rostro de Arturo se trocó en incontenible agitación; era extraño que Alejandro Santos, que vivía en la misma ciudad que él, y a quien veía con cierta frecuencia, le escribiera una carta; eso significaba que la innata capacidad de Alejandro para meterse en líos había dado sus frutos una vez más. Arturo no volvió siquiera al diván para leer la misiva; conteniendo a duras penas su impaciencia, rasgó el sobre y leyó lo que sigue:

Barcelona, 27 de septiembre de 1986

Querido Arturo:

Hoy me embarco en una aventura singular. El barco se llama *Carmen* y su rumbo apunta hacia la vida matrimonial. Imagino tu decepción al leer estas primeras líneas, pero te ruego que no abandones la lectura en este punto; la que viene ahora es la historia más extraña de cuantas me han sucedido. Pero vayamos por partes. Sé que, como es habitual en ti, ni te sorprenderás ni intentarás aprobarme o censurarme por lo que me dispongo a hacer; acaso sea ése el motivo que me impulsa a convertirte en el único testigo epistolar de mi vida de hombre casado. ¡Hombre casado! ¿Te hace sonreír la expresión? Espero que sí porque, como no tardarás en comprobarlo, en mi caso no deja de ser toda una ironía.

Para bien o para mal, todo empezó ayer en Brother's, esa fantástica morada de lo grotesco, reino de culitos avarientos de dólares, de ojeras que asoman bajo siete capas de maquillaje, de miradas que se afilan en su esfuerzo por adivinar dimensiones, y donde una serie de gestos rápidos, descarnados y mecánicos culminan invariablemente en una breve y discreta discusión para cerrar el trato en términos económicos. Conozco bien el mecanismo y su implacable repetición día tras día por haberme entregado a él durante años con el cuerpo tibio y la mente fría, pero fingiendo ardores e improbables frenesíes. Adivino en tu rostro un mohín de sarcasmo ante lo que supones un súbito y ridículo acto de contrición por mi parte, pero te equivocas. De no haber sucedido ayer algo extraordinario, habría seguido ejerciendo el oficio más antiguo del mundo hasta que las arrugas, la flaccidez de las carnes o la pitopausia me pusieran fuera de circulación, como una moneda vieja e inservible. Pero ayer, bendita sea mi suerte, fue como si alguna alma piadosa –a la que desgraciadamente es probable que nadie ofrezca recompensa alguna– hubiera querido llevar a cabo la más absurda de sus buenas acciones. Pero temo, querido Arturo, que tantos preámbulos te hayan impacientado, de modo que ahí va la historia.

25

Estaba yo apoyado en la barra del establecimiento y bebiendo whisky tras whisky en un vano intento de reunir la energía indispensable para iniciar la cacería, cuando oí cierto alboroto procedente de la entrada del local. Busqué un ángulo que me permitiera ver lo que allí ocurría y descubrí que el portero, habitualmente parco en palabras, sostenía una airada conversación con una mujer elegantemente vestida y al parecer empeñada en entrar en nuestro local aunque para ello tuviera que recurrir al Tribunal Supremo. Había tal determinación en su rostro que el asunto me llamó la atención. Desgraciadamente era casi imposible que la dejaran entrar; la clientela femenina estaba prohibida desde que, un par de años atrás, un incidente bastante gracioso había trastornado el orden del local. Un matrimonio de edad ya madura solía frecuentar el local por separado sin que ninguno de los dos tuviera conocimiento de las andanzas del otro; el día en que se produjo el inevitable encuentro, no sólo descubrieron que ambos compartían idénticas aficiones sino también el mismo piso de alquiler. El consiguiente espectáculo requirió la intervención de las fuerzas de orden del local y dejó maltrechos unos cuantos espejos. Aunque a mí me pareció divertida la absoluta carencia de sentido del humor de aquella pareja, el propietario del local no vio en aquel asunto motivo alguno de risa y, tras largas deliberaciones, excluyó al sexo femenino del disfrute de nuestros servicios, una medida arbitraria en aras de la discreción y el buen gusto.

Con todo, la mujer que discutía ahora con el portero no parecía en absoluto dispuesta a detenerse en normas, fueran éstas razonables o no. Abandoné mi puesto de observación, demasiado lejano para seguir los pormenores de la escena y, mientras me acercaba a la entrada, pude oír las reiteradas protestas de la mujer.

–Esto es absolutamente ridículo. Yo no soy una mujer, soy una dama, y esta conversación me parece fuera de lugar, ridícula.

Impertérrito, y con la indiferencia que suelen mostrar todos los cancerberos del mundo, el portero siguió moviendo la cabeza en señal de negación.

–Las normas son las normas. Las normas, señora, están para ser cumplidas. Las mujeres tienen prohibida la entrada en este lugar. Lo único que puedo hacer por usted es avisar al propietario. Él confirmará lo que yo le digo.

La mujer parecía a punto de abalanzarse sobre el portero y coserlo a dentelladas, pero contuvo unos instantes la respiración y prosiguió:

–Creo que usted no me comprende en absoluto. Se lo repetiré –hablaba con estudiada lentitud, enfatizando sus palabras–. No me interesa especialmente hablar con el propietario del local, como tampoco me interesa necesariamente «e-n-t-r-a-r» en este establecimiento; no me traen aquí los motivos habituales. Lo único que quiero es conocer a los muchachos, verlos, conversar con ellos.

–¿Periodista acaso? –bufó el portero con un mohín de desdén que delataba su orgullo gremial–. También los periodistas tienen vedada la entrada, señora.

–No soy periodista, caballero –replicó ella, armada de una paciencia poco menos que colosal–. No tengo más que un interés estrictamente profesional en conocer a esos hombres. Y sé, estoy absolutamente convencida de ello, que lo que voy a ofrecerles les interesa tanto como a mí, o tal vez más. De modo que, si se obstina usted en impedirme el paso, lo mejor será que me traiga aquí a esos muchachos. Si yo no puedo entrar, que salgan ellos. Todo lo que quiero es un marido, un marido asalariado, eso es todo. Y puedo asegurar que el sueldo que estoy dispuesta a pagar no es en absoluto desdeñable.

Es difícil describir la estupefacción que me embargó tras semejante declaración. Pestañeé algo alelado, convencido durante unos instantes de que el camarero había mezclado algún alucinógeno con mi bebida. Pero, una vez vencida la fase profunda del pasmo, me dije que, por insólita que fuera la propuesta, sería estúpido descalificarla sin más indagaciones. Mi mente se disparó entonces en mil y una conjeturas a cual más descabellada. Podía tratarse de una simple bravuconada, o de una actriz ensayando su próximo papel, o acaso de una chiflada recién evadida del Frenopático. Pero entre todas las hipótesis que se barajaban en mi mente, en la que más me convenía creer era aquella según la cual podía muy bien tratarse de una mujer solitaria y excéntrica, capaz de tener semejante capricho y capaz, sobre todo, de costearlo.

Comoquiera que el portero seguía negándole la entrada, fui yo quien franqueó el umbral y se presentó ante ella. Le dije que había oído su propuesta; y que, si yo le parecía adecuado, no teníamos más que iniciar cuanto antes las negociaciones; una mirada suya me bastó para comprender que mi candidatura había triunfado. La tomé del brazo y, con un guiño de abierta complicidad, nos alejamos del lugar. Todo fue fácil y rápido. Con una naturalidad que resultaba sorprendente en semejante situación, Carmen –un nombre romántico para una mujer pragmática– me informó de cuál iba a ser mi cometido. Vivía en una mansión apartada con la única compañía de su hijo Alfil, un muchacho de quince años que empezaba a ser motivo de preocupación para su madre. En los últimos tiempos, me contó, el afecto que el muchacho había mostrado siempre hacia ella había dado un paso a un sentimiento más encendido y equívoco, rayano en la obsesión enfermiza y más propio de un amante que de un hijo. Carmen achacaba ese cambio a la soledad en que se desenvolvían sus vidas y a la ausencia de un hombre junto a ella. Por eso, yo no sólo tenía que ser un marido sino también, y sobre todo, parecerlo. Nuestra vida matrimonial sería absolutamente casta –condición esencial para ella– pero debíamos fingir lo contrario ante Alfil; con este fin compartiríamos habitación y cama, pero ninguna unión física sería consumada. Sólo algunos besos y caricias siempre y cuando el muchacho estuviera presente.

El sueldo que Carmen me ofreció a cambio de un trabajo tan sencillo era más que razonable, de manera que rehusar se me antojó un disparate. Así que, desde nuestra visita esta mañana al juzgado, heme aquí convertido en un mercenario del matrimonio. Cuando recibas estas líneas me habré trasladado ya a mi nuevo hogar. Piensa, querido Arturo, que eres el único que conoce mi paradero y comoquiera que el asunto pudiera revelarse más turbio de lo que a primera vista parece, te ruego que no dudes en acudir en mi busca si no recibieras más noticias mías en el plazo de una semana. Hallarás mi nueva dirección –hogar, dulce hogar– en el remite de la carta. No olvides que cuento contigo.

Tuyo,

Alejandro Santos

Al concluir la lectura de la carta, Arturo Sostres se derrumbó con teatral desesperación en el diván para proseguir con sus lamentaciones. Era injusto, se dijo, terriblemente injusto. Mientras la suerte se empeñaba en esquivarlo a él, colmaba de favores a su amigo Alejandro; su envidia no podía ser más intensa. De hecho siempre había envidiado a aquel amigo que desde la infancia había vivido rodeado de enredos y de escándalos familiares, que había perdido la fortuna heredada de su abuelo jugando al póquer, que había sido expulsado de casa de sus padres por su mala conducta y que había disfrutado desde entonces de un sinfín de aventuras turbulentas de las que siempre salía bien parado. Indudablemente habría cambiado su pellejo por el de Alejandro. Recordó también, algo resentido, que, pese a su extraordinario parecido –ambos tenían la misma estatura, similar complexión y unos rostros que podían confundirse fácilmente aun sin ser idénticos–, Alejandro siempre se las había ingeniado para tener muchísimo más éxito que Arturo con las mujeres. No era su cuerpo ni su rostro lo que impresionaba, aunque era un hombre bastante guapo, sino su encanto y un estilo muy peculiar; era convincente al hablar y dominaba como pocos el difícil arte de escuchar, poseía una portentosa intuición que lo guiaba rápida y certeramente a través de los entresijos psicológicos de sus interlocutores; unidas a una imaginación bien

29

dosificada y a una considerable inteligencia, estas cualidades convertían a Alejandro Santos en un sabio manipulador de conciencias. Cuando deseaba obtener algo de alguien, eran tales la sutileza y la imaginación que invertía para lograr sus propósitos que habitualmente el manipulado ni siquiera se daba cuenta de la maniobra de la que había sido víctima. Y si alguna vez lo hacía, lejos de sentirse utilizado y herido, se dedicaba a admirar el incuestionable talento de Alejandro Santos. Y Alejandro Santos lo sabía perfectamente.

Tras la envidia provocada por la carta de su amigo, el humor de Arturo Sostres experimentó un cambio notable; sus frecuentes lamentaciones cesaron repentinamente y su lugar fue ocupado por una tranquila expectación; presentía que las cosas no tardarían en ponerse feas para Alejandro, en cuyo caso él se vería obligado a actuar. Empezó a sentirse orgulloso del papel que le había sido asignado, un papel que no dejaba de ser secundario, pero de vital importancia en la trama. La espera no fue muy larga, y su presentimiento quedó confirmado al poco tiempo en una carta mucho más breve y alarmante que la anterior.

Brentana, 30 de septiembre de 1986

Querido Arturo:
Soy un necio rematado y un inconsciente. Fue muy ingenuo por mi parte venir a este lugar sin pensarlo dos veces. Apenas han transcurrido dos días y las cosas ya se han complicado endiabladamente. Sé que te encogerás de hombros pensando que la solución está al alcance de mis manos, que soy libre y que, obviamente, puedo «divorciarme» cuando se me antoje. Pero sólo en teoría es así; es cierto que, si yo decidiera marcharme, nadie intentaría retenerme a la fuerza; Alfil se alegraría con mi partida y Carmen, que no parece haberme tomado ningún afecto especial aunque lo simule como una consumada actriz ante su hijo, no tardaría en encontrar a otro que me sustituyera. Mi problema estriba pre-

cisamente en que por nada del mundo querría yo irme de aquí y abandonar a la mujer de la que me he enamorado perdidamente, acaso espoleado por su rechazo. Rechazo que, por otra parte, sólo se manifiesta en la intimidad del lecho –el único lugar al que Alfil no tiene acceso–. Noche tras noche me recuerda Carmen la naturaleza de nuestro contrato y la imposibilidad de que existan relaciones físicas entre nosotros. Creo que nadie había jugado tanto y tan hábilmente con mis sentimientos como esta mujer que, durante el día y siempre en presencia de Alfil, excita mi deseo y se entrega apasionadamente a mis besos y caricias, correspondiéndolos y estimulándolos con mil y un gestos y que, al llegar la noche, me rechaza serena pero implacablemente como amante. Algo que se ha convertido para mí en mucho más que un desafío.

Pero si mis noches aquí son amargas, mis días no son precisamente más dulces; transcurren en medio de una estrecha vigilancia en la que ni un solo minuto deja de acosarme la mirada de Alfil, un muchacho persistentemente ubicuo, que se niega incluso a ir a la escuela con tal de no perdernos de vista. Sospecho por otra parte que el método elegido por Carmen no responde en absoluto a propósitos de curación de las marcadas inclinaciones incestuosas del muchacho; parece estar destinado a intensificar despiadadamente esa pasión, paladear su inmenso dolor y despertar el odio de él. Un odio minuciosamente provocado por oscuras razones que desconozco, un odio cuyas consecuencias no rozarán siquiera a Carmen; el golpe me va destinado. No podría estar más convencido de que ella goza indeciblemente al advertir nuestro sufrimiento y nuestra impotencia; disfruta al verme a mí doblegado y anhelante, y enloquecido de celos y traicionado a él. Acaso la intención última que alienta el enfrentamiento, por el puro placer de asistir al combate y recoger los restos.

Por todo ello, querido, queridísimo Arturo, te ruego que te mantengas alerta. El peligro danza en la atmósfera con un zumbido perceptible.

Temerosamente tuyo,

Alejandro Santos

31

La carta de su amigo sumió a Arturo Sostres en un estado poco menos que febril. Era fantástico, insuperable, mejor que el vídeo, la literatura, el teatro y el cine juntos. La aventura de Alejandro había dejado de ser una historia simplemente insólita para convertirse en un auténtico y apasionante *thriller* de imprevisible final. Miles de imágenes desfilaron por su mente; adolescentes de mirada torva empuñando tijeras podadoras y cercenando cuellos indefensos, peleas cuerpo a cuerpo que sólo acababan con la muerte de ambos contendientes tras horrendos estertores, mujeres hermosas y crueles provocando asesinatos atroces destinados a excitar sus sentidos, y niños quemando cadáveres y bebiendo después sus cenizas mezcladas con vino. Aunque se sintió inmediatamente culpable, casi deseó no recibir ninguna otra carta de Alejandro en el plazo de una semana. Por otra parte, el hecho de que su amigo confiara en él y lo hubiera elegido como potencial salvador suyo en tan peligrosas circunstancias lo hacía sentir terriblemente halagado; si Alejandro, inteligente como era, le encomendaba semejante misión, era sin duda porque le atribuía virtudes tales como la decisión, la valentía y la eficacia. Y Arturo Sostres pertenecía a esa clase de seres que, sin reconocimiento exterior, son absolutamente incapaces de creer en sus propios méritos.

Nunca había desplegado Arturo actividad tan frenética como la que siguió a aquella carta. Cualquier tarea se le antojaba más divertida que holgazanear en su diván favorito. Se preocupó por negocios largo tiempo descuidados, puso todos sus papeles en regla, revisó sus finanzas y llevó a cabo un sinfín de hábiles inversiones. Los días transcurrieron a tal velocidad que apenas tuvo tiempo para leer la correspondencia; cuando lo hizo y constató la ausencia de cartas de su amigo Alejandro, la alarma que lo embargó se vio desvirtuada por cierta íntima satisfacción, una especie de cosquilleo de felicidad en su imaginación. Sea como fuere, Arturo no tardó ni media hora en decidirse; preparó una maleta pequeña con los bártulos indispensables y, sin dar explicaciones a nadie –contarlo implicaba restarle heroicidad a su misión–, partió hacia Brentana con la embriaguez de quien emprende un largo viaje que ha de cambiar su vida.

No le costó mucho trabajo dar con la dirección indicada por Alejandro; se trataba de una mansión señorial a la que se accedía por un camino bordeado de cipreses y rodeada por un extenso bosque. Alejandro acudió rápidamente a abrirle la verja y saludarlo; casualmente, explicó, se hallaba paseando por el bosque para librarse de la inquietante presencia de Alfil cuando vio acercarse el coche de Arturo. Los dos amigos se abrazaron larga y efusivamente mientras Arturo, sinceramente emocionado –en realidad le remordía la conciencia por haber deseado que una catástrofe se abatiera sobre Alejandro–, no dejaba de repetir lo mucho que le alegraba volver a ver a su amigo sano y salvo. Alejandro se excusó por no haber escrito ninguna carta aquella semana; la situación no había empeorado desde su última misiva, pero como fuera que un asunto urgente lo obligaba a ausentarse un par de días de Brentana y viajar a Barcelona, había planeado reunirse con su amigo en la ciudad y contárselo todo de viva voz. Tras aquellas palabras un proyecto singular empezó a abrirse paso en la mente de Arturo, un proyecto que, si Alejandro no se oponía, podría proporcionarles un poco de diversión adicional e inesperada: dado el extraordinario parecido físico que había entre ellos, ¿no podía él acaso sustituir a Alejandro durante su breve ausencia? La idea encontró en Alejandro a un cómplice tan entusiasta que incluso sugirió que la impostura se llevara a cabo inmediatamente. Tras unas someras instrucciones de Alejandro sobre la casa y los hábitos de sus moradores, ambos amigos intercambiaron ropas y documentos de identidad. Excitado ante tanta novedad y ansioso por conocer a Carmen y Alfil, Arturo se despidió de Alejandro y echó a correr por el camino que llevaba a la mansión.

Tres días después de su partida de Brentana, Alejandro Santos, ahora Arturo Sostres –ahora y muy probablemente hasta el final de sus imperturbables días–, interrumpía la puesta a punto de sus finanzas para leer en la portada de un periódico la noticia de un crimen espantoso sucedido en la localidad de Brentana. Alfil Areilza, un muchacho de quince años, había asesinado a Alejandro Santos, recién casado con Carmen Oroza, madre del muchacho. El muchacho se había entregado a las autoridades locales pero la madre, supuestamente horrorizada ante el sangriento suceso, había huido sin que por el momento se conociera su paradero.

Nada diremos –por voluntario pudor– acerca del hipotético y probable dolor de Alejandro Santos, ahora Arturo Sostres, tras la muerte del amigo que, a partir de entonces, pasaría a ser uno de los más adorados –¿o deberíamos decir útiles?– miembros de su panteón sentimental. Lo cierto es que muy poca era su culpa. Él no había tramado aquella historia. Se había limitado a utilizar a su favor unas circunstancias propicias. Ni siquiera había pensado hacerse la cirugía estética para agudizar su parecido con Arturo Sostres. Confiaba en su encanto y se decía que, si alguien algún día descubría la impostura, tal vez prefiriera la copia al original. Además, se justificaba pensando que, después de todo, Arturo Sostres siempre había envidiado la suerte de Alejandro Santos.

Fernando Aramburu

Todos somos poliedros

LA NOCHE MIL DOS

Hay, a mi juicio, una aptitud de la que nadie que se aventure a escribir con voluntad artística un relato debiera carecer. Llamémosla, provisionalmente, naturalidad. La naturalidad no es más que la consecuencia de narrar un puñado de acciones con el registro verbal conveniente. Cualquiera que haya frecuentado el género sabe que un suceso de poca monta puede servir de acicate para un cuento valioso. Los periódicos rebosan de noticias susceptibles de un reciclado literario. Cometeríamos, sin embargo, una exageración al asignar a la trama un papel intrascendente. En un cuento, como todo el mundo sabe, no hay lugar para elementos accesorios.

Pero la trama de poco vale si no se desarrolla bajo la tutela de una personalidad narradora bien definida. Lo demás es reportaje, acta notarial o redacción de colegio. Bendito, pues, el cuento que consiste en la voz que cuenta; que no se deja por ende resumir; que, como el chiste logrado, cifra su gracia en el maridaje indisoluble de una historia y su diestro intérprete. Ni aun en forma impresa le es dado al cuento disgregarse por entero de su ancestral oralidad. ¿Será por esta causa que algunos prosistas de fuste tropiezan como principiantes al intentar la ficción de pocas páginas?

Yo, por si las moscas, tengo por norma abstenerme de delimitar la tarea en función tan sólo del argumento, y no por nada, sino que se me figura a mí que la manera más efectiva de incurrir en una mala narración es idear una historia completa en la cabeza y luego trasladarla mecánicamente al papel.

La falta de sorpresa mata al cuento. Quien dice sorpresa, dice un quid, un intríngulis, un desenlace inesperado, tal vez su inexplicable ausencia. Detesto el cuento didáctico, enderezado desde la línea inicial a una determinada significación, al modo como los rieles prefijan la ruta del tren. Lo detesto con la misma fuerza con la que aprecio el que me deja pensativo, me incita a

36

descifrar un enigma o me infiere un boquete en la conciencia. Sé que nada de eso se consigue sin una rigurosa selección previa de los materiales ni el saludable desprecio de la palabrería.

De todas las modalidades literarias que están al alcance de la imaginación moderna, presumo que el cuento es la que se muestra más inflexible a la hora de exigir perfección al escritor. Piense quien esto lea que ni siquiera Poe, uno de sus cultivadores más excelsos, estuvo libre de componer algunas piezas flojas.

TODOS SOMOS POLIEDROS

Termina la jornada laboral, el sol está parado en el cenit, a punto de ocultarse tras las nubes, y ellos, un rato después del toque de sirena, se apresuran en muchedumbre hacia la explanada del aparcamiento, extensa como dos (otros dicen tres) campos de fútbol, parangón muy en boga entre la masa proletaria del lugar. Y aunque para disimular su condición de esclavos a sueldo, de gente que madruga a la fuerza y ha de llevar a cabo tareas pesadas en una atmósfera irrespirable de calor y suciedad, disponen de duchas y lavabos con espejo en los vestuarios de la fábrica, y se lavan y peinan con esmero, algunos hasta con ahínco, y muchos de ellos se gastan medio frasco de colonia barata de una vez, convencidos de que la buena presencia eleva automáticamente de rango social a las personas, persiste en su tez o quizá debajo de su tez, mal que les pese, cuando bajan a la ciudad, una pátina de roña brillante, cobriza, que los delata a simple vista como lo que realmente son: trabajadores del turno de mañana de la acería Martinson.

–Venga, cilindro –dice uno de los romboedros en tono de chunga–, acompáñanos al bar. No seas aguafiestas.

Un centenar de bicicletas, sobre poco más o menos, se alinea ordenadamente a resguardo del cobertizo, donde sus dueños las han atado a unas anillas de acero que a ese efecto hay soldadas a uno y otro lado de una barra larga. Se afana cada cual en soltar su candado, luego que ha sido asegurada por medio de cuerdas elásticas la bolsa o la talega en la cesta de metal que todas las bicicletas tienen acoplada a la parrilla, y en breve tiempo se forma la riolada diaria de ciclistas calle abajo. Circulan junto a motos y automóviles, repartidos en grupos de conversación, aunque también abundan los que pedalean sin compañía, que casi siempre son los que más prisa llevan. A esta última especie pertenecen, salvo muy pocas excepciones, los trabajadores de origen extranjero, conos en su mayoría. Bastante menos numerosos, aunque en modo alguno escasos, son los cilindros. De vez en cuando se ve pasar también, en bicicleta o andando, a un prisma triangular, un tetraedro vestido pobremente o algún exótico paralelepípedo de planos cetrinos.

No a todos los trabajadores les urge por igual perder de vista los muros renegridos de la fábrica. Algunos se demoran un rato al amparo del cobertizo para charlar o discutir. O, como hoy, para escuchar a un romboedro joven, de complexión robusta, que está exhibiendo visiblemente ufano ante un corro de compañeros su flamante bicicleta. Ayer la pintó de amarillo en el sótano de su casa, manillar y guardabarros inclusive. La pintó de amarillo fosforescente cruzado de rayas negras, los dos colores de su pasión futbolística.

Sucede (la prensa dedica esta mañana al tema varias páginas) que anteayer, sábado, el Sport Unión obtuvo por segundo año consecutivo el título de campeón de liga. La tarde y noche del sábado y todo el domingo se apoderó de la región, castigada de un tiempo a esta parte por el paro, la violencia callejera y los conflictos laborales, un apetito desenfrenado de alegría, de celebración ruidosa y cervecera, que desde la capital de la provincia, centro de la jarana colectiva, a pocos kilómetros de aquí, alcanzó con la fuerza de una onda expansiva a todas las poblaciones del contorno.

Hoy es lunes, la tarde recién comenzada está tomando un ceño gris, con amenaza de lluvia, y las obligaciones propias de los días de labor han puesto, como quien dice, a todo el mundo en su sitio. Sin embargo, aún perdura en los más fervorosos del fútbol, en los hinchas a ultranza, el ánimo de añadirle una coda a la fiesta del fin de semana, y por ese motivo, a la salida del trabajo, algunos han convenido en llegarse en bicicleta a una taberna del centro de la ciudad para brindar con cerveza fresca por el triunfo del Sport.

–No sé qué me da –dice uno de los romboedros conformes con la idea– que a nuestro colega cilindro no le gusta el Sport. Si no, seguro que venía ahora con nosotros.

Y con la misma sorna y malicia, añade a su lado otro:

–Éste no se gasta un duro con los amigos ni a tiros.

Integra la cuadrilla media docena de trabajadores activos alrededor de los hornos 1 y 2, que son los de mayor tamaño de los cuatro que alberga la acería Martinson. Ya ha remitido notablemente el flujo de vehículos que abandonan el aparcamiento, cuando ellos arrancan en dirección al camino de bicicletas pintado de rojo en el borde de la calzada. Van despacio, charlando sobre fútbol, sobre el Sport de sus amores, rememorando jugadas, incidentes y goles del último partido, unánimes en su fervor y en sus pareceres. A la cabeza de la pequeña caravana, el romboedro que ayer pintó su bicicleta lleva un aire distinguido y tieso, como si fuera abriendo un desfile. Recorrido un breve trecho, el que va a la zaga se vuelve hacia el cilindro, que se ha quedado solo bajo el cobertizo, y, guiñándole un ojo, le dice:

–Vamos, cilindro, yo te invito.

El cilindro no ignora los malos ratos a que se expone un ciudadano extranjero en esa clase de reuniones con nativos parlanchines que, a la segunda jarra de cerveza, o incluso antes, se sienten autorizados a faltarles al respeto. Guarda recuerdo de infinidad de chirigotas, burlas y vejaciones que ha tenido que soportar durante los doce años que lleva trabajando en la acería. Y como él, otros muchos emigrantes llegados de tierras lejanas con la esperanza de dejar para siempre atrás una vida de miseria, si no es que venían huyendo de alguna guerra o de la persecución y la tortura.

Se acuerda de que en distintas ocasiones ha sido jovialmente invitado a sumarse a una de esas rondas de cerveza a la salida del trabajo, organizadas con cualquier pretexto, que no hay gente más propensa a festejar que la bebedora. No está él seguro de que el tabernero admita cilindros en su local ni sería la primera vez que en un establecimiento público un dedo índice le señala imperiosamente la salida. Y aun así, más que el temor a sufrir desprecios por causa de su aspecto físico, suscita su negativa a prestarse a semejantes esparcimientos la certidumbre de que sus compañeros del horno tan sólo lo quieren a su lado como diana de sus chistes. Y por eso él, que es un poliedro afable y conversador a pesar de las enormes dificultades que le plantea el idioma autóctono, siempre ha declinado acompañarlos, alegando, con un acento casi incomprensible, una disculpa en modo alguno falsa:

–Hijo en escuela. Yo buscar.

Más de una vez le han deshinchado las ruedas de la bicicleta. Alguno que lo quiere mal, probablemente de los que se incorporan al trabajo cuando él aún no ha terminado su jornada; pero hoy ha tenido suerte. Sin prisa recorre andando los poco más de cien pasos que separan el cobertizo de la carretera. Los últimos coches abandonan ahora el aparcamiento; ya no se ve a ningún ciclista. También la fila de romboedros entusiastas del Sport se ha perdido de vista al fondo de la bajada, donde ésta se tuerce en una curva, a la altura de la primera casa. No hay otro camino para bajar a la ciudad.

Él monta en su bicicleta y da unas cuantas pedaladas; pero al instante la fatiga acumulada al cabo de ocho horas de duro trabajo lo obliga a economizar esfuerzos, de suerte que no bien ha tomado algo de impulso, se deja llevar con suavidad por la pendiente. Atrás queda la mole de la acería, con sus inmensos portones por donde entran y salen las chirriantes vagonetas; con sus muros de chapa ennegrecida, sembrados de grandes costras de herrumbre, y con su hilera de chimeneas de ladrillo que día y noche expelen un humo amarillento, visible desde cualquier punto de la ciudad.

El cilindro vive a cinco minutos de la acería, en una de esas torres de construcción reciente, al pie de la colina, en cuyos pisos de alquiler se hacina una nutrida población de extranjeros. Desde la ventana de su dormitorio se divisan, por sobre las copas de los árboles, las chimeneas humeantes de la Martinson. La vivienda no llega a los cincuenta metros cuadrados, con un retrete colectivo por cada planta, en el rellano de la escalera. Para él, sin embargo, supone un lujo si la compara con la choza de adobes que albergó su infancia y juventud, en los montes baldíos de su tierra de origen, y aunque pequeña, ofrece espacio suficiente para los tres que la habitan: él, su mujer y un vástago nacido hace nueve años en el país que hoy les da pan y cobijo.

Tras el primer recodo, la carretera se empina peligrosamente, flanqueada de grandes árboles centenarios, con el tronco verdinoso, y de mansiones solitarias de aspecto abandonado, por cuyos jardines cubiertos en su mayoría de maleza rara vez se ve transitar a nadie. El cilindro prosigue su camino a la sombra del follaje que forma un techo continuo sobre los tramos rectos de la carretera. Avanza despacio, apretando a cada instante la palanca del freno, no vaya a suceder que la bicicleta se embale en demasía por la cuesta abajo.

Hay cinco curvas hasta el barrio de las torres, a cual más cerrada. Todas ellas tienen el borde exterior asegurado mediante sendos muros de contención a fin de evitar los desprendimientos de tierra, que aun así se producen, debido a las lluvias torrenciales que de tiempo en tiempo azotan la región. La hiedra cubre parte de los muros, y ahora, en los lugares donde asoma desnudo el cemento, pueden verse cruces esvásticas trazadas con pintura roja de espray, así como frases ofensivas del tipo: «Fuera extranjeros.»

Se acuerda el cilindro de que al amanecer, cuando subía la cuesta rumbo al trabajo, esos pintarrajos xenófobos no estaban ahí, y no es que les conceda especial importancia, pues lleva años leyendo en las paredes de la ciudad insultos e intimidaciones similares; pero un poco, ahora que lo piensa, sí lo inquietan, ya que a veces se oye contar historias escalofriantes de agresiones a extranjeros. Todavía lo estremece el recuerdo de aquella casa de un pueblo de la zona, en la que no hace mucho tiempo perecieron cinco miembros de una familia de conos, víctimas de un incendio provocado a altas horas de la noche por un grupo de jóvenes romboedros ultraderechistas.

Absorto en sus cavilaciones, el cilindro enfila los últimos metros de la bajada, que termina al costado de lo que en tiempos fue una tenería y hoy son cuatro paredes ruinosas, invadidas de hierbajos, que ya no sostienen tejado alguno; sigue una curva, y al pasar el puente sobre el río, ya en terreno llano, camino de la ciudad, la carretera se bifurca. Del borde izquierdo, según se baja de la acería, parte un ramal estrecho, carente de señalización, que va a parar en línea recta al barrio de los extranjeros, cuyas torres, de una fealdad barata y maciza, se alzan a poca distancia, rodeadas de un espeso muro de vegetación. En la actualidad los terrenos colindantes con el barrio están muy devaluados. Los romboedros que pueden permitirse una vivienda propia prefieren establecerse en zonas de la ciudad donde es raro toparse con extranjeros en la vía pública.

Dejando atrás el camino hacia su casa, el cilindro continúa por la carretera ancha que conduce al centro urbano. Enseguida se adentra en un bosquecillo de hayas, de unos dos kilómetros de largo, al otro lado del cual se encuentra la escuela. A esta hora, ya terminadas las horas de enseñanza, su pequeño estará jugando en el patio, en compañía de otros escolares que también aguardan a que sus familiares acudan a recogerlos. Muchos vuelven a casa solos y no pasa nada, pero el cilindro y su mujer no quieren correr riesgos. Ella lo lleva por las mañanas y él lo busca a la salida del trabajo.

Dentro del hayal la carretera se ensombrece bajo el denso follaje. Reina un frescor de espesura. Entre los troncos grises se esparce un humillo neblinoso, que parece ascender muy lentamente del suelo, como si hirviera en él la seroja. Huele fuertemente a humedad, a madera podrida y musgo. Hoy, que no sopla viento, el bosquecillo presenta un aspecto ensimismado, de quietud silenciosa sólo interrumpida por la esporádica chillería de los cuervos escondidos en lo más alto de los árboles. El cilindro avanza despacio, pedaleando sin apenas esfuerzo por la carretera solitaria, en la que, exceptuando las contadas ocasiones en que pasa una oleada de trabajadores, casi nunca hay tráfico.

Hacia la mitad del hayal, a la salida de una curva, desemboca en la carretera un camino de tierra, ruta de senderistas dominicales, de recolectores de setas y fornicadores furtivos que de atardecida suelen acogerse a estos sombríos andurriales, procedentes de los burdeles del arrabal, habilitando durante un par de minutos el coche para tálamo. El camino tiene hondas roderas donde se pudre el agua encharcada. Después de breve trecho, se pierde de vista en una zona de pinos, que destaca como una isla negra en medio del mar verde que la rodea.

Al pasar por delante de él con su bicicleta, el cilindro ha visto de refilón la mancha roja de un automóvil semioculto entre los árboles; pero no le ha dado mayor importancia, al menos hasta que, recorridos unos pocos metros, ha oído a su espalda el arranque del motor. Y entonces le ha tomado un adarme de inquietud, una nonada de temor como quien dice, y casi sin darse cuenta, impelido por una vaga aprensión, sus piernas se han puesto a pedalear con más fuerza.

De pronto la calma del bosquecillo se rompe como un vidrio apedreado, a consecuencia de un grito, un «yuju» juvenil y juerguista, seguido de un rechinar violento de neumáticos. Segundos después el coche rojo reduce bruscamente la velocidad al costado del cilindro con el fin de avanzar a la par de éste. Por la ventanilla del copiloto se asoma un romboedro de entre dieciocho y veinte años. Lleva en una de las aristas un pendiente de níquel con la forma de una esvástica, un arete incrustado en el vértice y una fila de calaveras tatuada a lo largo de uno de los planos.

–Chicos –dice sonriendo maliciosamente–, estoy un poco áspero de garganta. Tendré que escupir.

Acto seguido estampa un grueso salivazo en el costado del cilindro. Éste soporta la villanía sin decir palabra, evitando mirar a su agresor, y continúa la marcha como si tal cosa, aunque el corazón no cesa de palpitarle desaforadamente. A su costado los ocupantes del automóvil gesticulan y se mofan, riendo a carcajada tendida. Son cuatro romboedros en la flor de la edad, vestidos con atuendo militar bajo la chupa negra de cuero. Hablan a voces para que se les oiga desde fuera:

–Tíos, mirad, un bote en bicicleta.

Y tras la explosión de risas, añade otro:

–Eh, cilindro, si tienes un tumor en el cerebro, no te preocupes. Nosotros te operamos con el abrelatas.

Por encima de la carretera, las hayas de uno y otro lado entrelazan su follaje, formando una bóveda frondosa por la que a duras penas se abre paso la luz solar. Al cilindro se le figura que la floresta, con su quietud y con sus sombras mudas, es cómplice de lo que sea que esté tramando contra él la ruidosa pandilla de romboedros. No cesan éstos de escarnecerlo desde el interior del coche; engarzan burla con burla, lo injurian y se carcajean.

El cilindro encaja las afrentas con una tibia sonrisa de conformidad, como dando a entender que son tan graciosas que ni la víctima puede abstenerse de celebrarlas. Y aun le seduce la idea de hacerles abiertamente el juego a sus ofensores, en un intento desesperado por aplacar su saña mediante halagos. Si supiese la manera, o si tuviera más atrevimiento y menos miedo, él mismo daría pábulo a la humillación, y aun se comportaría fingidamente como un pobre mamarracho con tal que los cuatro romboedros, entretenidos con el alborozo, desistiesen de pasar a mayores. Todas sus esperanzas están cifradas en salir ileso del hayal, persuadido de que, una vez en zona urbanizada, la presencia de numerosos transeúntes y colegiales le procurará algún tipo de protección.

Apenas faltan doscientos o trescientos metros para que termine el bosquecillo. Ya se vislumbra la salida al fondo de la recta; pero a él, por momentos, lo va ganando la impresión de que a medida que avanza hacia el final, éste se aleja, y, aunque corto, el trayecto se le figura interminable. La carretera se prolonga ante su vista más vacía que nunca. De pronto nota que la bicicleta se para, a pesar de que él está pisando con todas sus fuerzas el pedal. Al volverse descubre que el romboedro se ha aferrado a su sillín.

–No tan deprisa, cilindro, que te vas a cansar.

Se siente el cilindro traspasado por una repentina fogarada de pavor y, balbuceando temblorosamente, dice:

–Tú soltar. Policía, policía.

El joven romboedro hace un gesto ostensivo de desdén, suelta la bicicleta y, al par que profiere una palabra malsonante, tira un puñetazo al cilindro, quien hurtando el cuerpo con rapidez hacia la parte opuesta, logra esquivar el golpe. El agresor, arrastrado por sus ruines bríos, a pique está de salir disparado por la ventanilla; pero consigue sujetarse, mientras dentro del vehículo sus compinches se regocijan a su costa, chinchándolo con mordacidades y reproches. Herido en su amor propio, saca de debajo de su asiento un bate de béisbol, de madera bruñida, tachonada de abundantes pegatinas con los colores del Sport Unión y de insignias metálicas distintivas de los grupos neofascistas que últimamente proliferan por la zona.

–Este extranjero de mierda no duerme hoy en su casa –rezonga mordiendo con rabia los vocablos.

–Deja algo para nosotros –le contesta, socarrón, el conductor.

Espoleado por un miedo cerval, el cilindro arranca a pedalear desesperadamente, y con el primer impulso gana unos pocos metros de ventaja. Enseguida oye a su espalda la brusca aceleración del coche, y para cuando quiere darse cuenta, el desalmado romboedro ya le ha hundido la punta del bate en los lomos. La violenta lanzada desequilibra al cilindro, derribándolo junto con la bicicleta en la zanja de medio metro de profundidad, cubierta de agua, que se extiende a todo lo largo del borde de la carretera.

Ciego de terror y empapado, el cilindro se yergue y echa a correr a la ventura floresta adentro. Los cuatro agresores, que han salido a escape del automóvil, no tardan en alcanzarlo, provistos tres de ellos de sendos bates de béisbol, el cuarto de una cadena de gruesos eslabones. A la cabeza de los perseguidores va un romboedro adolescente que ostenta un costurón espeluznante sobre el plano facial, y es éste, que no tendrá ni quince años, el que de un empellón derriba al cilindro y le arrea, sin darle tiempo a levantarse, una pega de patadas con sus gruesas botas de punteras herradas.

Al poco lo rodean entre todos, y cada cual por su lado, ora lo patea y pisa, ora lo maltrata a placer con el bate o la cadena, sin que a la víctima le sea posible oponer ninguna resistencia. Y aunque, al amparo de los árboles, nadie que pasara por la carretera atinaría a verlos, los domina una suerte de ímpetu acucioso, de prisa por poner por obra cuanto antes su cruel designio. Resuellan jadeantes, sin decir palabra, expulsando el aire al compás de los rápidos golpes, y a veces, arrastrados por su precipitación y encarnizamiento, no pueden evitar estorbarse mutuamente.

En el centro del corro, tendido en la hojarasca, el cilindro permanece inmóvil, cubierto de barro y sangre. Entre palazo y palazo, exhala un quejido de súplica cada vez más débil.

–¿Lo matamos?

A un tiempo se han vuelto los cuatro romboedros a escudriñar en derredor. Salvo el automóvil rojo, parado con las puertas abiertas en el borde de la carretera, ningún elemento rompe la uniformidad verde y parda del paisaje. El silencio sería completo si no fuera porque, sobre la copa de una de tantas hayas, se oye de vez en cuando graznar a un cuervo solitario.

Juan Bonilla

Las alegres comadrejas del Windsurf

LA RAZÓN NO SE SOSTIENE SIN RELATOS

«Escribo para no ser escrito. Viví escrito muchos años, representaba un relato. Supongo que escribo para escribir a otros, para operar sobre el comportamiento, la imaginación, la revelación, el conocimiento de los otros. Escribo para conservar el arte de contar sin sacrificar el ejercicio de pensar, un pensar que tiene que ver mucho con la moral... Creo que es mucho más importante pensar que contar, pero para imponer el arte de pensar hay que contar. La razón no se sostiene sin relatos.»

FOGWILL

LAS ALEGRES COMADREJAS DEL WINDSURF

«No me des las gracias porque el regalo no te lo estoy haciendo a ti: se lo estoy haciendo a las flores.»
Ha escrito el mensaje en la tarjeta disfrazando su letra, ladeándola hacia la derecha, empequeñeciéndola mucho. Luego se la ha alcanzado a la dependienta, que la ha introducido en un sobre pequeño que ha adherido cuidadosamente al tallo de uno de los claveles.

–¿Cuándo las recibirá?

–Esta misma tarde.

–No, no. Prefiero que se las envíen mañana por la mañana. Por la tarde no trabaja.

–Bueno, no hay ningún problema.

Ha dado las gracias con efusión. Ha salido de la tienda con la certidumbre de que todo esto va a acabar mal. Pero ya no vale de nada arrepentirse.

Decidió enviar las flores esta misma mañana, después de haber pasado toda la noche en vela dándole vueltas al asunto. Le pidió permiso a su jefe, que no le exigió explicaciones. Caminó indecisa hacia la floristería y permaneció durante unos minutos ante el escaparate. Aguardó a que no hubiera clientes para entrar. El dinero apenas le alcanzaba para un ramo de claveles, pero eso era lo de menos. Lo importante era que recibiera unas flores como certeza de una existencia al otro lado, como una señal inequívoca de que tenía alguien a quien acudir, en quien refugiarse cuando vinieran tiempos malos de los que nos hacen más ciegos.

Ya en la redacción se ha extraviado un par de veces en un punto inconcreto de la pared, un *aleph* donde se han sucedido imágenes de felicidad compartida con alguien cuyo rostro no ha podido dibujar.

Cuando cualquier cosa –la voz de un compañero requiriéndole algún dato o el sonido del teléfono– la ha devuelto a la realidad, ha esbozado una sonrisa cansada y luego ha intentado concentrarse en su trabajo. Pero no había nada que hacer. Después, Chema, el locutor del informativo especial de las 14 horas, se lo ha reprochado:

–Laura, ¿dónde estabas hoy? Has escrito que Mitterrand es el primer ministro de Francia.

Ha balbuceado un perdona al que ha agregado alguna explicación insuficiente que el locutor ha disculpado restándole importancia a la equivocación.

El autobús de vuelta a casa. Laura ha recordado escenas de su infancia. Ha sucedido al cederle una muchacha su asiento. Ella primero ha intentado declinar el favor, pero la muchacha se ha justificado asegurando que se apearía enseguida, cosa que luego no ha cumplido, pues se ha bajado en la misma parada que Laura.

Laura ha recordado el día en el que su madre le obligó a cederle su asiento en el autobús a una mujer embarazada. Con rabia Laura preguntó a su madre la razón por la cual tenía que ser ella quien cediera su asiento, y entonces su madre la abofeteó para que aprendiera a no contestarle cuando sencillamente tenía que obedecer. Lo único que consiguió esa bofetada fue que detestara esos modales que quisieron imponerle. Luego, en casa recibió una reprimenda verbal, la tacharon de maleducada, y Laura salió a defenderse diciendo que si estaba maleducada tal vez fuera por culpa de quien la había educado. Su madre no lo resistió y volvió a abofetearla. Laura ha recordado con una sonrisa dibujada en los ojos que desde entonces no ha cedido nunca su asiento a nadie. Ni a las ancianas, ni a las embarazadas, ni a las ancianas embarazadas.

En más de una ocasión le ha dicho a su hijo, Jaime, que si está cansado no le deje su asiento a nadie sólo por parecer educado, y que, si no está cansado, entonces no ocupe un asiento que pueda servirle a quien sí lo esté. Pero Jaime es aún demasiado pequeño para atender los consejos de su madre.

Mientras el autobús frenaba en seco por respetar un semáforo, Laura se ha prometido inculcarle a su hijo respeto hacia las ancianas, las embarazadas y las ancianas embarazadas, a pesar de su repugnancia por todas ellas. Él no tiene la culpa de los fantasmas que la visitan desde su infancia. El viaje en autobús ha transcurrido con una lentitud exasperante. Un atasco inoportuno les ha retrasado media hora. El autobús se hundía en las arenas movedizas de la gran ciudad. Los pasajeros se quejaban, a veces con crudeza, otras con resignada gracia. Uno de ellos ha dicho en voz alta que tenía hambre, que sería capaz de comerse a un conductor de autobuses. El conductor del autobús le ha ofrecido al caníbal su propio bocadillo envuelto en papel de aluminio, que el pasajero ha rechazado no sin antes interesarse de qué era:

–Carne de pasajero impaciente.

Carcajada general en el autobús.

Laura no sentía hambre. Sí cansancio. Ha pensado en las flores y luego ha enumerado unos cuantos propósitos para el resto del día: lo más importante, desde luego, es no volver a pensar en las flores. Ya están enviadas. Ya no hay remedio. Cuando llegue a su casa se freirá unas salchichas y se preparará una buena ensalada. Luego una manzana y un té. Tiene que adelgazar. Tiene que conseguirlo como sea. Después se tumbará en el sofá y mirará el *magazine* de sobremesa en el televisor. A veces entrevistan a escritores. Esperará a que el agotamiento la suma en la plácida duermevela de la que acabará rescatándola Charo, la chica que cuida a Jaime. Aporreará la puerta y le entregará al mocoso con las mismas noticias que ayer, las mismas que mañana: que Jaime ha comido muy poco, que se ha peleado con su sobrino y que no ha querido hacer ni uno solo de los ejercicios de caligrafía que ella le había impuesto como condición para llevarlo al parque después de la merienda.

Laura besará a su negrito en la frente recriminándole que no obedezca a Charo y que siga sin entusiasmarse con la caligrafía. Jaime entrará en la cocina y con su voz chirriante –que resulta tan desagradable algunas noches, cuando el silencio ya domina la casa y Laura almacena imágenes y desconsuelos en su diario– exigirá algo de urgente merienda. Luego de que Jaime se zampe el emparedado que le ha preparado su madre, han bajado un rato al parque. Laura ha avisado a su hijo de que sólo podrán quedarse un rato, porque tiene cosas que hacer que no puede aplazar, y como castigo por no haber hecho los ejercicios de caligrafía.

Mientras Jaime ha entablado conversación con unos niños que andaban en los columpios, Laura se ha sentado a leer un artículo plúmbeo de Sánchez Ferlosio. El primer párrafo era una sola frase, intrincada, ampulosa. Se ha extraviado una y otra vez en aquella dispersión. Laura ha levantado la vista buscando a su negrito, lo ha localizado y lo ha vigilado durante unos segundos. Ha vuelto a intentar entender a Ferlosio sin conseguirlo. Recordó, quién sabe por qué, tal vez porque a pesar de conocer el significado de cada una de las palabras empleadas en el artículo no lograba entender el significado del artículo; recordó, en fin, aquellos días en los que se propuso proteger a Jaime del mundo, ya que odiaba a éste como sólo se puede odiar a unos padres. Para no inculcar ese sentimiento a su hijo se propuso aislarlo, crear una barrera que lo protegiese de toda comunicación con el resto de hombres. Crearía un mundo ajeno a cualquier influencia de la realidad exterior. Para ello habría de disponer de un lenguaje, un sistema al que no pudiesen acceder los otros. No un idioma, porque sería excesivamente artificial y complicado, sino un lenguaje. Un lenguaje en cuyo léxico los significados de las palabras no se correspondiesen con los del idioma natural. A la oreja la llamaría tabaco, al tabaco pierna, a la pierna desgracia. Cruzarse de piernas se diría caer en desgracia.

Ha pensado en qué sucedería si no fuera mañana a la redacción, si no estuviera presente cuando llegasen las flores. Se desaprueba la idea. Mejor dicho: se prohíbe convertirla en realidad. Llegarán las flores y ella estará allí, presente. Siente un cosquilleo en la boca del estómago. Lo conoce de otras veces pero es incapaz de ponerle un nombre que lo defina con exactitud. Son nervios, sí. Unas veces se los provoca el amor, y otras la inquietud de no tenerlas todas consigo. Se ha puesto en pie. Ha caminado hasta el lugar donde Jaime ayudaba a columpiarse a un niñito rubio, y le ha dicho, enronqueciendo la hermosa voz con la que la Naturaleza le indemnizó su aspecto:

–Ya has hecho amigos, ¿no?

Ha recordado que eso, si le hubieran enseñado ese lenguaje que lo aislara de los demás, se diría: «No vienes comido guerreros, ¿ya?»

Su hijo no le ha contestado. Se ha limitado a sonreírle como si con él no fuera la cosa, como si intuyese que la diversión se va a acabar y lo único que pudiese hacer para prolongarla fuera ignorar la presencia de su madre.

Le ha valido de poco. Laura le ha tomado de la mano y le ha invitado a que diga adiós a sus nuevos amigos. Adiós se decía «Comprende». Jaime ha protestado tímidamente, pero luego, cuando Laura ha empezado a arrastrarlo sin contemplaciones, alejándolo de la zona de columpios, se ha despedido de los niños y ha adecuado su paso al de su madre. Ésta ha pensado: tiene el mismo poder de adaptación que su maldito padre.

Con la noche el insomnio se le ha impuesto, no permitiéndole exonerar la angustia de oír el paso de las horas. Lentos segundos arrastrando cadenas que están hechas con los sueños de los que se han dormido. Se ha preguntado con quién estará soñando su hijo. Tal vez con ella, se ha respondido, tratando de imaginar las escenas que estará soñando Jaime, que por la mañana le dirá que soñó con ella, y ella pensará que lamentablemente no somos dueños de nuestros actos en los sueños de los demás.

Laura ha fumado mucho. Encendía con los pitillos que se agotaban los que sacaba para agotar. No sabe por qué decidió volver a fumar después de tantos meses. Durante la noche se propuso en diversas ocasiones con mayor o menor intensidad, pero siempre sin el suficiente convencimiento, no acudir al trabajo, no estar presente cuando lleguen las flores. Llegar tarde, cuando todo haya pasado. Intentaba imaginarse el momento de la llegada de las flores, pero en el fondo lo que deseaba era soñar con ello. Suele soñar con las cosas importantes que van a ocurrirle al día siguiente. La noche antes de que le dieran el Premio Renato Leduc de periodismo soñó que no se lo daban porque su reportaje era un plagio. La noche antes de que le confirmaran que la emisora en la que aún trabaja la contrataría, soñó que la despedían por haber escrito un libelo contra el Rey.

Tiene miedo. Fuma sin parar. No se da cuenta del momento en que el cansancio la rinde: sólo le constará que se ha quedado dormida en el momento en que despierta. Ya clarea fuera. El tono del cielo está en el punto en que hace pensar que si la noche diese marcha atrás unos metros en su viaje circular por el planeta, afectaría al rectángulo de cielo que ella contempla desde la cama. Son las siete de la mañana. La angustia suena como un rumor inaprensible que procede de un lugar que es incapaz de determinar. La cerca. No iré, se repite. Pero cuando a las 8 salta el despertador, resuelve de inmediato no obedecerse, se pone en pie, se ducha con agua fría, despierta a su hijo, lo prepara, desayunan y se separan hasta la tarde. Cuando se han despedido, a Laura le embargaba la sensación de que ya no lo vería más hasta dentro de mucho tiempo, como si entre ese instante y el del reencuentro fuera a suceder tal cantidad de cosas que forzara la impresión de que habían trascurrido en vez de unas horas, unas cuantas semanas.

Pero lo que ha sucedido es simple. Llegaron las flores a las doce. Jolgorio en la redacción. Las ha recogido poniendo cara de sorpresa, simulando un gozo inesperado. Ha mostrado la tarjeta a alguna compañera que se le acercó para felicitarla con un guiño de complicidad. Alguien le arrebató la tarjeta y la leyó en voz alta con una teatralidad tan conseguida que suscitó aplausos:

«No me des las gracias porque el regalo no te lo estoy haciendo a ti: se lo estoy haciendo a las flores.»

No ha reparado en que el mozo que trajo las flores se detuviera a hablar unos minutos con una de las chicas de publicidad, una de las alegres comadrejas del Windsurf, como llaman los de redacción a las hermosas encargadas de ingresar dividendos publicitarios en las arcas de la emisora. Las llaman así porque suelen pasar los fines de semana resbalando por las olas gigantescas de Tarifa, y porque, cuando no tienen nada mejor que hacer –ningún cliente al que sacarle dinero mediante cualquier método– se comportan como detestables comadrejas.

Todos se han vuelto cómplices con ella. La han interrogado acerca del autor del envío. Dónde le conoció, a qué se dedica, si van en serio o se trata de una aventura pasajera. Laura rechaza las preguntas con muecas de desinterés, restándole importancia a todo. Tiene la certidumbre de haber vencido. Está contenta. Los demás saben ya que dispone de una existencia al otro lado que la refuerza, que su vida no se agota en la redacción y en su hijo, que conoce el amor. Acaba de suicidarse su soledad ante los ojos de los otros. Ha necesitado ir al baño para exigirse control. Se ha sentido menos gorda, menos sucia, menos insoportable. ¿Qué importa que el otro no exista si los demás le confieren existencia? ¿Qué importa que esta tarde haya de repetir los actos de ayer, los de mañana? ¿Qué importa que todo siga igual? ¿Qué importa que su soledad sea cierta si ya no podrá carcomerla porque sólo la carcomía cuando los otros sabían de su certeza?

Se pregunta todo esto desde la convicción extraña de que esta misma tarde el inexistente autor del envío la llamará o quedará con él: ha empezado a concederle en su interior identidad real a la ficción. Su actitud durante toda la mañana ha dejado entrever ese estado de ánimo: buen humor y amabilidad para todos. Las flores la han afectado, han pensado los demás. A la gorda le ha salido un novio romántico, han cotilleado las alegres comadrejas del Windsurf. Pero una de ellas ha levantado una ceja traduciendo su duda.

–Esto es muy raro –ha sentenciado como si esperara que alguien grabase en mármol su frase.

Enseguida le han inquirido por la razón de sus dudas y ella ha explicado que el mozo que trajo las flores le ha preguntado por la gorda, añadiendo que debía de ser muy rara. Ella le preguntó si la conocía de antes, y el mozo ha dicho que no, que no la conocía. Si no la conocía, concluye la recepcionista, ¿por qué iba a ser muy rara si se había limitado a recoger las flores que el otro le alcanzaba?

–Hay gato encerrado –ha dicho una comadreja del Windsurf.

–Sí –ha apostillado otra–, y si hay gato encerrado, no hay novio de la gorda.

Esa misma tarde, mientras su hijo le pregunta en el parque por qué fuma, la comadreja del Windsurf decide acudir a la floristería acompañada de otra compañera del departamento de Publicidad. Las alienta la seguridad de que la gorda se envió ella misma las flores, para demostrarles a todos que había alguien que la amaba. De lo contrario, ¿por qué se esforzó tanto en mostrar la tarjeta? Podía haber sido el envío circunstancial de una vecina para felicitarle su cumpleaños, o algo así. Una compatriota que le mandaba flores rememorando los malos tiempos en la Argentina de las Juntas Militares, por ejemplo. Pero ella se encargó de que no hubiese malas interpretaciones: era un envío con trasfondo sentimental y la prueba de ello fue la tarjeta.

–Así que la gorda tiene relaciones sentimentales, ¿eh? Me pregunto cuánto pesará su amante.

Los comentarios se habían ido volviendo en su contra a lo largo de la mañana, sobre todo en el departamento de publicidad. No en vano las comadrejas del Windsurf ya habían comprado un regalo para entregarle a Laura en la Fiesta de Fin de Año: se trataba de un enorme consolador mulato con el que la gorda pudiera apaciguarse los ardores a que se viera sometida en la soledad.

El envío de unas flores que todos habían traducido como la existencia de un amor en la vida de Laura chafaba ese regalo.

El mozo de la floristería atiende a las alegres comadrejas del Windsurf. Éstas le hacen una consulta risueña, y el mozo, con una amplia sonrisa, desvelando su complicidad, les pide que aguarden. Regresa con la dependienta, la que había atendido a Laura. El mozo ya le había comentado esa misma mañana que entregó las flores a la misma persona que realizó el encargo de enviarlas: aquella gorda con la cara pintarrajeada con mano excesiva. La dependienta caviló que debía tratarse o de una hermana gemela que felicita a otra su cumpleaños, o de un romance lesbiano entre focas. Las alegres comadrejas ríen el chiste. Una de ellas le pide a la dependienta que describa a Laura: no puede haber dos iguales. Bastan su acento argentino y su monedero fucsia para identificarla. El secreto profesional no parece ser costumbre de las dependientas de floristería.

Entonces las alegres comadrejas del Windsurf preparan lo que ellas llaman su venganza.

–Mañana –dice una comadreja después de pagar a la dependienta sus servicios– la gorda se enterará de quiénes somos.

Y ésa es la pregunta que ha escrito en la tarjeta del nuevo ramo de flores que, a la mañana siguiente, y portado por el mismo mozo, le harán llegar mañana a Laura. ¿Quién soy?, es la firma a la que antecede un texto que dice: «Flores cada día. Te enviaré flores cada día hasta que te des cuenta de que existo.»

La sensación que se inyecta en Laura cuando recoge el nuevo ramo es de perplejidad. La algarabía ha vuelto a sembrar su desorden en la redacción. Comentarios de chica qué le das, lo tienes en la palma de la mano, cosas así. Ella no ha acertado a hallarle explicación al ramo de flores. ¿Quién pudo ser? Ha realizado una lista urgente de candidatos a haber efectuado el envío, pero ninguno de ellos le convence. En ésas está, con el ramo de flores aún en la mano, cuando una de las comadrejas se le ha acercado con una sonrisa que le parte el rostro. Con voz afectada y melosa le ha dicho: ¡Cuánto te quiere tu supermán, eh, nena! Y entonces se ha dado cuenta, se ha dado cuenta de la trampa, se ha dado cuenta de que las comadrejas del Windsurf se han dado cuenta de que las flores del día anterior no se las mandó ningún amante. No puede hallar explicación a la venganza, cómo han sido capaces de hacerle algo así, de someterla a aquella humillación, una humillación de la que nadie se tiene por qué enterar, de la que ni siquiera puede dolerse ante los demás para buscar aliados, sólo ella misma, sólo ella y las que han perpetrado la venganza, pero eso basta para postrarla de desánimo y rabia. He dejado el ramo de flores y se ha marchado al cuarto de baño, donde se ha puesto a llorar. Se ha mirado al espejo culpándose de haber sido tan ingenua, tan infeliz. Se ha dado pena, se ha insultado, se ha llamado gorda, se ha llamado estúpida y miserable, ha pensado en tirarse por la ventana, también en salir y arrojarles un tiesto a las comadrejas, formar una bronca de la que al final la única perjudicada sería ella. Ha pensado en su hijo y también lo ha odiado por ser el único que la necesita, por no dejarla ser libre, por impelirle a tener que aceptar reglas de juego, y rebajarse y humillarse. Ha salido del baño, ha recogido las flores, ha pedido ver al jefe de redacción, que al encontrarse con sus pupilas naufragando en lágrimas le ha dado permiso para salir.

¿Y ahora qué hago? Ha pensado en entrarle a cualquier transeúnte, trabar conversación, llevarlo a casa. Mendigar amor. El más desgraciado de ellos la haría feliz. Se ha marchado a casa. En el autobús le ha cedido el asiento a una anciana embarazada. Unos cuantos estudiantes hablaban de sus problemas en inglés. Laura ha pensado en que podría ponerse a dar clases de inglés para ocupar sus tardes. Durante unos minutos se ha ilusionado, cosa de la que se ha dado cuenta cuando de nuevo el desánimo ha desplegado sus sombras sobre ella.

Por la tarde no ha ido al parque con su hijo. Se ha quedado en casa viendo la televisión. No almorzó, ni merendó. No piensa cenar. Jaime le ha preguntado qué le pasa, por qué está triste. Y ella sólo le ha ordenado que se lo coma todo.

Ha acostado a su hijo. Después se ha fumado casi tres paquetes de cigarrillos. Tenía miedo de dormirse. No sabía por qué. Está un poco mareada cuando empieza a amanecer, cuando amenaza el amanecer. Por fin se duerme, pero al instante, al menos en su percepción del tiempo –aunque en la realidad ha pasado algo más de un cuarto de hora–, la despierta un dolor agudo en el estómago. Escucha un rumor lejano: es el porvenir derritiéndose como un astro. Se ha dirigido al baño. Se ha mirado al espejo y se ha visto anciana y miserable. Se ha introducido dos dedos en la boca hasta tocarse la úvula. Después de tres violentas arcadas ha comenzado a vomitar humo.

Gonzalo Calcedo

Habitaciones, Zimmer, Chambres, Rooms

El cuento sobrevive pretérito en la mente de muchos lectores, convertido en una suerte de artefacto mecánico. Únicamente la revelación final parece conferirle verdadero significado; estamos, pues, ante la actuación de un prestidigitador, contemplado por un público que contiene la respiración atento a su única veleidad, el desenlace. También puede identificarse con la idea de una anécdota, más o menos culta, y para una gran mayoría, con una narración imberbe apropiada para niños. Tramposo o no, el cuento padece un reduccionismo que continuamente lo desacredita. Y no faltan los comentarios que lo dignifican, tallando sus facetas de minúscula piedra preciosa. Pero ¿dónde queda el cuento abierto, dueño de sí mismo, sin más normas que las de un poema?

Cuando escribo un cuento, su principio es una intromisión en el devenir de una historia principal; su final, por tanto, va a carecer del aparente peso de cientos de páginas. Que el lector imagine y sienta como ya escritas esas páginas requiere una sensibilidad diferente. Pero casi siempre, la emoción que pueda transmitir una historia escrita así, se enfrenta a una frustración mayor. ¿No va a suceder nada más? ¿Eso es todo? Nadie juzga con tanta alevosía un poema, cuya esencia tiene la misma encarnadura que el cuento. Queda entonces un último recurso, que también es una traición: su unión en un libro, la sensación espesante y sólida de un centenar de páginas. Entonces, cada cuento parece encontrar un mejor acomodo y su suma les da aliento. ¿Una imitación del andamiaje de capítulos de una novela? ¿Una impostura?

El relato contemporáneo, por referirnos a él de una forma que rejuvenezca su antiquísimo rostro, no debería ser tarea de un malabarista de los efectos; habría que trocar su artificio por una esencia menos ilusoria, más honesta. La pregunta es: ¿cuántas páginas son necesarias para dominar esta nueva brevedad? ¿Tenemos que rozar los confines de la novela, sus ale-

daños, contaminar al cuento de sus ritmos, su energía más soterrada? Quizás estemos ufanándonos de una propiedad que no nos pertenece, estableciendo nuevas normas que no van a preservar lo más válido de su oferta, la generosidad que supone para el escritor empezar docenas de historias a su antojo sin la pesarosa letanía de narraciones más extensas.

¿Un cuento sin coartadas? Por qué no. Pero este tipo de narración siempre va a carecer de la brillantez engañosa de nuestro querido artefacto circense, ese cuento que, como un fuego de artificio, nos ilumina durante un único instante de felicidad. Ese viejo cuento que se defiende de nuestros ataques y nos acecha, apostado tras su brevedad, oral y rotundo, dispuesto siempre a cortejarnos o a destruirnos.

emitar los cuentos de niños... tradicional

ringleader; hothead

Hubo un hombre de negocios que al verme pensó que yo era un regalo de sus compañeros de promoción. Se habían reunido en aquel hotel para celebrar su veinticinco aniversario y él había sido el cabecilla de la clase en el último curso. Incluso se volvió hacia la puerta entre emocionado y alegre, dispuesto a recibir en aquel mismo momento a sus amigos, en su imaginación tocados con carnavalescos gorros de papel, serpentinas sobre los hombros y puñados de confeti en las manos. Después noté la perplejidad en su rostro. Yo seguía tendida sobre la cama, mirándole.

–Debe de tratarse de un error –dijo en voz baja, como si no aceptase aquella decepción.

Entonces le conté que yo estaba allí por casualidad, que había elegido el hotel entre docenas de ellos. Le expliqué cómo había estado un rato en el bar, igual que un cliente cualquiera, y que luego había tomado uno de los ascensores.

–Es fácil abrir la cerradura –dije–. Sé hacerlo. Pero no pensé que volviese tan pronto. *chance*

Le pedí que me dejase tocar sus cosas. Aceptó convencido de poder hallar un resquicio de lógica en lo que estaba ocurriendo y se sentó en la butaca. Encendió un cigarrillo mientras yo abría su maleta. El equipaje apenas estaba deshecho. Acaricié el pijama, desorganicé el neceser de viaje, olí una colonia.

–¿Siempre hace eso? –me preguntó.

67

No era el primero que me descubría y yo sabía que casi nunca se irritaban verdaderamente.

–Suelo hacerlo. Me gusta. Trato de imaginar cómo será la gente que ocupa la habitación, gente que está de paso. Gente de muchos sitios diferentes, de otros países.

–Sigo pensando que es una broma –dijo él. Pero noté que quería convencerse de ello.

Volví a la cama, me senté en el borde y contemplé el fragmento de ciudad que encuadraba la ventana. Era esa hora turbia en la que día y noche se mezclan y bajo un cielo aún claro comienzan a encenderse las luces de los escaparates. El cristal amortiguaba el ruido del tráfico. Era un buen hotel, pero algo impersonal: habitaciones amplias aunque asépticas, con los muebles modernos, esa clase de muebles que son difíciles de identificar, con mesitas de noche soldadas al cabecero y cómodas prolongadas por gélidos muebles bar.

–¿No quiere visitar el lavabo? –ironizó.

–Ya lo he visto.

Entonces se soltó el nudo de la corbata, luego los cordones de los zapatos.

–No creo que haga esto tan a menudo. Y por nada.

–No soy una ladrona –me disculpé–. Y, sí, lo hago muchas veces, cuando quiero. Recorro los hoteles, voy de habitación en habitación, duermo en las que están vacías o simplemente me quedo mirando por la ventana, en la oscuridad.

Yo hablaba matizando cada palabra, intentando que la descripción de mis actividades tuviese algo de espiritual, místico, pero él sólo me juzgaba desde la razón. Yo era una intrusa.

–Tiene que irse –se impacientó–. Si no, llamaré a la recepción. Puede que hasta llame ahora mismo, sin esperar a que se vaya.

No le costó posar su mano grande y rosada en el teléfono. Me quedé mirando el puño algo gastado de su camisa.

–Ese color te favorece –comenté como si le hablase a un amigo–. Todas las camisas que tienes son iguales, es curioso.

–Es el color preferido de mi mujer.

68

Sonreí al estar de acuerdo, y noté que su brazo se cansaba. Retiró la mano por fin.

–¿Pensó que iba a denunciarla?

–Tal vez.

–¿Nunca le ha ocurrido?

–No. Y casi siempre entro y salgo sola de las habitaciones.

–¿Se queda a cenar?

No respondí. Luego él me pidió que me quitase los pendientes y obedecí. Me senté delante del tocador y los deposité en una bandejita plateada que había junto al cepillo de ropa. Hicieron un ruido metálico, algo hueco, que desmintió su valor. Suspiré frente al espejo. Podía verle, sentado en la butaca, un poco en penumbra, mirándome, al fondo la ventana y la ciudad cada vez más oscura. Había empezado a llover. Me froté el cuello.

–El collar –susurró.

También obedecí. Lo retuve un tiempo en la mano, las cuentas aún tibias y perfumadas. Después estudié mi cara en el espejo. Treinta y cinco años. Una amiga mía opinaba que había una edad para cada cosa, que toda actividad estaba definida por un número: el treinta y cinco era un buen número para ser visitante de hoteles.

Él seguía mirándome, ya cansado, casi sin curiosidad, como si ya hubiese tenido aquella experiencia. Seguramente que también pensaba en su mujer.

–¿Tienes hijos? –pregunté.

–Dos.

Yo no tenía hijos. No los tendré, ésa es la verdad.

–Un par de chicas.

Pensé que quizás a ellas, dentro de unos años, también les gustaría visitar hoteles, ser una sombra, un centinela de habitación en habitación. Me descalcé un zapato y luego el otro.

–Si no encendemos una luz –advertí–, dentro de poco no podremos vernos.

–Prefiero que no nos veamos. Las caras tienen la culpa de todo. Nos hacen sentir responsables.

–Una vez –conté–, estuve en la habitación de un hombre

69

que se suicidó horas después. Todo estaba en orden. Había escrito una carta y la leí. No era una carta de despedida, sino de agradecimiento. El pijama de aquel hombre era de color granate, lo recuerdo bien. Y tenía un batín a juego. Las zapatillas también eran granate y no estaban gastadas. Realmente creo que no las usaba. Para suicidarse utilizó esa ropa. Por eso supe que era él cuando lo vi en la acera, al salir de la cafetería. Aún no lo habían cubierto con una manta. Estaba a las puertas de un hotel, donde hay docenas de habitaciones y docenas de camas, y nadie encontraba una manta. El problema era que todas las mantas y toallas llevaban grabado el nombre del hotel.

Forcé la vista para distinguirle en el espejo.

–Creo que aquel hombre era feliz. No estaba angustiado. Ningún hombre que sepa que va a morir es tan ordenado.

–Puede que simplemente perdiese el equilibrio. Puede incluso que usted misma le obligase a caer.

Sonreí con tristeza, sin negar sus insinuaciones.

–Soy viejo –me confesó–. Nos hemos reunido para festejar lo viejos que somos todos. Ahora son las ocho y dentro de un cuarto de hora telefoneará mi mujer. Prefiere llamarme ella.

–Puedo irme antes de que llame.

–No es necesario. No quiero estar solo.

–Tienes que ayudarme con la cremallera.

Se levantó. Su mano estaba húmeda. Bajó la cremallera y al tiempo sentí un escalofrío antipático y brusco, como una sacudida.

–Si no me meto en la cama, voy a coger frío –dije.

No habló más. Me acosté y al rato me despertó el timbre del teléfono. Le oí hablar con su mujer. Fue una conversación de casi media hora. Él le contó cómo había ido la reunión, le habló de sus compañeros vivos y de los muertos, de lo que habían comido y de las burlas que se habían hecho unos a otros. Hablaba cara a la pared, como un condenado, y estoy segura de que en ningún momento pensaba en mí; actuaba como si yo fuese una parte más de la habitación, un mueble, un complemento. Y no estaba equivocado.

Al final preguntó por sus hijas. Una estaba algo enferma, un poco de fiebre. Pero el médico de la familia había dicho que no tenía importancia. El que él hablase con tanta familiaridad del médico me hizo imaginar un hogar sólido y perenne, una casa en la que la pérdida de un gato querido es un acontecimiento doloroso y vivido. Imaginé el bonito porche y el jardín en el que mi acompañante desperdiciaría su tiempo los fines de semana. Una casa en la que recibir amigos y dar pequeñas fiestas.

Yo tenía los hoteles, sus habitaciones, sus maletas anónimas, las fotografías y las cartas, los olores, los zapatos limpios y sucios, los cabellos caídos en los lavabos, las mojadas cortinas de la ducha, el goteo de los grifos sin reparar en los hoteles viejos y esperpénticos, las manchas de humedad, los techos amarilleados por el humo de los fumadores, las risas en los pasillos de madrugada y los jadeos de las parejas amándose; tenía todo eso y nada, porque cada vez que abandonaba una habitación arrancaba una página de mi propio álbum de fotos.

Noté su mano en mi hombro. Había terminado de hablar.

–Todos están bien.

–Me alegro. Tengo sueño. Me había quedado dormida.

–¿Y la cena?

–No te prometí que me fuese a quedar a cenar.

Me cubrí el rostro con la sábana al ver que iba a encender la luz de la mesita.

–De pequeña pensaba que me quedaría ciega si alguien encendía una luz de golpe en la oscuridad.

Él tosió débilmente. Estaba sentado en el borde de la cama, y, al levantarse y faltar su peso, el colchón recuperó su forma y jugó con mi cuerpo: me movió con suavidad, como meciéndome. Moví las piernas y mis pies encontraron una zona fría entre las sábanas.

–¿No vas a acostarte? –le pregunté. Aparté unos centímetros la sábana, la convertí en un antifaz que medio cubría mi rostro y le vi frente a la ventana, mirando la ciudad.

Pasaron varios minutos. La habitación comenzaba a oprimirme. Me preguntó si tenía casa.

–Vivo con mi madre. Es vieja.

Fui innecesariamente cruel. Creo que pensó en su familia y en aquellos momentos dejó de considerarme con distancia. Fue como si alguien le hubiera dicho al oído que yo era diferente.

–¿Y trabajo?

–Sí, soy normal. Deambular de hotel en hotel es mi única rareza. Puede que coleccionar sellos sea en el fondo algo más extraño.

–Puede.

–Tengo que irme.

Me levanté arrastrando la sábana tras de mí. Me envolví en ella y fui hasta la ventana. Él ladeó la cabeza para mirarme.

–¿Recuerdas los números? Los números de las habitaciones, quiero decir.

–Algunos. Casi todos.

–¿Y la gente?

–Sus cosas. A ellos no.

–Puedes llevarte lo que quieras.

Me abracé a él. Era grande, mullido, amigable, protector. Me rodeó con su brazo, sus dedos se enredaron en mi pelo y me sentí muy joven, casi una niña. ¡mujer!

–No quiero nada.

Mientras me vestía estuvo en el lavabo. Le oí enjuagarse la boca. Luego se afeitó por segunda vez aquel día y cuando el zumbido de la maquinilla eléctrica devolvió el silencio a la habitación, regresó a mi lado. Me miró sonriente, afable y tierno. Como a una hija.

–¿Estás segura?

–Sí, no quiero nada.

–Me gustaría que recordases algo de esto.

–Sí.

Se sentó en la cama, se mesó el cabello sobre la nuca con gesto cansado. Comprendí que no iba a insistir.

–Tengo que dormir. El vuelo de mañana es muy temprano.

Abrí la puerta y el quebrarse del corazón de la cerradura al ceder el pestillo le inmovilizó.

–Adiós –dije. Y salí.

Eché a andar por el pasillo y cuando me di la vuelta para mirar la puerta y fijarme en su número, ya no pude distinguirla de las demás.

Javier Cercas

Volver a casa

¿Qué es un cuento? Todo el mundo sabe lo que es un cuento, pero nunca he leído una definición que abarque de forma satisfactoria el laberinto de variantes y matices y formas y condiciones que nombra esa palabra. Lo mismo ocurre con la novela: en realidad, casi cualquier cosa puede ser una novela; casi cualquier cosa, también, puede ser un cuento. El asunto se complica si, como sucede a menudo –y como parece razonable–, se pretende definir el cuento por oposición a la novela. Se dice, por ejemplo, que lo que frente a ésta caracteriza a aquél es su brevedad, pero parece evidente que eso no pasa de ser una perogrullada. Se dice también que el cuento tolera peor que la novela los puntos muertos –esas zonas en que el curso de una novela parece remansarse, y en que uno a veces halla gran parte de su encanto–, y que por ello el rigor constructivo, entendido como necesidad de eliminar todo elemento que no desempeñe una función precisa en el mecanismo de la narración, constituye una condición ineludible del cuento; tal vez sea cierto, pero todos conocemos cuentos magníficos que justamente operan a base de digresiones, siguiendo la máxima de Sterne: I progress as I digress. Cortázar, un gran escritor de cuentos, habló de la conveniencia de la circularidad, de la esfericidad, del final cerrado; no seré yo quien se atreva a enmendarle la plana, pero sí confesaré mi debilidad por ese tipo de cuentos –entre los que sería fácil mencionar alguno del propio Cortázar– cuya historia y cuyo sentido último, como la estela plateada de un cometa que corta la noche, parecen querer sobrevivir más allá de las palabras que los engendraron.

¿Qué es un cuento? Todo el mundo sabe lo que es un cuento, pero me da la impresión de que nadie sabe muy bien lo que es. En todo caso, yo no sé lo que es; y mucho menos lo que debería ser. Los responsables de esta antología me piden mi poética del cuento. Nada me gustaría más que complacerlos, pero no la tengo; si la tuviera, quizá no escribiría cuentos: al fin y al

cabo uno escribe para descubrir lo que ignora, no para ratificar lo que ya sabe. O sea que mi poética es que no tengo poética. Es verdad, sin embargo, que podría decir que me gustan mucho aquellos cuentos en los que lo que se dice es siempre mucho menos que lo que se oculta o calla e intuye; o que para mí un buen cuento no cuenta una sola historia, sino varias; o que algunos de los escritores que prefiero son ante todo –o por lo menos lo son para mí– escritores de cuentos: Poe, Villiers, Chéjov, Kafka, Hemingway, Borges, Buzzati, Dinesen, Mrozek, Bioy, Barthelme, Cortázar, Vila-Matas, Monzó. Pero es razonable suponer que esto tampoco satisfará la petición de los antólogos. A riesgo de incurrir en la obviedad (o de formular una idea que sienta deseos de refutar apenas la formule), lo intentaré de otro modo.

Decía Unamuno, un escritor que me gusta casi tanto como me irrita, y a quien debemos algún cuento memorable, que hay dos tipos de escritores: los ovíparos y los vivíparos. El primer tipo parte de una idea y luego trabaja sobre ella: se documenta, toma notas, hace esquemas, etc.; es decir: pone un huevo y lo empolla. El segundo no apunta nada: lo lleva todo en la cabeza; no trabaja en el exterior, sino en su interior: gesta; y, cuando lo apremian dolores de parto –cuando siente la urgencia de dar salida a lo que ha estado madurando durante días o semanas o meses o años–, pare. Pues bien, a mí me parece que un escritor puede ser al mismo tiempo ovíparo y vivíparo, según el género que en cada momento ensaye. Al menos en mi experiencia, el cuento, a diferencia de la novela, tiende a ser un género esencialmente vivíparo. Por eso un cuento me sale o no me sale («fragua o no fragua», dice García Márquez, otro excelente autor de cuentos). Por eso, en mi experiencia, el cuento admite con menor facilidad ese permanente e inflexible y obstinado ejercicio de reescritura en que radica casi todo el secreto de la novela. No quiero decir con ello que en el cuento, como por lo demás en cualquier otro género, escribir no sea para mí un sinónimo de reescribir; constato únicamente que, en mi experiencia del cuento, la distancia que media entre el primer borrador y el último es casi siempre menor que la que separa uno y

77

otro en una novela. *Por eso a mí la novela, que es un género gozosamente laborioso, siempre me ha parecido, también, un género esencialmente plebeyo, mientras que el cuento, que a menudo cuaja antes por obra del latigazo azaroso de la inspiración que del encarnizamiento de horas que exige la novela, y que por lo demás es un género más antiguo y más noble que ella (y acaso más difícil), siempre me ha parecido un género esencialmente aristocrático.*

Esto, al menos, es lo que pienso hoy. La idea ya está ahí, formulada (no es una poética, pero como mínimo es una idea, quizá un sucinto modus operandi, *o un catálogo apresurado de manías); las ganas de refutarla también están ahí. Es casi seguro que mañana –esta noche mismo– pensaré otra cosa. Mejor dejarlo.*

VOLVER A CASA

Para José Luis Bernal Salgado

Cuando hace ahora casi diez años me llamó por teléfono el profesor Marcelo Cuartero para ofrecerme un empleo en el Colegio Universitario de Gerona, que por entonces dependía de la Autónoma de Barcelona, lo primero que pensé es que había habido una confusión. No lo dije, claro, y después de hacerme un rato el interesante acepté la oferta y le aseguré que al cabo de un mes llegaría a Gerona, pero cuando colgaba el teléfono ya no me cabía ninguna duda: seguramente engañado por uno de los pocos amigos que yo conservaba en el Colegio Universitario –un poeta peligroso y lunático militante, capaz de organizar las mentiras más inverosímiles si con ello es capaz de hacer un favor a un amigo–, Marcelo Cuartero me había llamado a mí en vez de llamar a la persona adecuada; estaba sin embargo seguro de que, en cuanto llegase a Gerona, la confusión se aclararía: habría alguna llamada, alguna carrera y algún portazo, Marcelo Cuartero abroncaría al poeta conspirador y el poeta conspirador abroncaría a Marcelo Cuartero, me pedirían disculpas, me invitarían a comer, me agradecerían mi buena disposición y con un poco de suerte me pagarían el viaje de vuelta. De todo eso estaba seguro. Pero también estaba harto de los Estados Unidos, que era el sitio donde entonces vivía (o, para ser más exactos, en un estado del Medio Oeste que estaba rodeado de otros estados donde imperaba la ley seca; por eso yo no cogía nunca, excepto en casos de máxima necesidad, ningún tipo de trans-

porte, ni privado ni público –ni siquiera púbico, pero eso ya
es otro tema–: un pánico indescriptible se apoderaba de mí
cada vez que me pasaba por la cabeza la posibilidad de ir a
parar a uno de ellos); para acabar de arreglarlo, yo había tenido la simpática idea de publicar hacía poco tiempo una nove-
lita en la que se sintieron retratados los escasos amigos que
había conseguido hacer en aquel país, quienes a partir del
momento en que la leyeron adoptaron la curiosa costumbre
de cambiar de acera cada vez que me los encontraba por la
calle.

Un mes después de aquella llamada imprevista cogí el avión.
Recuerdo que mientras sobrevolábamos el Atlántico bajo el
sol de mayo yo me sentía dividido entre la nostalgia perversa
del país de puritanos y salvajes que dejaba atrás (ya se sabe
que uno siempre añora lo que ha abandonado o perdido, porque los espejismos de la distancia lo tiñen todo de una pátina
prestigiosa) y la razonable excitación, o el miedo, de volver a
casa (porque me temía que durante todos los años que había
pasado fuera la memoria hubiera disfrazado de virtudes ilu-
sorias la ciudad huérfana de bares y saturada de curas, gris y
húmeda e invariablemente otoñal, infectada de toda la tristeza de una adolescencia malograda, que yo conocía de siempre). De manera que, para combatir esta doble ansiedad, me
puse a leer una revista mientras miraba con el rabillo del ojo
a la mujer que estaba sentada a mi lado. Tenía unos treinta y
cinco años y era rubia y bonita, y dormía con la placidez sin
resquicios con que lo hacen los niños y las personas que no
conocen la mala conciencia. En la revista había un artículo
de un tal Bill Bryson, que leí; no recuerdo exactamente de
qué trataba, pero sí que se titulaba «More fat girls in Des Moines», y sobre todo recuerdo que acababa así: «Como yo le decía siempre a Thomas Wolfe, hay tres cosas que no se pueden
hacer en la vida. No se puede estafar a la compañía de teléfonos, no se puede conseguir que un camarero te vea antes de
que él haya decidido verte a ti, y no se puede volver a casa.»
La frase sonaba con el tintineo inconfundible de la verdad,
pero, como me pareció un presagio funesto, dejé a un lado la

80

revista y me volví hacia mi compañera de viaje. Estaba despierta; empezamos a hablar. Se llamaba Kathy y era de San Luis, pero desde hacía años vivía en Chicago, donde acababa de abandonar a su marido y a sus dos hijos para irse a vivir a Madrid, con un amigo a quien había conocido el año anterior, en unas vacaciones. El amigo se llamaba Manolo.

–América es un país para trabajar –sentenció, supongo que a modo de justificación de su huida–. No un país para vivir.

Le dije que tenía toda la razón, y aproveché la oportunidad para denigrar una vez más la ignominia de la ley seca, un ejercicio que en aquella época practicaba cada vez que podía y en el que –ya sé que está mal que sea yo quien lo diga, pero es la pura verdad– llegué a rayar muy alto. En plena pirotecnia de confidencias, acuerdos y efusiones, no me fue muy difícil mentir: elogié su valiente decisión de abandonar a su familia por un desconocido a quien apenas había tratado durante quince días; añadí que estaba seguro de que todo le saldría muy bien.

Poco antes de que el avión aterrizase en Madrid, Kathy fue al lavabo; al volver había cambiado las zapatillas de deporte, los tejanos y la camiseta del viaje por unos zapatos de tacón rojos y uno de esos escalofriantes vestidos de domingo con que algunas americanas consiguen aniquilar, con un celo de inquisidor, hasta el más mínimo rastro de su atractivo; también llevaba la cara pintada como un cromo.

–¿Te gusto? –dijo, radiante, ensayando la mirada de coquetería con que sin duda tenía previsto volver a seducir a Manolo.

–Estás preciosa –le dije.

Manolo la esperaba en el aeropuerto. Era muy moreno, muy delgado, muy guapo, con manos de albañil, cintura de novillero y cara de lugarteniente de Curro Jiménez, con el pelo rizado y las enormes patillas boscosas, y vestía uno de esos pantalones, muy estrechos en los muslos y muy anchos en los tobillos, que en los años setenta llevaban los cantantes de éxito y los presentadores de televisión: quizá por eso se me

81

ocurrió, absurdamente, que Manolo parecía una mezcla perfecta de Nino Bravo y Mario Beut. No me sorprendió en absoluto que no hablase ni jota de inglés, pero sí que Kathy ni siquiera entendiese el castellano; más raro todavía me pareció, sin embargo, que los dos se comunicasen sin ningún problema en una lengua que no era ni inglés ni castellano, que aparentemente no participaba de ninguna de las dos y que al principio, no se por qué, a mí me pareció ruso. Kathy, que me había tomado un afecto inexplicable, insistió en que se quedarían conmigo hasta que saliese el avión de Barcelona; Manolo no puso ninguna objeción, y cuando ya nos despedíamos mi amiga prometió que me escribiría una carta desde Getafe, que era el lugar donde vivía Manolo. «Ya será desde Chicago», pensé entristecido, mientras los veía alejarse por la terminal.

Al llegar a Gerona todo se precipitó. Aún no me había dado tiempo de saludar a mi familia cuando sonó el teléfono. Era el poeta lunático. Mientras cogía el auricular se me ocurrió que él era la única persona del Colegio Universitario con quien yo mantenía una amistad estable, y que por eso se habían apresurado a encargarle que aclarase la confusión. «Podían haber esperado un poco», pensé, resignado, aunque no sin algún resentimiento. Con sorpresa, casi feliz por la prórroga que me concedían, comprobé que mi amigo no me llamaba para anunciarme el error.

–¡Qué alegría! –gritaba, sin atreverse a revelar las maquinaciones de vergüenza que había urdido para engañar a Marcelo Cuartero y conseguir que me ofreciese el empleo–. Como mínimo ya no estaré solo. Seremos dos.

No me atreví a preguntar a qué se refería, pero era evidente que se hacía muchas ilusiones, porque estaba convencido de haber encontrado un cómplice dócil de sus fechorías.

–Mañana tienes una entrevista con el director del Colegio Universitario –me anunció más tarde, y supe de golpe que todas las esperanzas que por un momento había abrigado se hacían añicos; comprendí que, sin duda consciente de la magnitud del error que habían cometido y de la decepción que supondría para mí, el director había decidido explicarme él personalmente la confusión e intentar atenuar sus efectos–. Es el hermano del alcalde. Se llama Pep Nadal. ¿Le conoces?

–No.

–Es un lunático –dijo el poeta lunático–. De ese tipo de gente que no rige. Ya me entiendes, ¿verdad?

–Perfectamente.

–Imagínate: dice que quiere montar una universidad. ¡En Gerona! –Se echó a reír con toda la estridencia de su risa felina–. Es como si alguien te dijese que la Unión Soviética desaparecerá este año... En fin: le he dicho que mañana a las doce estarás en la Rambla, en L'Arcada.

Decidido a aprovechar a conciencia los pocos días que me quedaban de estar en Gerona y mi estatus precario de profesor *in pectore*, aquella misma noche salí con los amigos. El verano se había adelantado y hacía una temperatura espléndida y una luna enorme y redonda manchaba el cielo; Gerona parecía la ciudad ilusoria que mi memoria había imaginado: por ninguna parte vi una sotana, las calles estaban llenas de automóviles y de gente, una multitud de estudiantes alborotaba la confusión de bares que iluminaba la noche. Uno tras otro, los fuimos cerrando. Pensando en los rigores inhumanos de la ley seca, me sentí feliz; antes de las doce todo el mundo me parecía simpático e inteligente, en todas las muchachas reconocía un cierto parecido con Michelle Pfeiffer, y ya no era capaz de ver a nadie que no tuviese unas ganas desaforadas de pasárselo bien. Recuerdo que en un bar que se llamaba UVI, en cuya barra estaban apoyados un par de casos terminales, los amigos me preguntaron por qué había decidido volver. Durante todos los años que yo había pasado fuera les había hecho creer lo que siempre cree la gente generosa o inocente: que uno se va de su país porque se le ha quedado pequeño; por vanidad, o por no romper con una decepción inútil la euforia del reencuentro, en aquel momento no quise destruir esa halagadora certeza ficticia con la tristeza de la verdad: que yo me había ido a otro país porque no había

83

encontrado un trabajo decente en el mío. Buscando una mentira adecuada recordé a Kathy.

–América es un país para trabajar –dije–. No un país para vivir.

Todo el mundo aprobó efusivamente la frase y pedimos otra copa.

Hacia las cuatro de la madrugada aterrizamos en una discoteca. Estaba llena a rebosar. En la pista de baile sonaba Rod Steward y cuando me acerqué a ella tuve la impresión de estar asistiendo a un orgasmo multitudinario y unánime, acuchillado por focos de luz hipócrita que falsificaban las caras y las dotaban de una alegría de parranda, y capitaneado por un individuo de unos cuarenta años, moreno y acharnegado, que por algún motivo me hizo pensar en Manolo y que, con sus movimientos de locura, trazaba a su alrededor una circunferencia que nadie parecía decidirse a traspasar. Tomamos una copa en la barra de la pista de baile y luego otra en el bar. Reconocí muchas caras, saludé a mucha gente, hablé de muchas cosas, aunque no recuerdo exactamente de qué. Lo que sí recuerdo, en cambio, es que al rato –ya debía de ser bastante tarde–, después de varias copas más, me sorprendí hablando en el váter con un desconocido.

He comprobado que el váter no es solamente el lugar metafísico de los bares, sino también el de las confidencias fraternales. Y no sólo entre mujeres. Ni sólo entre conocidos. No recuerdo de qué empezamos a hablar aquel individuo y yo; recuerdo que estábamos uno al lado del otro, sin mirarnos, con la frente enfriada por los azulejos de la pared y las manos ocupadas, y también que en algún momento me pareció entender que trabajaba en el servicio de limpieza del Ayuntamiento. Fue entonces cuando me volví para mirarlo; lo reconocí de inmediato: era el moreno acharnegado que monopolizaba la atención en la pista de baile. Quizá porque no podía evitar pensar en Manolo cuando lo miraba, o porque las confidencias de váter unen mucho más de lo que uno sospecha, lo cierto es cuando acabamos de orinar ya éramos amigos.

84

El moreno me invitó a tomar una copa.

–Gerona es una ciudad cojonuda –le dije, menos borracho que exaltado.

Me miró como se mira a un loco.

–Antes –expliqué, suponiendo que estaba ante un recién llegado–, cuando en un bar te acercabas a alguien para charlar un rato, te miraban con cara de «se-puede-saber-quécoño-quiere-éste». Ahora hasta se pueden hacer amigos en el váter.

–Gerona es una mierda –contestó, drástico.

Le pregunté por qué.

–No hay suficientes bares. Ni suficientes discotecas.

Me hice el hombre de mundo: le dije que, en comparación con muchas ciudades de otros muchos países, en Gerona había una cantidad desatinada de bares y discotecas. Y que, además, cerraban más tarde que en ninguna otra parte.

–Tonterías –dijo.

La verdad es que me lo puso muy fácil, de manera que decidí aplastarlo con mi discurso sobre la ley seca. Ahora me escuchó con atención, incrédulo, ligeramente pálido. Por un momento pensé que daría media vuelta y se volvería al váter. Cuando se recuperó, maldijo un rato a los americanos, pero de inmediato volvió a la carga.

–No hay bares suficientes –insistió–. ¿Y sabes quién tiene la culpa?

Dije que no con la cabeza.

–El alcalde. –Con una sonrisa cruel añadió–: Pero su hermano todavía es peor.

–¿Pep Nadal?

–Pep Nadal.

–¿Le conoces?

–¡Ya lo creo! –dijo, entrecerrando los ojos en un transparente gesto de experto, que significaba: «¡Si yo te contara!»–. Es un loco peligroso. Imagínate: dice que quiere montar una universidad. ¡En Gerona!

Luego hablamos de otras cosas. Mi nuevo amigo era un fanático de Rod Steward, del cine español en general y de

Gracita Morales en particular (había visto todas sus películas); también era un admirador incondicional de Nino Bravo y, mientras yo me preguntaba si Kathy todavía estaría en Getafe, con Manolo, o si ya habría cogido un avión de vuelta hacia Chicago, me obsequió con una breve pero emocionada interpretación de *Libre*. Más tarde me demostró que se sabía de memoria todas las novelas de Leonardo Sciascia. Recuerdo que pensé que Gerona no solamente es la única ciudad del mundo donde los catedráticos y los barrenderos pueden ser amigos, sino también la única donde un barrendero es capaz de disertar a las cinco de la madrugada sobre el problema de la ambigüedad de la ley en la obra de Leonardo Sciascia.

Una hora más tarde, cuando salía de la discoteca, borracho y sin haberme despedido del barrendero erudito, me di cuenta de que ni siquiera le había preguntado cómo se llamaba.

Al día siguiente llegué a L'Arcada mucho antes de las doce. Para combatir la resaca y suavizar el estropajo en que se me había convertido la lengua, me bebí dos coca-colas seguidas y, un poco aliviado, encendí un cigarrillo y me puse a esperar la aparición del previsible individuo de cuello duro, investido de una cierta solemnidad académica, que me explicaría el error que el Colegio Universitario había cometido conmigo y me pediría disculpas. Me sentí ridículo. Entonces tuve una idea; comprendí que, si me levantaba y volvía a mi casa antes de que Pep Nadal llegase, todo el mundo saldría ganando: yo me ahorraría una humillación, Pep Nadal una explicación superflua e incómoda, y el Colegio Universitario una comida de disculpa, quizá incluso el billete del avión de regreso.

Ya me levantaba para irme cuando vi que se acercaba desde el otro extremo de la Rambla el moreno acharnegado de la discoteca. No sé por qué, pero me emocioné; sentí ganas de abrazarlo, como si Gerona fuera una ciudad remota, hostil e inhóspita y él fuese la única persona que yo conocía allí. Me pareció que el moreno, que estaba tan fresco como si hubiese dormido doce horas y había cambiado la informalidad indumentaria de la discoteca por un traje impecable, también se alegraba de verme. Nos saludamos efusivamente. Después me invitó a un café y, mientras lo bebíamos, me preguntó qué hacía allí. Le dije la verdad: que tenía una cita. Apenas lo dije, pensé que Gerona es el único lugar del mundo donde quedas con un catedrático y acabas tomando café con un barrendero, y en aquel momento me pareció recordar, a través de la niebla etílica que emborronaba la noche anterior, que mi amigo me había dicho que conocía a Pep Nadal. Ya me disponía a decir alguna cosa cuando él se me adelantó.

–Yo también –dijo.

–Tú también qué.

–Yo también tengo una cita –aclaró–. Aquí.

–¿Una boda? –pregunté, señalando su ropa.

Nos reímos. Luego, quizá porque todavía acariciaba en secreto la idea de quedarme y de hablar con él, llevé la conversación hacia Pep Nadal. Me frenó el espanto que le leí en los ojos; de inmediato lo tradujo en palabras.

– No me irás a decir que has quedado con él.

Dije que sí con la cabeza. Por un momento mi amigo me miró entre perplejo y divertido, como si no acabara de creerse lo que acababa de oír, o como si de golpe yo me hubiera convertido en otra persona; después movió la cabeza de un lado para otro, hizo chascar la lengua contra el paladar y apuró de un trago el café.

–¿Qué pasa? –pregunté.

–Nada –dijo, sin atreverse a levantar del suelo una sonrisa de travesura–. Que Gerona es una mierda.

Angustiado por una brusca sospecha, pregunté:

–¿Porque no hay bares suficientes?

–Porque Pep Nadal soy yo, capullo.

Pronto hará diez años de aquella mañana de mayo. Desde entonces han pasado muchas cosas. La confusión aún no se ha aclarado, y ya no sabré nunca si me contrataron porque de verdad me querían contratar o porque cometieron un error que nadie se atrevió a corregir; por si acaso, yo no hago preguntas y continúo dando clases como si tal cosa. En Gerona

87

hay una universidad desde hace algunos años –ahí es donde yo trabajo ahora: el Colegio Universitario fue absorbido por ella–, pero las muchachas ya no quieren parecerse a Michelle Pfeiffer sino –¡ay!– a Winona Ryder, y no hay manera de ir a una discoteca y oír a Rod Steward; Nino Bravo, en cambio, parece que vuelve a estar de moda. Kathy me escribe de vez en cuando: todavía vive en Getafe, con Manolo, tienen dos hijos –un niño y una niña– y están esperando otro; en la última carta venía una foto de la familia entera, todos a caballo en la moto de Manolo, que sonríe con una sonrisa de patilla a patilla, igual que Sancho Gracia. El mes pasado acabé de escribir una novela; la han leído algunos amigos, pero de momento todos continúan saludándome con normalidad, incluso Marcelo Cuartero y el poeta lunático. América sigue existiendo (o eso dicen, porque yo no he vuelto por allí), pero no la Unión Soviética. Gracita Morales se murió. Y también Leonardo Sciascia. En cuanto a lo demás, debo decir que me he convertido en un lector asiduo de Bill Bryson, aunque ninguno de sus libros –ni siquiera *The lost continent*, que es extraordinario– me ha gustado tanto como aquel reportaje que se titulaba «More fat girls in Des Moines» y que apenas recuerdo, aunque a menudo pienso en él y también en la frase con que se acaba y me digo que, como mínimo en parte (en una tercera parte, para ser más exactos), por una vez Bill Bryson no tenía razón.

Luis García Jambrina

La mujer impenetrable

LA FICCIÓN Y EL DESEO

Cada escritor debe buscar no sólo su estilo, sino también su ritmo y su distancia. Lo mío –creo– es el estilo llano, el ritmo ágil y las distancias cortas. Por eso escribo cuentos, que no son más que el equivalente literario a los cien metros lisos. Los míos, por lo general, están escritos de un tirón, sin saber al principio ni siquiera dónde está la meta. Para ello parto de una idea, de una imagen o de un simple título –un título casi siempre enigmático, incluso para mí–, que son los que ponen en marcha el mecanismo arrollador del relato. Pero, además de velocidad, es necesaria la concentración: de tiempo, de espacio y, por supuesto, de acción.

Escribo, por lo demás, los cuentos que a mí me gustaría leer. En ellos se atropellan mis deseos, temores y obsesiones. Pienso que toda ficción es, de hecho, en términos vagamente psicoanalíticos, un fantasma del deseo. Y «La mujer impenetrable» es, en este sentido, bastante paradigmático. En él confluyen el deseo y la frustración, la fascinación y el miedo ante la mujer, las interferencias entre el sueño y la realidad, el juego con las apariencias y el engaño... Añádase a ello un tono irónico y una leve intencionalidad social o moral, y obtendremos, por vía de análisis, los ingredientes fundamentales de mi(s) relato(s).

Pero hay un aspecto, a la vez temático y formal, que me gustaría resaltar aquí. Se trata de la presencia de lo que podríamos llamar pasión escópica o libido de mirar. Este cuento –se me ocurre ahora– está construido en torno a una serie de miradas. Es el placer, teñido de terror, de mirar y espiar el esquivo objeto del deseo y es también la necesidad compulsiva de saber, de ver lo que está oculto y se niega a ser explicitado. En consonancia con ello, su concepción es eminentemente visual y su planificación –lo confieso–, marcadamente cinematográfica.

En fin, alguien ha dicho por ahí que «La mujer impenetrable» es una «fábula feminista», y a mí no me disgusta esa definición. Ojalá sea cierta.

LA MUJER IMPENETRABLE

Quería vivir sola en un piso, pero, claro, los alquileres estaban tan caros que, de momento, tenía que resignarse a compartirlo con otras. Nada más iniciar la búsqueda, un lacónico anuncio –«Se necesita chica para compartir ático»–, pegado en el cristal de una peluquería, la impulsó a rebajar sus pretensiones. Sin perder un instante, anotó la dirección y preguntó por la calle. Estaba justo a la vuelta de donde se encontraba. El edificio era antiguo, de una arquitectura robusta y algo monolítica, aunque recién restaurado. Desde la calle se divisaba una tentadora terraza coronada de tiestos y ropa tendida. Subió uno, dos y hasta tres pisos por una escalera precaria de ceras y carcomas. En el ático sólo había una vivienda. Como no encontraba el timbre por ninguna parte, hizo sonar con fuerza una reluciente aldaba de bronce que había en la puerta. No tardaron en abrirle. Pero, cuando vio aparecer en el umbral a un hombre –el supuesto inquilino del ático–, sufrió la más terrible de las decepciones. Así y todo, probó, a ver qué pasaba:

–Vengo por lo del anuncio...

–¡Estupendo, aquí es! –exclamó él, sospechosamente entusiasmado–. Pero no te quedes ahí, pasa, pasa.

No se hizo rogar. Ya desde la puerta el piso le pareció alegre, soleado y tranquilo. El hombre, mientras ejercía de cicerone, no dejaba de contemplar la hermosa perspectiva que ofrecían su tirante camiseta y su pantalón ajustado, con miradas que ella no dudó en calificar de lúbricas.

–¿Te gusta?

–Sí, sí, me gusta mucho, claro que yo creía que era un piso *exclusivamente* de chicas.

–Y prácticamente lo es –se apresuró a decir él.

–Pero ¿y las otras?

–Bueno, ellas están de vacaciones todavía. Vinieron hace una semana a buscar piso y después se marcharon a su pueblo; al parecer, están en fiestas o algo así, ya sabes. Mira, éstas son sus habitaciones. La libre es la del fondo.

Al hablar, le temblaba la voz. Había clavado la vista en su camiseta, en los pezones nítidos como medallas por debajo de la tela.

–Entonces, ¿tú? –preguntó ella, a la defensiva.

–Bueno, yo soy el que encontró el piso y, la verdad, prefiero que vengan a vivir chicas, sois más limpias y dais menos problemas.

–¿No serás uno de esos maniáticos de la limpieza y el orden?

–No, no, nada de eso –intentó sonreír, pero de sus labios apenas brotó una mueca desasosegante–. Simplemente ocurre que no me gusta ver el fregadero atestado de cacharros sucios y los botes de cerveza por el suelo; tengo experiencia de ello, ¿sabes?

–¡Huy, si yo te contara! De hecho, preferiría vivir sola, pero ya sabes cómo están los pisos.

Comenzaba a familiarizarse con el ático. De la terraza llegaba un olor a geranios mustios, achicharrados de sol.

–Por eso no te preocupes, éste es muy barato. Mira, ésta es la habitación libre. Está muy bien, ¿no crees?

La había llevado al fondo de la casa. Por la ventana, se filtraba una luz casi mediterránea que rejuvenecía el mobiliario.

–Desde luego. ¿Y la tuya?

–Justo al lado; son las dos únicas que dan a la terraza.

–Ahora logró formular una sonrisa decente.

–Oh, eso es estupendo.

Él aprovechó aquel rapto de bienestar para sincerarse:

–¿Sabes una cosa? Me gustaría mucho que te quedaras, estoy seguro de que vas a ser la compañera de piso perfecta.

–No lo dudes –confirmó ella, maliciosamente.

La ayudó a instalarse esa misma tarde. Por la noche cenaron juntos para celebrar la mudanza, y, aunque ambos bebieron en exceso, él estuvo muy correcto, todo hay que decirlo. Al día siguiente, ella marchó a sus cosas, y él se quedó en casa («Preparo oposiciones, ¿sabes?», dijo para justificar su reclusión). Lo cierto es que sólo pensaba en satisfacer su deseo de rebuscar entre la ropa íntima de su nueva compañera de piso. No había podido dormir imaginando el momento en que al fin podría palpar braguitas y sostenes a su antojo. «Y hasta puede que alguna de esas benditas prendas», pensaba, mientras revolvía estantes y cajones, «conserve aún el aroma de su cuerpo. El día en que pueda meter las manos en su ropa sucia alcanzaré el éxtasis. Pero, Dios mío, ¿qué es esto?» El último cajón de la cómoda le deparó una desagradable sorpresa: ni en el armario ni en los otros cajones había encontrado el más mínimo rastro de satenes, volantes o filigranas de seda; sin embargo, allí se había topado con varios pares de calzoncillos, de cuello cisne u ortopédicos, para más inri. «No puede ser, no puede ser», gemía, a la par que estrujaba las odiosas prendas, como si todavía esperara que fueran a transmutarse de un momento a otro entre sus manos.

Cuando su compañera regresó a casa, él no pudo reprimir ciertas miradas de desconfianza. «¿Será una fetichista, como yo», se preguntaba, «o sólo quiere tomarme el pelo? Habrá que estar atento.» De hecho, a partir de entonces, verla en ropa interior se convirtió en su única obsesión. Permanecía al acecho siempre que ella estaba en casa. Llamaba a su habitación con cualquier pretexto y abría enseguida la puerta para ver si la pillaba desnuda o desvistiéndose. Vigilaba con ansiedad el tendedero de la terraza; y, por supuesto, indagaba en vano entre los montones de ropa sucia que ella dejaba acumular en un gran canasto de mimbre. Tampoco encontró –por fortuna, para él– calzoncillos sucios ni tendidos al sol.

93

Al cabo de los días la situación se hizo tan insostenible que terminó por recurrir a la vieja estrategia (tan manida, por culpa del cinematógrafo) de practicar un agujero en la pared del cuarto de baño. Con un buen taladro y mucho ingenio se dispuso a hacer uno que, desde su propia habitación, le ofreciera una interesante perspectiva no sólo del inodoro, sino también del lavabo y la bañera. Una vez concluida la obra, la examinó de forma minuciosa, y, cuando vio que era óptima, se marchó a dormir.

Se despertó de madrugada, sobresaltado por un sueño en el que ella aparecía hierática y desnuda dentro de una vitrina de cristal. Él la contemplaba en silencio con la cara y las manos bien pegadas al vidrio, como si, empujado por el deseo, quisiera romperlo o traspasarlo. De repente, la vitrina desaparecía y él trataba de abrazar a la mujer, pero se lo impedían dos cuchillos que, a modo de terribles pezones afilados, salían de la punta de sus enormes pechos. Después, retrocedía espantado al ver que un tercer cuchillo le brotaba de entre las piernas. Mientras caía al suelo para salir del sueño, alcanzó a ver todavía cómo se dibujaba una enigmática sonrisa en su desvaneciente rostro de mujer impenetrable.

Cuando se recuperó de la pesadilla, trató de averiguar si ella aún dormía. Desde el pasillo, creyó oír que alguien hablaba en su cuarto. Tenía la voz grave. «¡Así que la muy puta», se dijo, «ha venido esta noche acompañada...! ¡¿O es que tal vez piensa instalarse con su amante en mi propia casa?! Eso explicaría lo de los calzoncillos, desde luego. Pero no pienso consentir citas, no quiero que esta casa degenere en burdel. Ahora mismo voy a hacer que se marchen ¡los dos, si es necesario!» Y ya se disponía a expulsarlos, con un firme ademán de ángel flamígero, del pequeño paraíso del hogar, cuando, al abrir la puerta, descubrió con sorpresa que lo único que ocurría es que ella hablaba en sueños. Esta nueva revelación le llenó de zozobra. Vanos resultaron sus intentos de averiguar lo que decía la durmiente, pues, aunque hablaba en voz alta, lo hacía de forma tan precipitada y confusa que no era posible entender ni una palabra suelta. Al final optó por volver a su habitación para dormir un poco, desconcertado y algo compungido. La luna ocupaba las ventanas, como un pan caliente. Al poco, lo despertó el ruido de un grifo en el cuarto de baño. Se levantó con cuidado de la cama y se acercó lentamente al agujero. Lo primero que vio fue el culo de la muchacha delante del lavabo; no llevaba bragas, pero estaba parcialmente cubierto por una camiseta blanca. Con una extraña mezcla de sobresalto y desazón fue deslizando la mirada a lo largo de sus muslos. Cuando llegó a los pies, comprobó que la mujer se había puesto de puntillas. Volvió a enfocar el culo justo en el momento en que ella se inclinaba hacia adelante y dejaba totalmente al descubierto sus hermosas nalgas. Tenía el pelo tan largo que su extremo le cosquilleaba la hendidura del culo. Eso a él le excitó sobremanera, pero a ella no parecía gustarle mucho, pues, apoyando su pubis en el borde del lavabo, echó su melena a un lado con un sutil movimiento de caderas.

Siguió el curso ondulado de sus cabellos hasta alcanzar la delicada nuca de la muchacha. Tenía la cabeza tan cerca del espejo que desde su observatorio no podía descifrar lo que estaba haciendo. De repente, ella apartó su rostro del espejo y al fin pudo ver su imagen reflejada en el azogue. Al principio creyó que se trataba de una alucinación, pero, después de mirar con el otro ojo, de frotarse los dos y de comprobar que no estaba soñando, acabó por rendirse a la evidencia: ella tenía la cara parcialmente cubierta de espuma de afeitar, y con una navaja barbera bastante notoria se estaba rasurando una de sus mejillas. Debió de gritar o, al menos, lo intentó, aunque quizá la voz se le quedase pegada al paladar; en todo caso, ella no se dio por enterada.

Cuando, minutos más tarde, entró en la cocina, la encontró preparando el desayuno, como si nada extraordinario hubiera sucedido.

–¡¿Y cómo tan temprano?! ¿Tienes alguna cita, precisamente hoy que pensaba quedarme todo el día en casa? –preguntó ella, aparentando jovialidad.

Él creyó percibir cierto tono de insinuación en sus palabras, pero, después de tan desagradable sorpresa, no estaba, desde luego, para coqueteos. Lo único que deseaba era averiguar qué horrible secreto se escondía detrás de la apariencia de su inquietante compañera de piso. Mientras desayunaban, ella le propuso salir esa noche a tomar unas copas y a bailar un poco:

–Quiero enseñarte un sitio nuevo, con mucha marcha, donde va la gente más cachonda y más *in* de la ciudad, ya sabes –y sonrió, mostrando una dentadura casi equina.

Él no tenía ni idea, desde luego, pero podía imaginarlo fácilmente. Aceptó la invitación, venciendo ciertas reticencias, pues pensó que tal vez conociendo a la gente con la que se relacionaba acabaría averiguando algo de ella.

–Verás cómo vas a pasarlo bien esta noche –dijo al salir de la cocina, mientras él recogía la mesa y se disponía a fregar los cacharros de la noche anterior.

Una vez terminada la tarea, se fue al salón con la intención de leer. Le sorprendió encontrarla sentada frente al televisor, con las piernas abiertas y rascándose de forma ostensible la bragueta (las uñas se le astillaban al frotarlas sobre el algodón rasposo del pantalón vaquero).

–¿Podrías traer unas cervezas? –dijo, sin dejar de rascarse, en un tono agresivo.

–¡¿Cervezas, tan temprano?!

–¿Y por qué no? Me apetece tomar una cerveza contigo, aquí tumbados.

Él sintió una erección breve, que le produjo cierto nerviosismo.

–Está bien, pero que sea la última vez.

Cuando llegó con las cervezas, notó que su compañera de piso le miraba de manera insistente. Se sentía tan incómodo que, después de dejar las cervezas en la mesa, quiso retirarse a su cuarto, pero ella no se lo permitió.

–Anda, ven y siéntate a mi lado –dijo tirándole de un brazo.

Al sentarse comprobó que ella había puesto su mano encima del asiento, con la palma hacia arriba.

–Perdona, pero no he podido reprimirme. ¿Sabes que tienes un culo muy bonito? La miró sin saber qué decir ni qué cara ponerle; ella aprovechó su desconcierto para meterle la mano por entre las piernas.

–Bueno, creo que te estás pasando... –balbució él por fin.

–Pero ¿por qué me dices eso? Yo pensé que lo estabas deseando –dijo, antes de abalanzarse sobre él.

Esa misma tarde, aprovechando que ella dormía la siesta, abandonó su propia casa a escondidas. Después de guardar rápidamente sus cosas en el coche, arrancó sin dudarlo hacia la casa de sus padres, como si se alejara de un inminente peligro. Si antes de doblar la esquina de la calle hubiera mirado hacia la terraza, la habría visto tendiendo sujetadores y braguitas con esa sonrisa suya de mujer impenetrable.

Marcos Giralt Torrente

Entiéndame

Vaya por delante que, al contrario de un prejuicio demasiado extendido, no considero al cuento un género menor; es decir, no considero que el espacio natural donde el narrador deba demostrar sus dotes sea el de la novela. Sostener tal cosa sería como decir que Maupassant, Chéjov, Borges, Isak Dinesen, Saki o Edgar Allan Poe fueron algo así como novelistas frustrados que se dedicaron al relato breve únicamente porque sus capacidades y su talento no daban para mayores honduras. Lo que tal pensamiento revela es, en el fondo, una terrible ignorancia que halla su máxima expresión en una pregunta que, igual que a mí, probablemente le hayan hecho a todo escritor que en un momento determinado de su vida haya confesado a un desconocido la autoría de un libro de cuentos: «Y, para adultos, ¿no has escrito nada?»

Hay historias que sólo se pueden contar en unas pocas páginas y tan absurdo sería pretender estirarlas lo indecible para obtener la tan apreciada novela como pretender reducir a quince o veinte el Quijote o el Tristram Shandy. Los cuentos tienen una técnica propia, tan depurada como la de la novela, y no necesitan de más ni de menos imaginación; en todo caso, de una imaginación diferente. Una imaginación que no se centra en lo pequeño, sino que es capaz de apuntar hacia lo grande desde lo pequeño, tomando por pequeño un fragmento de la realidad y no, claro está, lo insignificante o estrecho. Los mejores cuentos son, por eso, los que ocultan más de lo que dicen y, dentro de éstos, los de final abierto, aquellos en los que ese quiebro, consustancial a todo relato que se precie, mediante el cual el enigma subyacente aflora a la superficie, se produce en la mente del lector y no en lo escrito. Y es que sólo así, me parece, lograrán transmitir algo de la complejidad del mundo, último cometido de toda literatura, sea ésta poética o narrativa, breve o larga.

100

ENTIÉNDAME

El día en cuestión amanecí apenas unos segundos antes de lo programado. Lo sé porque Luisa, la mujer que limpiaba mi antigua casa, me despertó con el ruido del aspirador y, temiendo haberme pasado de hora, miré el reloj de la mesilla justo en el instante en que comenzaba a sonar. Dos horas después me marcharía definitivamente del apartamento y acaso por eso tardé en levantarme, y aún más en ducharme, vestirme y desayunar. Supongo que más que la intención de aprovechar el tiempo hasta el límite era una involuntaria pereza, nacida de la incertidumbre que me producía dejar un cabo seguro por uno provisional, lo que imprimía una lentitud desacostumbrada a cada uno de mis movimientos. Recuerdo que, con las maletas preparadas y apiladas en orden junto a la puerta, todavía me entretuve deambulando por entre las cajas que guardaban el grueso de mis pertenencias sin otro pensamiento que el que me proporcionaba la estéril y última fidelidad limpiadora de Luisa.

En el tiempo que llevaba trabajando para mí (un año, dos horas al día tres días a la semana), nuestro contacto se había reducido al intercambio de unas breves notas, que su rápida adaptación a mis costumbres acabó por hacer innecesarias, y a las contadísimas llamadas telefónicas que nos hicimos siempre que a alguno de los dos le surgió un imprevisto. No se puede decir, por tanto, que hubiera tenido oportunidad de comprobar si, como creía, no era en absoluto proclive a esa

101

serie de pequeñas intromisiones a las que suelen recurrir en su afán de parecer imprescindibles las mujeres que tienen reducida su acción al ámbito doméstico o si, por el contrario, su discreción era aparente, producto de la casi total ausencia de una coyuntura favorable en la que desplegarlas. Pero, como digo, se la atribuía, y viéndola en su último día de trabajo trajinar de un lado a otro con un celo exagerado pero carente de cualquier exhibicionismo, no pude por menos que confirmarlo. Y conmoverme también. Mucho más cuando, a continuación de rogarle que no se fuera hasta que llegara la empresa encargada de la mudanza y de despedirme de ella, y despedirla dándole su sueldo y una suma adicional, me siguió al descansillo y se quedó allí parada después incluso de que yo me hubiera metido en la caja acristalada del ascensor y hubiera dado al botón de bajada. Su imagen progresivamente truncada por mi viaje descendente podría evocarse ahora como una metáfora. En el corto intervalo, sin embargo, que medió hasta que la perdí por completo de vista hubiera considerado bastante remota la posibilidad de volver a pensar en ella.

Al llegar al portal, me di cuenta de que había olvidado pedir un taxi por teléfono. No obstante, la certeza de haberme ya demorado en exceso me desaconsejó rectificar y opté por arrastrar mi equipaje hasta una esquina y aguardar en ella al primero que pasara. Tras varias tentativas fallidas que sólo mi miopía me hizo tomar en serio, de entre una fila de cuatro o cinco coches surgió renqueante y accesible uno libre. Lo llamé con un gesto y, antes de que estuviera a mi altura, me agaché para recoger las maletas del suelo. Al incorporarme y encaminarme hacia él, reparé en una mujer que venía hacia mí agitando los brazos. Nos separaban pocos metros pero preferí no darme por aludido y abrí sin hacer caso la puerta delantera para depositar mi equipaje. Cuando quise cerrarla, la tenía plantada frente a mí, obcecada en que yo acababa de aparecer y en que ella, desde la acera opuesta, se me había anticipado al levantar la mano. No sé lo que dije. Ni siquiera si dije algo. Lo cierto es que cerré la puerta de delante, abrí la de atrás y me introduje en el coche sin mayor problema.

–Menuda zorra.

Había previsto que el taxista intentaría ganarme con algún comentario, pero lo dicho superó con creces mis expectativas. Mi desconcierto fue tal que, en lugar de atajar su incipiente confianza limitándome a decir dónde quería que me llevara, no supe contenerme y dejé escapar un «sí» casi inaudible. Aunque rectifiqué de inmediato para darle lo más cortante que pude la dirección, la sonrisa con que recibió mi exiguo acuerdo continuó reflejada en el espejo retrovisor y no se quebraría hasta que, contrayéndose y dilatándose alternativamente, oí de nuevo su voz.

–Si creía que se iba a meter iba lista. –Hablaba con verdadera saña, incluso con odio–. Ésa no me engaña. En realidad ninguna me engaña, ¿sabe? Hace mucho que no me dejo engañar.

El asunto tenía todos los visos de degenerar. Me acomodé en el asiento, aposenté en la cima del respaldo mi brazo izquierdo extendido y miré por la ventanilla con la esperanza de que mi desgana fuera evidente, y contribuir de ese modo a que el incómodo conato de conversación se diluyera. No fue así. Enseguida me preguntó por dónde quería que fuéramos. La pregunta era absurda dirigiéndonos al aeropuerto, pero evité provocarle y respondí que me daba igual.

–¿Cómo que le da igual? –reclamó–. ¿No tiene prisa, es que no va a coger un avión?

–Sí –contesté, resignado pero mirando aún por la ventanilla.

–¿Entonces?

El coche torció con brusquedad hacia la derecha, abandonó la calle por la que habíamos circulado desde que lo parara y enfiló una más estrecha. Aparté la vista de la ventana y la trasladé al cristal delantero. No muy lejos brillaba un semáforo en rojo.

–Simplemente supongo que usted sabe mejor que yo cuál es el camino más adecuado –mentí.

break a de freno

–Supone. ¿Ve? –Cambió de marcha y al hacerlo golpeó con fuerza la palanca–. Ése es el error, ése ha sido mi error. No hay que suponer nada.

Disminuíamos la velocidad.

–Mire, es lo mismo –dije elevando un poco la voz y alargando las pausas–. En cualquier caso, no creo que varíe mucho un camino de otro.

del conducto *descripción*

Frenó a poca distancia de otro taxi, quitó las manos del volante y apoyó un codo en él ladeando la cabeza en mi dirección. Fue entonces cuando lo contemplé por primera vez sin el filtro del espejo. Como muchos hombres que rebasan los cincuenta, tenía una edad difícil de determinar. A unos rasgos envejecidos sumaba un fuerte pelo negro que le comía literalmente la frente. Los ojos hundidos y pequeños miraban como si les diera igual ver que no ver. Así y todo, su expresión era firme. Demasiado firme quizá, como dibujada por una extraña determinación.

–¿Y qué, de vacaciones? –preguntó de repente–. Porque se irá de vacaciones, ¿no?

No contesté.

–Sí, es la mejor época –añadió luego, sin dar oportunidad a que mi falta de respuesta se tornara en clara ofensa y le fuera embarazoso continuar–. Sigue haciendo calor y las playas ya no están llenas… *horn*

Se oyó un claxon seguido de dos o tres muy juntos. Sin mirar por qué pitaban, se giró hacia el volante y arrancó. Antes de que yo alcanzase a distinguir el semáforo en verde, había retomado el interrogatorio.

–¿Cuánto tiempo se va?

reflexión interior

Busqué sus ojos en el espejo y no los encontré. Permanecía con la mirada al frente, atento a la lenta evolución de los coches de alrededor. Viramos a la derecha.

–Indefinidamente. –Podía haber dicho cualquier cosa, pero no sé por qué dije la verdad. Y en cuanto la dije, me di cuenta de que debía completarla si no quería bajar y verme en la arriesgada situación de esperar un taxi en la calle–. Soy profesor –agregué.

104

scold (?)

–¿En el extranjero?

Esta vez sí miró. Corríamos por una vía muy recta y los semáforos iban abriéndose perfectamente conjuntados con nuestra marcha.

–Sí. –Había determinado seguirle la corriente y no quise contradecirle. Si en su cabeza no cabía más que esa posibilidad y desconocía el vaivén al que nos vemos sujetos los profesores hasta obtener una plaza de nuestra elección, no iba a ser yo quien le ilustrara. Creyendo saber cuál sería su siguiente pregunta, barajé con rapidez varios destinos. Aquélla fue, sin embargo, la única ocasión desde mi entrada en el taxi en que me quedé con la palabra en la boca. Durante un rato permaneció en silencio y cuando lo rompió fue sólo para terminar de desengañarme.

–¿Ve como podemos entendernos?

–No comprendo. –Temía que comenzara a regalarme una manida historia de emigración en Alemania, aliñada con reflexiones acerca de las diferentes costumbres aquí y allá, y me propuse retardarla.

–Sí, que usted se va hoy mismo fuera del país y yo, en cambio, me quedo.

Ahora sí que me había desconcertado.

–Sigo sin comprender.

–Pues que no pasa nada porque se entere de algo antes. Algo que no le afecta, pero que me gustaría que supiera. No por usted, por mí.

No tenía nada que decir y nada dije.

–Voy a matar a mi mujer.

Sentí cómo se inclinaba el coche hacia abajo y cómo recuperaba la horizontal tras oscurecerse su interior. No sé si vi las dos hileras paralelas de lámparas, los faros encendidos de los otros coches, y si, de verlo, lo relacioné con la escasa luz que nos envolvía. El hecho es que no percibí que se trataba de un túnel hasta que, inclinándonos por segunda vez pero en sentido inverso, lo tuvimos a la espalda. La irrupción de claridad no bastó, por lo demás, para sacarme de la penumbra. Incapaz de reaccionar a lo que acababa de oír, la idea trivial

105

de que habíamos atravesado un túnel ocupó y llenó mi cabeza hasta que la misma voz que me había precipitado en el embotamiento me sacó de él.

–¿Qué? –Sus ojos se posaron un instante en el espejo–. ¿No es divertido?

No había rastro ni de gravedad ni de melancolía en su voz, y de refilón pude ver que sonreía. De todos modos no sabía qué pensar y mucho menos qué decir.

–¿No es divertida la idea? –insistió.

–Sí. Supongo que sí. –Aunque sin llegar a alcanzarme de lleno, al hablar había movido peligrosamente la cabeza en busca de mi asentimiento y no quise arriesgarme a que lo repitiera. Hablara o no en serio, lo más prudente era darle la razón.

–Claro que lo es –dijo con énfasis–. La confesión antes del asesinato, antes del... parricidio, ¿no, profesor?

La ironía me eximía de contestar y me limité a esbozar una sonrisa ambigua. Llegábamos a un semáforo.

–¿Y sabe por qué?

Nos detuvimos. Aun así no apartó la vista de la luna ni me miró a través del rectángulo del espejo. Se quedó quieto, con las manos fijas en el volante, y de improviso rompió a reír con alboroto. El coche recuperó su marcha enseguida y la risa se apagó tan abruptamente como había venido. Resopló con fuerza por la nariz y vi que su cabeza se movía de derecha a izquierda dibujando un cuadro de boba autocomplacencia.

–Ni se lo imagina –prosiguió con afectación–. No señor, seguro que no. –Me miró por el retrovisor como para corroborarlo–. Eso es lo que me divierte. No me faltan motivos, pero cuando acabe con ella será por fumar.

A pesar de que me negaba a creer que hablara en serio, la mirada se me escapó instintivamente por el interior del coche en busca de un cartel que prohibiera fumar. Al no dar con ninguno, abrí con disimulo el cenicero de la puerta y metí el dedo corazón. Nada más hacerlo me sentí avergonzado.

–¿Por fumar? –inquirí entonces, tratando de limpiar en el asiento un pegote de chicle y ceniza–. ¿Pero es que ha empezado a fumar ahora? –añadí mientras trasladaba la mano a los bajos del pantalón vaquero tras comprobar que, salvo un poco de pelusa y cera, poco más había ganado restregando el dedo contra la tapicería de skai.

–Qué va –contestó con rapidez. Acostumbrado como estaba a un mutismo casi total por mi parte, mi atolondrada iniciativa debió de animarle–. No, no, ni mucho menos –reiteró–. Entiéndame. A mí el tabaco no me molesta, no. Yo mismo he fumado muchos años. Lo que me molesta es que lo haga para joderme. –Paró un instante de hablar para hurgarse una oreja–. Y le aseguro que, lo que es en casa, esa zorra lo hace sólo para joderme.

En ese punto conseguí librarme de la pátina pegajosa y, viendo que entrábamos por fin en la carretera del aeropuerto, miré en un acto reflejo el reloj. Ya fuera porque acusase el gesto, o porque percibiera un cambio en mi disposición, guardó silencio unos segundos y, a lo largo de tres o cuatro miradas al retrovisor, me observó como calibrando algo.

–No, no crea que desvarío –continuó después–. Si lo tengo todo medido. Verá. –De nuevo se hurgó la oreja y de nuevo hizo una breve pausa–. Todas las mañanas salimos juntos de casa porque así aprovecho para dejarla donde vaya a trabajar. Todas las mañanas ella se compra su paquete en el estanco y todas las mañanas se fuma uno o dos cigarros en el coche, depende de lo que dure la carrera. Luego no sé, pero cuando vuelvo a casa por la noche le faltan del paquete como mucho cinco. Bueno, pues en sólo tres horas, que es lo que tarda más o menos en irse a la cama, se fuma el resto. ¿Qué le parece?

Había hablado con mucha calma, como si recitara algo sabido de memoria, y preferí suponer que no esperaba respuesta. Impaciente por que llegara el momento de dejar el taxi, lamenté para mí no tener un pitillo que fumar y me pregunté, aunque vagamente, cómo sería la mujer sobre cuya rutina, sin haberlo solicitado, estaba siendo informado.

–¿Qué puede querer decir eso? –insistió de forma retórica, con los ojos enmarcados nuevamente en el único lugar desde

107

el cual podían vigilarme–. ¿Qué puede querer decir que en sólo tres horas se fume tres veces lo que ha fumado en un día entero?

–Puede no ser el mismo paquete –dije.

–¿Cómo? –Pareció sorprendido.

–Sí, que puede fumar dos –precisé–, que el paquete que lleva a casa por las noches puede no ser, como usted cree, el que vio comprar por la mañana sino otro, un segundo paquete. Puede fumar dos paquetes –aclaré.

–Sí, claro –rió con artificio–. O tres.

Me revolví en el asiento. Estaba cansado. Cansado de no saber qué pensar, de seguirle la corriente y de no estar en ninguna parte. En ninguna parte sino ahí, con él y su mujer, quienquiera que fuese. Recordé que al inicio de la conversación había dejado que creyera que viajaba fuera del país y, suponiendo que faltaba poco para que la carretera se bifurcara, aproveché para indicarle que cogiera el desvío de la terminal nacional.

–¿No iba al extranjero? –espetó en tono agresivo. Y enseguida, como tratando de corregirse–: ¿No me dijo que era profesor en el extranjero?

–Es cierto.

–Pero...

–Tengo que coger el puente aéreo –corté molesto por tener que dar explicaciones, sintiéndome como un mentiroso obligado a improvisar las ramificaciones de una mentira–. Voy por Barcelona..., no hay otro modo.

Sus músculos, que por unos instantes estuvieron en tensión, se relajaron.

–Bueno, de todos modos da igual. ¿No?

Aquel ambiguo modo de cerrar el asunto me preocupó más que su mal disimulada alarma al creerse engañado. Por unos momentos no pude evitar volver a sentir cierta inquietud. Luego, incapaz de disiparla, relegué la duda y recapitulé apresuradamente algunos pormenores del recién iniciado traslado. Pensé en lo que dejaba atrás y en lo que me esperaba, en lo que había hecho y en lo que me restaba por hacer.

108

properties.

Pensé en las pertenencias que no llevaba conmigo y deseé saber si viajaban ya en el interior de un camión o si por el contrario todavía permanecían bajo el atento cuidado de Luisa.

–¿Qué hace su mujer? –pregunté de pronto, sin reflexionar por qué lo hacía.

–No hace nada. Nunca ha hecho nada.

–Pero trabaja...

–¡Trabajar! –dijo con voz demasiado alta y mirándome fijamente desde el estrecho rectángulo–. Ella es la que quiere trabajar, ¿entiende?, yo no. –Subió más la voz–. No, porque no lo necesita, no lo necesitamos.

Un coche se cruzó de improviso desde el carril de la izquierda y nos obligó a disminuir de golpe la velocidad. Aún circulábamos por la carretera principal. Quizá por la misma o por una distinta, pensé, circulaban mis muebles, quizá Luisa se dirigiera en ese momento a su casa con un paquete de tabaco recién abierto en el bolso.

–Lo que ocurre es que la he acostumbrado muy mal –continuó tras el incidente y tras el exabrupto de rigor–. Cuando comenzó con sus rarezas, en vez de pararla a tiempo, la dejé. Si no hablaba, que no hablara. Que no quería acostarse conmigo, pues me buscaba la vida en otra parte (comprenderá que en este trabajo ocasiones no faltan). Suponía que a pesar de todo tenía muy presente quién era el que mandaba y lo demás me daba igual. Pero no. Empezó a mirarme como si le hubiera hecho algo y más tarde como si yo no fuera más que un mendigo y ella la reina de Saba o algo así. Por eso decidió ponerse a trabajar. Para no comer ni vestirse ni fumar del dinero que yo llevo a casa. Para no deberme nada y creerse en el derecho de seguir comportándose como si mi esfuerzo de años por salir adelante y labrarnos una posición no hubiera servido de nada, como si no hubiera existido.

Me miró. Llegamos al desvío y tomamos el camino de la terminal indicada.

–Aunque para eso tuviera que hacer de fregona. –Kitchenmaid.

Sentí un sobresalto. *shock.*

109

–¿Cómo dice? –pregunté sin poderme reprimir, receloso en el fondo de haber oído bien.

–Sí, a eso se dedica. Trabaja por horas. De asistenta ya me entiende. No sé en cuántas casas porque ni eso me dice, pero, según qué día de la semana, la llevo a dos sitios diferentes. Y después sé que va por su cuenta a una más..., vamos, que friega por lo menos en tres o cuatro casas. –Se restregó una mano por la cara, como si le molestara algo en el ojo–. A ver si me entiende, a mí no me molestaría que lo hiciera si de verdad lo necesitáramos, pero no lo necesitamos. No tenemos hijos y para la vida que hacemos nos da de sobra con lo que yo gano. No, no es eso –remarcó distanciando las sílabas–. Lo hace para joderme a gusto con su mirada superior. Como lo del tabaco. Antes no fumaba en casa, no encendía ni un cigarro, pero desde que más o menos hace un año le dio por trabajar también se cree con derecho a echarme el humo en la cara.

Entramos en una curva. Sujetó firme el volante y su cuerpo se cargó ligeramente en un lado acompañando la naciente inclinación del coche. Supe sin embargo que no se trataba de algo necesario, sino de la manifestación de otra cosa, porque vi que su mirada no se correspondía con el gesto. Había dejado de hablar y más bien parecía pensativo, apesadumbrado por algo. Miré por la ventanilla. A lo lejos se divisaban ya las pistas negras del aeropuerto. Los inmensos aparatos yacían parados como cadáveres puestos en fila después de una catástrofe aérea, como si nadie viajara en ellos y no fueran jamás a levantar el vuelo. Como si yo mismo no estuviera ahí para meterme en uno. Miré mi equipaje amontonado en el asiento delantero, saqué la cartera del bolsillo de la chaqueta, contuve el aliento y le pregunté el nombre de su mujer.

–Pero se va a acabar –dijo por toda respuesta. Habíamos salido de la curva y continuaba reclinado–. Uno tiene que aguantar siempre que no se le pierda el respeto, siempre que no se le ataque directamente. Vale más una familia, para lo bueno y para lo malo y aunque ni siquiera se la pueda llamar así. A eso se compromete uno al casarse. Por lo menos eso me enseñaron a mí. –Se irguió, disminuyó de velocidad y fijó la vista en el último fluir del tráfico–. Pero entiéndame. Lo que no se puede aguantar es el mal por el mal, el mal provocado adrede con el único fin de joder al prójimo. Lo que no se puede aguantar es la agresión. Y eso es justo lo que hace, lo que ha hecho siempre. Agredirme. Antes no me daba cuenta. Lo veía sencillo. Pensaba simplemente que era cuestión de carácter, pensaba…, qué sé yo lo que pensaba, muchas cosas. El caso es que ahora no, ahora sé bien que es sólo odio lo que la conduce en todo cuanto hace, que sólo el odio la mantiene a mi lado. Si tanto le molesta vivir conmigo podría irse de casa, hace años que podía haberlo hecho. Pero no. Su vida no tendría sentido sin mí. Me necesita aunque sólo sea para tener a alguien a quien culpar de su amargura. –Hizo un paréntesis y conectó la radio–. Ha sido el tabaco lo que la ha traicionado. Si no hubiera empezado con eso, si hubiera dejado las cosas seguir como estaban…

En ese punto giró con aspereza la cabeza y supe que habíamos llegado. Salí del coche, cogí mis maletas y pagué a través de la ventanilla. Sólo entonces repetí la pregunta. Lo hice suplicante, con la mano derecha dentro y la izquierda agarrada a la puerta, pero de nuevo no me oyó o no quiso oírme. Cambió de marcha sin mirarme, sin decir otra cosa tampoco, y avanzó hasta que, perdido entre un grupo de taxis, se ocultó de mi vista. No vi la matrícula y no sé siquiera si hubiese servido de algo.

111

Mariano Gistaín

El último top-less

¿Qué pretende alguien que escribe un cuento? ¿Pagar la factura del dentista o desvelar el significado del mundo? ¿Son propósitos excluyentes? Ni el dentista lo sabe. El cuento ideal es el que le cambia la vida a una persona que ni siquiera lo ha leído. Alguien va en el metro, ve la expresión de un viajero que lee el cuento... y su vida cambia para siempre. Y gratis.

El cuento ideal también es la cartilla de la caja de ahorros. Máxima elipsis. Síntesis total. La cara de una persona a la puerta de un banco, comprobando el auténtico extracto de su alma:

–¡Y sólo estamos a día 5!

El universo es ahora muy borgiano. Las fórmulas de Borges parecen funcionar tan bien como las metáforas de Einstein. Excepto algunos flecos, todo va encajando en esas visiones: nos adaptamos a ellas como el culo al sofá. Quizá es hora de empezar a cambiarlas, antes de que nos quedemos dormidos.

Un cuento puede cambiar el mundo, siempre que exista alguno de los dos.

Lo que me fascina ahora es la posibilidad de que, enredando con los ordenadores o estirando la espiroqueta del ADN, alguien descubra el código en el que está escrito el universo, de modo que cualquiera pueda acceder a su propia cara o su pasado y alterarlos a voluntad. También me entretengo en aplicar la proporción áurea al formato cuento y en divagar acerca de un relato que succiona el cerebro del lector en forma de ceros y unos, como un sucedáneo blando de la vieja aspiración de matar al lector.

A veces incurro en el libro de Ray Bradbury Zen en el arte de escribir *(Minotauro), así como en la introducción a* El simple arte de matar, *de Raymond Chandler, en un ajado ejemplar de Bruguera.*

Abomino de todos los cuentos que he escrito, excepto de «El polvo del siglo», que no creo que sea un cuento. Para quitarme

114

responsabilidades, en lo sucesivo achacaré la paternidad de esas ficciones fallidas al falso programa de ordenador Cuen-TaCuentos© (Versión 2.5), aún en gestación.

Fue a dar a dar un paseo por el río. Era el primer domingo de septiembre y empezaba la Liga, pero no se veía ningún hombre-transistor. La calle estaba vacía. El viento movía las copas de los árboles y hacía chirriar los columpios vacíos. La orilla del río pertenecía aún al verano. Grupos de señoras tomaban el sol de las cinco de la tarde, que era el de las tres. Una familia ya a medio vestir jugaba a las cartas en la pradera pedregosa.

Un chico subía y bajaba por el río con su moto de agua, tiritando dentro del mono de neopreno. Sus padres y abuelos contemplaban la máquina desde la orilla, sentados en sillas plegables junto al todoterreno con remolque. El padre, descalzo y con los pantalones arremangados, gritaba:

–Dile que no toque el embrague...

La hermana, también vestida de plástico, dio un par de vueltas en la moto acuática y luego empezaron a recoger el campamento.

La única chica que había en top-less se puso de pie y su culo, enorme y redondo como una pera, reflejó todo el sol del atardecer. Sus padres, que tal vez eran sus abuelos, vestidos de calle, recogían las hamacas y los bolsos. Otra chica que llevaba ropa deportiva daba vueltas en una bici de montaña alrededor del grupo, mirando las piedras distraídamente. Una apacible velada estival.

Pero el culo, apenas atravesado por la tirilla del tanga, seguía clamando al cielo mientras su dueña se recogía el pelo en una coleta y giraba lentamente... con los brazos levantados, hasta que él pudo ver unos pechos grandes, perfectos, con los pezones apuntándole directamente entre los ojos... Demasiado tarde para retroceder... Su trayectoria le llevaba hacia ese grupo fatalmente –empezó a segregar hormonas–, y a cada paso que daba le era más difícil cambiar un rumbo que parecía trazado desde siempre... Ella seguía con los brazos en alto, recreándose en su coleta, exhibiendo su cuerpo vertiginoso, como si supiera que ésa era la última tarde del verano... Él seguía andando, tropezando con el aire... Tengo que detenerme, esquivarlos, es demasiado tarde, estoy encima, he de decir algo, buenas tardes, lo que sea... Ella tenía la nariz aguileña y el pelo rubio, no medía más de metro sesenta y los pezones habían invadido mi cerebro cuando me atropelló la bici.

La chica de la bici era la hermana mayor de la de los pezones. Se llamaba Ana y me casé con ella. Aquella tarde me llevaron al hospital y durante todo el viaje no dejé de pensar en las tetas de la pequeña, que se llamaba Paqui. Y en su culo con forma de pera. Su novio jugaba al fútbol en un equipo de tercera regional. Medía metro noventa y cinco, se llamaba Modrego y era el tercer portero. Sus esperanzas de ponerse bajo los palos eran ínfimas. Cuando me enteré de eso ya era demasiado tarde. Ya me habían curado los rasguños del atropello y ya había aceptado, de mil amores, ir a merendar con esa simpática familia horrible.

Durante toda la merienda estuve tonteando con Paqui, que se reía como una condenada. Ella sabía lo que yo quería, y los dos sabíamos que lo nuestro sólo podía acabar en un sitio. La complicidad era total... Hasta que llegó el tercer portero Modrego y se jodió el flirt. Nunca me he sentido peor.

Entonces me fijé en Ana, que había estado allí todo el tiempo, debajo del cuadro de los ciervos, lanzándome miradas de oveja sedienta y, sin duda, esperando a que apareciera Modrego y me quitara la calentura que yo sentía por su hermana.

Ana no sólo me había arrollado con su bici, sino que estaba loca por mí. Se me declaró esa misma noche, antes de llegar al portal. También tenía un buen culo, aunque habría que estar muy borracho para confundirla con Paqui.

Como nunca he tenido mucha fuerza de voluntad, me dejé besar y babosear hasta que salió una vecina con el cubo y derramó el agua sucia por la calle, salpicándonos los piececitos. Antes de que me diera cuenta ya habíamos quedado en el Vip's al día siguiente. Mierda.

Estaba en la parada del autobús maldiciendo mi suerte cuando llegó Modrego con sus ciento noventa y cinco centímetros cúbicos de músculos inútiles. Pensé que era mejor hablar claro desde el principio, así que le invité a tomar una cerveza. Se empeñó en pagar él, pero eso no impidió que se lo soltara a bocajarro:

–Estoy loco por tu novia, Modrego.

A su manera es un tío guapo. Un poco bastuzo, pero bien plantado. Y noblote. Él mismo me llevó al hospital. Dos veces en seis horas. Recordman de la urgencia. El médico se deshuevaba. Modrego me había dejado KO de un solo golpe. Con mi ojo sano, vi entrar a la Paqui y di por bien empleado el hostión. Lo malo es que detrás venía Ana... y los padres. ¡Dios santo!

–¡Está bien, me casaré con ella –dije–, no se hable más!

Paquita se reía a lomo batiente. Y sus pezones subían y bajaban en mi confuso cerebro de sonado. Hubiera hecho o dicho cualquier cosa con tal de hacerla reír. ¡Dios santo, qué mujer! ¡Que se muera Modrego ahora mismo!, pensé mientras mi futura suegra me arreglaba las sábanas y Ana se humedecía por dentro:

–¿Lo dices en serio, lo de casarnos?

–Totalmente –dije echándome un pedo bajo las mantas.

La Paqui se retorcía y yo me sentía feliz.

–¡Ha ganado el Zaragoza! –exclamó el padre, señalando el

auricular rebozado de cera, como si el partido se celebrara allí.

Modrego levantó el puño instintivamente y yo me tiré al suelo.

El noviazgo fue corto pero espeso. Los besos de Ana sabían a sopa Starlux, y la Paqui ocupaba el 99,9 % de mi tiempo o quizá el 100. Modrego trataba de hacerse perdonar el puñetazo con una amabilidad empalagosa. Yo le recordaba a todas horas que había perdido el ojo por su culpa. Nos hicimos inseparables.

–Dame un cigarro, que para eso me quitaste un ojo –le decía yo tratando de no pegarme un tiro.

–Bueno, ya está bien –saltó un día–. ¿Hasta cuándo me vas a pasar factura?

–Hasta que te mueras, cabrón. Y, entonces, aún iré a recordártelo a tu tumba, que será una tumba de mierda, una tumba de tercer portero, sin lápida ni nada, y te diré ¿lo ves? ¿Lo ves lo que has hecho? ¿Te parece bonito?

La Paqui se moría de risa con estas bromas. Y el bueno de Modrego, que era un alma de Dios, iba perdiendo el color. Cada día estaba más afligido y despistado. Tropezaba con los muebles, se olvidaba de las cosas y, un día que le dieron una oportunidad porque se había puesto malo el titular y el segundo portero estaba un poco borracho, le metieron cinco goles.

Lo cierto es que cuando lo atropelló el 45, a la salida de misa, lo sentí. Y aún a veces me acuerdo. Íbamos todos tan arreglados, con el confeti por los hombros, que hasta parecíamos felices... El cura contaba chistes semiguarros, mi suegro se frotaba las manitas pensando en la comilona y en el partido de esa tarde... Hasta Ana estaba guapa con su vestido blanco. Total, que Modrego, que iba a mi lado, no sé qué hizo, y lo planchó el autobús. Un autobús de barrio.

J. A. González Sainz

La cajera

COMO EL AGUA EN EL CUENCO DE LAS MANOS
(La impresión de la extrañeza)

*En el principio está la extrañeza, el desajuste, no el verbo.
Hay ocasiones en que una impresión de extrañeza se nos cuela
de rondón a través de la costra modorra y engreída de nuestra
cotidianeidad y nos sumerge de repente en una dimensión en la
que perdemos pie, en una inquietud voraginosa que seguramente siempre ha estado ahí, inherente como un envés, pero
que ahora se nos destapa. No sabemos lo que destapa, pero sí
que eso que destapa se nos lleva, nos engulle y absorbe hacia un
fondo originario en cuyo extremo las posibilidades son tantas
que son totalidad y se corre el riesgo de desaparecer. Esa angustia de la desaparición y el desajuste nos pone en contacto con el
primigenio apabullamiento de la realidad, contra el que la cul-
tura ha ido levantando y afinando progresivamente los baluar-
tes de sus relatos para defenderse. Mito, religión, arte, filosofía,
literatura, ciencia o espectáculo son los distintos relatos que el
hombre ha ido poniendo en pie para ampararse de la zarpa de la
realidad y encontrar en ellos algún arrimo, algún agarradero.
Algunos de esos relatos son o han sido de tal envergadura que
no sólo le han permitido mantenerse a flote, sino apoderarse
con fuerza de la realidad y dominarla, hasta el extremo de llegar
incluso a burlarle y convertirle en víctima de su otra zarpa, del
zarpazo especular de los relatos que dan cuenta de ella. La extrañeza y el desajuste –la angustia– ante la costra modorra y engreída de esos relatos, imágenes y espectáculos hegemónicos
que abotargan y obturan, es inversa pero especular a la primera.
El compromiso del escritor en cuanto productor de relatos
–de «elaboraciones del mito»– que nos amparen de ambas an-
gustias y ambas soledades, las producidas por el despotismo de
la realidad y la crudeza y las engendradas por el despotismo de
sus relatos y reelaboraciones, es, fuera de toda la inacabable
cháchara sobre «el compromiso del escritor», no escurrir el bul-
to al enfrentamiento con esas dos zarpas, es afrontar –¿buscar-
los con la escritura?– esas extrañezas y desajustes sobrevenidos*

122

o consustanciales y dejarse llevar por la inquietud –azar, dolor, asombro, juego o crisis–, es no hurtarse a esa vorágine sino lanzarse a ella para intentar dar nombre a las cosas, procurarles forma y ponerles rostro hasta que parezcan dotadas de sentido. Sabedores además de que la única forma de no sucumbir a la vorágine es dispensar nombre y forma en tanto pertenecientes a una comunidad –no sucumbir como individuo tal vez no sólo sea improbable sino sobre todo irrelevante–, en tanto fruto de la necesidad de ésta de elaborar instancias que nos defiendan de los despotismos aludidos, de los horrores y alienaciones de los despotismos especulares de la realidad y de los relatos y espectáculos de ésta cuando se obturan, resecan y atascan, y lo que fue un agarradero es luego el mayor peligro y la mayor falta de sentido.

Los relatos –que sean novelas o cuentos, u otra cualquiera de las modalidades de escritura o relato de enclave o de frontera, sólo depende para mí de la entidad y elaboración de esa impresión de extrañeza– son pues los distintos intentos de disponer un orden en el sobrevenido caos de la realidad o un desorden en la atascada indiferencia de la realidad de los lenguajes y elaboraciones de la realidad. Dar un orden al caos quiere decir en nuestro caso disponer un tiempo, construir un lugar, habitarlo de personajes y desplegar sucesos y pensamientos de modo que esa disposición y construcción, esa habitación y despliegue nos haga más habitable el mundo externo a los relatos –esa pequeña parte de nuestro mundo– y el mundo de relación con ellos.

Entre los distintos relatos que a ello aspiran, tal vez el literario sea el menos presuntuoso. El relato científico o filosófico no se entiende sin grandes dosis de presunción, que en ellos es consustancial. Pero el relato literario, si es verdad que estructura un orden y da pábulo a un sentido por medio del despliegue de una narración, no elimina el caos sino que lo conserva y, es más, lo custodia; no suprime la contradicción sino que la replantea, la desplaza y la pone en el disparadero de un proceso de aperturas de significación, de producciones y desvelamientos de sentido que, sin embargo, a poco que nos descuidemos, se

123

vuelven a velar y cerrar, precisamente por esa pervivencia in-
trínseca de la contradicción. Lo que hace la literatura es traer el
caos (o la indiferencia) a la casa del lenguaje y hospedarle,
asearle, agasajarle –¿darle una taza de tila?, ¿unos tranquili-
zantes?, o bien unos buenos cachetes a la indiferencia, ¿un
puntapié en la espinilla para despabilarla?, ¿en el estómago?–
con el objeto de hacerlos, y hacernos, más presentables a nues-
tros vecinos y a nosotros mismos. Por un momento parece que
entendemos, que intuimos y hacemos pie o nos sentimos
acompañados –¿hacemos incluso planes, programas? Pero al
poco todo, ¿o casi todo?, acaba por irse al garete o se vuelve in-
sípido y es como si sólo hubiese sido un espejismo. Como el
agua en el cuenco de las manos, que produce una ilusión de
que se mantiene e incluso es verdad que se mantiene allí por un
momento, el momento justo para beber un poco o mojarse los
labios y aliviar algo la sed, pero que al cabo se escurre y hay que
volver a apresar más agua, así el sentido en el relato literario,
que se apresa un momento y luego se escurre y hay que recurrir
a otros relatos o volver a la lectura del mismo, porque la apari-
ción de sentido se da en una práctica, en una relación o proce-
dimiento y nunca como una realización definitiva. Por eso las
prácticas de la escritura y la lectura son infinitas, o por lo me-
nos tan infinitas como lo sean nuestra sed y nuestra necesidad
de abrigo en un sentido que no nos aplaste como tan fácilmente
les es dado hacerlo, a poco que uno se descuide, a los derivados
de otros relatos ideológicos, religiosos o científicos.

La extrañeza puede surgir ante una posibilidad teórica,
como en Kafka, o ante una pérdida práctica y material, como el
abrigo en Gogol, o ante los gestos más elementales de los perso-
najes más elementales de lo cotidiano, como en Jiménez Loza-
no –por citar sólo tres de entre mis preferidos–, pero en todo
caso debe dotarse luego de un horizonte teórico de conoci-
miento, afrontar una pérdida y *codearse con lo* elemental. *El*
verdadero deber del escritor, su verdadera responsabilidad, *es*
elaborar respuestas (relatos) *a esa cuña que ha introducido la*
extrañeza, seguir esa vía de agua que ha abierto, y rastrearla,
husmearla como si lo que persiguiera fuese una presa de caza,

124

una fiera; tal vez haya que coquetear incluso obscenamente con ella, jugarse el tipo si es necesario, pero en todo caso perseguirla sin descanso, buscarla y apremiarla con todos los ardides que le brinda la técnica que ha aprendido y las bazas de su intuición, con el temor a ser devorado y la ilusión de cazarla de una vez por todas. Temor tal vez verdadero, pero ilusión vana, porque la pieza que aspira a cobrar es la ausencia.

El sueño de algunos relatos es que el caos que acecha al hombre tuviera lugar sólo en las palabras, que el relato fuera tan poderoso que operase un definitivo desplazamiento y se configurase como la casa y el refugio definitivos del dolor donde toda extrañeza acaba siéndonos familiar. Entonces el verbo sí que sería verdaderamente el principio. Pero es un sueño demasiado hermoso —es un sueño bíblico— y también demasiado altivo y totalitario —¿demasiado tranquilizador?— y en lo que hace al relato literario, creo, no le cumple mejor ni más paradójica función que la de aguafiestas de esos sueños, recordándoles —como un memento mori *barroco— que en el fondo son como él, que parte de la extrañeza para devolvernos a ella un poco más allá, y sólo sirve para aplacar momentáneamente la sed, para mojarse los labios hasta el próximo manantial, como con el agua en el cuenco de las manos.*

125

LA CAJERA

Aparte de que probablemente fuese sábado, como el primer día, y de que quizá también, como aquella vez, el tren hubiera llegado con un retraso no tan desagradable por lo excesivo, cuanto inequívoco y abrumador a causa de la ya de por sí prolongada longitud del trayecto, y de que –por señalar tan sólo otras presumibles coincidencias– en las calles haría poco también por aquellos días que habrían estrenado sus escotes las muchachas y adelantado sus mesas los cafés al auge primaveral de las aceras, nada autorizaba a suponer que no hubiese transcurrido sin embargo desde entonces un tiempo, si no excesivo, por lo menos inequívoco, y si acaso no para todos sí ciertamente en lo que a él mismo se refería. Aunque sólo fuese, sin reparar siquiera en las pequeñas mudanzas con las que apremia ineluctablemente el tiempo a una fisonomía –menos pelo, ahondadas arrugas en la frente, irreversibles patas de gallo–, porque su desenvoltura ahora en la estación y la índole impecable y aprendida de sus movimientos por el vestíbulo distaban extraordinariamente de la torpe desorientación de aquel primer día.

Tres horas le obligaba prácticamente a permanecer en la ciudad, entonces como ahora, el enlace con el próximo tren que debía conducirle a Barcelona sin tener que efectuar ya ningún otro transbordo. Aquella primera vez tardó lo suyo en desurdirse –era un hombre en principio apocado, con gafas–, en hilvanar con una mínima consistencia los dos o tres movimientos que, como consignar la maleta o abonar un suplemento, tenía que coordinar con cierta celeridad si quería aprovechar a fondo el intervalo entre los trenes para recorrer la ciudad sin demasiadas prisas, antes de proseguir viaje hacia otro andén, casi siempre repleto, y un taxi y una habitación de hotel a media noche.

En un extremo del vestíbulo de la estación se apiñaban las consignas automáticas de equipajes –unas cavidades metálicas, unas ranuras, unos llavines numerados– que sólo funcionaban con monedas de un franco. Por mera casualidad había traído consigo un billete francés, que cambió mediante la compra de un periódico en una lengua con la que, a decir verdad, solamente a duras penas se desenvolvía. Depositó su maleta y, una vez así desembarazado del peso, acudió con cierto aturdimiento a guardar cola ante la única ventanilla abierta, atendida con petulancia por un empleado que pulsaba convulsivamente un botón frente a una pantalla por la que se iban iluminando al parecer destinos, tarifas y procedencias. Dos jóvenes –de complexión robusta, con uniforme– llegaron al mismo tiempo que él –¿o tal vez después?– y se situaron primero desenvueltamente a su lado y luego delante con ostentación. Hablaban en voz alta, y sin duda con arrogancia, ocupando un amplio espacio en su torno. A veces, interponiendo una breve pausa en su conversación, se volvían de pronto hacia él –era un hombre en principio apocado, con gafas– y no conseguía entonces reprimir la impresión de que no le contemplaban sino de arriba abajo y por encima del hombro. Al girarse de nuevo hacia adelante, tampoco podía por menos que apoderarse de él la certeza de que, si disminuían en algo el tono –evidentemente de chanza, aunque no lograra entender a las claras–, no era más que para agraviarle por lo bajo tomándolo como un objeto de su presunción y un pretexto más de su suficiencia. «¿Pero qué se habrá creído?, ¿que va a ser él acaso distinto?», parecían indicar aduciendo por lo visto una ley, unos designios, o quién sabe si un agüero, sin poder evitar a continuación emitir sonoramente espiraciones y reticencias con un deje generalizado de mofa.

Cuando les llegó el turno, aguardaron un momento con parsimonia apoyados a ambos lados en la repisa de la ventanilla –¿para ratificar un destino?, ¿para dejar por sentada una precedencia?– y le dedicaron una sonrisa al parecer de soslayo y como mascando algo manifiestamente elástico entre unos dientes en efecto muy blancos.

Más de tres veces se hizo repetir el empleado aquella vez un destino, una hora de salida y un tipo de suplemento, antes de que una impresora electrónica estampase en el acto unas cifras que él debió luego comprobar por menudo.

Tanto la poca calderilla francesa que entre unas cosas y otras le había quedado, como la hora ya de sobras cumplida –era sábado por otra parte– del cierre de los bancos, no le iban a dispensar para aquellas casi tres horas más que la compra de alguna escueta frugalidad en uno de esos prolíficos despachos de bollos y pasteles que menudean por doquier –y que, de halagar algo, sería más el olfato con el infundio de sus grasas horneadas que el paladar o el estómago– o la morigerada consumición de un café o un refresco en alguna mesa de terraza o algún rincón de mostrador.

Embocó el Cours Jaurès, más adelante denominado rue de la République, que le había de llevar según todas las indicaciones hacia algún lugar del centro. Al poco rato, sin embargo, advirtió la presencia a su izquierda de un gran supermercado extrañamente abierto todavía a aquellas horas, y no dudó en mudar de acera y en sustituir el hipotético bar o la pastelería por alguna eventual pieza de fruta y un paquete por ejemplo de galletas que le harían compañía mientras caminaba.

Una mujer de edad a primera vista indescifrable, que lo mismo podía ser joven como muy vieja, hermosa como muy fea –por cuanto a la frondosidad de un cabello suelto de extraña plenitud, que ocultaba enigmáticamente sus facciones, unía unos ademanes recargados, parsimoniosos e inelegantes–, frotaba reconcentrada y mecánicamente, con una bayeta estropajosa que de tanto en tanto escurría en un cubo de agua negra, un suelo amplio y embaldosado a la entrada del

129

establecimiento, cuya suciedad sin embargo no tanto suprimía cuanto uniformaba, no tanto conjuraba con sus productos y su actividad, cuanto atraía a causa de la humedad con que continuamente dotaba a unos dominios que, más que abarcarlos con su incesante aplicación, por ello mismo acaso justamente los desguarnecía.

Franqueó de puntillas la superficie humedecida de las baldosas de la entrada, procurando dejar el menor rastro posible de sus pisadas, y sonrió al pasar –con una mirada tímida y sin recepción ni respuesta– a la mujer. Sin que pareciera importarle su paso lo más mínimo, ésta se apresuró no obstante a trasladar de inmediato el cubo de agua negra y el movimiento circular de su fregona hacia el lugar por donde había cruzado, dejando de ese modo al descubierto el flanco recién frotado que, al punto, aprovecharon para entrar o salir otros clientes, con sus bolsas repletas los más –pero seguramente sin haber por ello entendido nada tampoco–, con un solo producto algunos, y otros sin nada.

Introdujo tres manzanas en una de las bolsas de papel que la sección de la fruta del autoservicio tenía dispuestas al efecto y eligió un paquete de galletas bretonas. La cajera, en pie, con regular uniforme azul y ojos ajetreados de abrumada vivacidad, sometía de un modo ineludiblemente maquinal y displicente cada uno de los productos a la lectura del dispositivo de láser con que estaba equipada la caja. Los pasaba, con ligero movimiento de frotación y por la parte del código impreso en el envoltorio –una superficie rectangular que comprende un número variable de barras verticales con mayor o menor grosor en el trazo, sensibilizadas sobre blanco y asociadas a una serie de al menos una docena de guarismos–, a través de un cristal bajo el que se hallaba instalado el mecanismo de lectura. Todo el conjunto estaba situado a un lado de la caja, en la plataforma de exposición y acarreo de las compras que antecede a una pequeña cinta transportadora. Al final de ésta, los productos se bifurcan dentro de una superficie convenientemente acotada y bipartida en su extremo para una mayor celeridad y entente en el cobro. El encendido de una luz verde acompañada de un pitido constituye la señal inequívoca de que la lectura ha sido certeramente efectuada por el láser –contrariamente a una luz roja con ausencia de sonido, que exige la reiteración del movimiento de frotación del artículo contra el cristal hasta tanto una señal verde y sónica del aparato no atestigüe la conclusión positiva de la operación y dé vía libre, por lo tanto, a la lectura del próximo producto–. Cada serie numérica tiene asignado un artículo y un precio en el programa de la caja electrónica, el último de los cuales –el precio– aparece automáticamente en el contador digital lumínico de la registradora, y ambas informaciones –artículo y coste– en el comprobante de papel que se proporciona al cliente con la compra.

De este modo, la cajera no se ve obligada en toda la operación a presionar tecla alguna si la lectura –como en la mayor parte de los casos, y a no ser por una defectuosa impresión o deterioro del envoltorio– se realiza con éxito. Queda por lo tanto exenta del adicional esfuerzo de atención, habilidad personal, memorización y destreza en las valoraciones erradas, oscilantes o inexistentes, que antes eran necesarias en los tradicionales procedimientos manuales, y la operación entera está dotada por consiguiente de un empaque de automatismo, celeridad y exactitud ciertamente deslumbrante. No así, sin embargo, cuando se trata de las bolsas que contienen productos de las secciones de charcutería no envasadas industrialmente y de las procedentes del autoservicio de frutas y verduras, que exigían todavía la manipulación del teclado por parte de la cajera, una vez pesadas estas últimas mercancías en la balanza automática situada en lo alto de la caja.

La empleada sometió el paquete de galletas a la lectura del láser y, antes de pesar las manzanas, recibió la advertencia –en una lengua en verdad a duras penas comprensible– de que en el caso de que éstas elevaran el precio total a una cifra de la que, por coyunturales motivos de cambio de moneda extranjera que no venía a cuento explicar, no disponía absurdamente en aquellos momentos, tendría que hacerle el favor no sólo de disculparle, sino de prescindir también de una –o acaso dos– unidades de fruta, a fin de poder satisfacer el precio final con la exigua suma de francos en su haber. Él mismo restituiría desde luego la manzana sobrante –o acaso el para su lugar y sección de procedencia sin que tuviera ella que molestarse, claro está, ni moverse en ningún momento de su sitio.

Una sonrisa condescendiente –con puntas sin embargo al parecer de malicia por el rabillo del ojo– se opuso por un momento en silencio a su azorado atolondramiento al comunicarle el total.

–Me falta un franco.

–Déjelo, ya me lo dará la próxima vez que venga.

–Pero es que yo no vivo aquí.

–Es lo mismo, así podrá venir de más lejos.

A la salida, una mujer de edad indescifrable –y que lo mismo podía ser fea como muy hermosa, y vieja como muy joven– cancelaba con su fregona en uno de los lados del vestíbulo las pisadas de los clientes que entraban por aquella parte en el establecimiento, pero al hacerlo –y de un modo por cierto inextricablemente tenaz e irreprochable– no podía menos que dejar desguarnecido el flanco opuesto al que atendía, acabado de restregar sin embargo momentos antes –no tanto para limpiarlo ciertamente, como para que al igualarlo no se vieran sus acúmulos– con un mocho mugriento y desgastado que introducía de vez en cuando en un cubo de agua negra mil veces acarreado de acá para allá en el territorio infinito y embaldosado de su celebración.

Violento por tener que atravesar otra vez la superficie de aquella actividad –¿o era un designio, una ley quizá o quién sabe si un agüero?– e incómodo por creer que estorbaba su labor en lugar de generarla, se acercó a ella como para ganarse de alguna forma su indulgencia con una pregunta que más tenía en realidad de talismán, o de muestra tal vez de consideración o temor o incluso a lo mejor de acatamiento por su parte, que de verdadera y escueta solicitud.

–Disculpe usted por favor, ¿falta mucho para llegar al centro? –le dijo.

–Cómo se nota que es usted joven. Todos preguntan lo mismo y, cuando llegan, si es que alguno efectivamente llega y si en realidad existe de veras ese centro para él, cosa harto improbable en todo caso, ya tienen que estar entonces inmediatamente de vuelta –respondió la mujer sin levantar un momento la mirada, ni mostrar siquiera una cara que continuaba ocultando un cabello suelto de extraña lozanía. Tampoco atenuó el ritmo un solo instante ni interrumpió la índole maquinal de unos movimientos con los que no dudó en restregarle incluso por encima sus zapatos, primero de un modo tangencial, y luego efectivamente sobrepuesto, cuando la trayectoria de la fregona debió atravesar indefectiblemente el punto que en aquel momento a duras penas ocupaban.

* * *

Varias veces desde entonces tuvo que efectuar aquel mismo recorrido y atenerse a aquella misma combinación de trenes a lo largo de los años sucesivos. La modesta pero emergente empresa para la que trabajaba en Milán desde que concluyó sus estudios le había comisionado –en una operación que era más de control que de ninguna otra cosa– para el asesoramiento en la gestión de la sucursal que la firma había establecido recientemente en Barcelona. Con un intervalo aproximado de mes y medio o dos meses como mucho, y en condiciones normales, entre uno y otro viaje de inspección, debió trasladarse consecuentemente a partir de entonces a la capital catalana para, al cabo de una semana de apretado trabajo, estar otra vez de vuelta a su domicilio y a la rutina de un puesto que, si no exento de responsabilidad y relevancia, no le despertaba ya el interés ni le suponía en verdad la dedicación y el acicate de otros tiempos. De modo que aquella novedad, no obstante el desgaste adicional que le ocasionaban los desplazamientos en tren –cuyos servicios siempre utilizaba debido a su insuperable sensación de vértigo y miedo al avión, tan impropia por otra parte de su categoría profesional–, le había aligerado un tanto del poso de monotonía que le iban dejando irremisiblemente la índole por lo demás solitaria de su trabajo y el tedio de su domesticidad. Le faltaba tiempo en su última jornada laboral en Milán –casi siempre un viernes, como la primera vez– para coger aquel mismo día el expreso de medianoche y, tras un trayecto de ajetreada litera –a la que acabó no obstante por acostumbrarse a las mil maravillas– y un primer cambio en Niza de madrugada, llegar a Avignon aún por la mañana, a una hora de comercios abiertos todavía y con el tiempo sobrado para depositar sus bultos en consigna –unas cavidades metálicas, unas ranuras, unos llavines numerados–, abonar el suplemento del próximo enlace y adentrarse por el Cours Jaurès, más adelante rue de la République, cada viaje más decidido, más radiante e inquieto.

Unos dos meses después del primer cambio de trenes de Avignon, con abundante moneda francesa esta vez en el bolsillo y un mayor dominio de los movimientos del viaje, se sorprendió acudiendo en derechura, no bien llegado el tren a la ciudad y despachadas las operaciones de rigor, hacia una caja automática de supermercado –Cours Jaurès arriba– y una sonrisa llena y condescendiente, con asomos sin embargo seguramente de malicia por el rabillo del ojo, que con la mayor de las probabilidades no le había abandonado por cierto en todo aquel tiempo transcurrido.

Allí estaba, en la misma caja de la izquierda y con idéntico aspecto desenvuelto y displicente que la vez anterior. Sin reparar en ningún otro artículo ni sondear siquiera algún otro probable capricho de su apetito, escogió unas manzanas y, con análogo paquete de galletas al del primer día, se dirigió a la caja de la izquierda donde una sonrisa llena y respingona, de inequívoco reconocimiento –y cierta malicia seguramente por el rabillo del ojo–, sucedió a unas embarulladas frases en una lengua en verdad a duras penas comprensible. Vino a recordarle cómo, haría ya casi unos dos meses, y de un modo ciertamente ridículo e incoherente que por lo menos él no conseguiría olvidar en mucho tiempo, le había quedado a deber un franco que ella había tenido en aquella ocasión la amabilidad de no cobrarle y que ahora le devolvía muy agradecido; agradecimiento por otro lado que, si no tenía inconveniente y el horario de cierre al mediodía era efectivamente el indicado en la puerta, él querría hacer extensivo a ser posible a una copa –un aperitivo, un refresco...– en algún bar cercano.

La esperó a la salida con su bolsa de manzanas y sus galletas bretonas –era un hombre en principio apocado, con gafas–, abstraído en las trayectorias circulares que una mujer de edad indescifrable –y que lo mismo podía haber acabado de llegar que estar allí desde siempre– describía con su fregona por el suelo del vestíbulo ante el supermercado, no se sabía muy bien si para cancelar –con la caduca humedad de unas aguas renegridas en las que de tanto en tanto escurría unos flecos lacios y deshilachados– las huellas de quienes se aventuraban a adentrarse por el territorio que su vigilia flanqueaba, o bien para que quedara inexorablemente rubricada, a causa precisamente de esa incesante actividad –y aunque sólo fuera por el breve, casi inexistente lapso de tiempo que precedía a su eclipse–, cualquier incursión, cualquier oscilación en la entrada o la salida, o cualquier paso –osadía, atolondramiento o necedad– por leve, o contundente, o cuidadoso o efímero que fuera.

Salió al poco con una botella de Bordeaux –de marca, a decir verdad, más que apreciada efectivamente codiciada– y una sonrisa llena, derramada, de malicia seguramente por el rabillo del ojo. Le cogió del brazo y le convidó a su casa, calle arriba, a la izquierda según se sube del carrusel triste de espejos que remueve las músicas de los domingos de la infancia y los tigres de los sueños en la plaza de L'Horloge.

Era un piso pequeño, blanco y abuhardillado que compartía con dos estudiantes –más o menos amigas, más o menos hermosas– y llenaban de música a todas horas del día y de la noche. Una manilla blanca, de porcelana, cerraba imperfectamente por dentro la puerta que, pintada de un barniz de distinto color cada pocos meses, daba acceso a su cuarto. Él señaló las angosturas del tiempo y ella fue por un sacacorchos a la cocina; tras una leve incisión circular con la punta del mismo, desprendió el capuchón de plástico de la botella y ella trajo dos vasos; él se quitó la chaqueta y ella se sentó en el colchón extendido en el suelo; se aplicó concentrado a extraer el corcho de la botella y una blusa tirada al desgaire sobre una silla descubrió unos pechos llenos, respingones de alguna forma como su sonrisa; acabó colmando los vasos y los acercó al borde del lecho, fuera del alcance de donde había echado las ropas, antes de que ella lo besara primero en el cuello y él apremiara un brindis sobre su cuerpo de vino entre las sábanas.

Todavía quedaba un fondo no apurado de botella en el suelo, cuando el asperjeo del agua de una ducha, entreverado de risas y medias frases en una lengua desigualmente pronunciada, precedió por breves instantes a un portazo apresurado y a un estrépito de tacones retumbando precipitadamente escaleras abajo hacia un andén.

* * *

En el viaje de vuelta, al cabo de unos seis días apretados de trabajo y compromisos, ella le aguardó puntualmente en la estación para un entero fin de semana en un piso pequeño, blanco y abuhardillado, en el que sólo raras veces llegaron a accionar un picaporte de porcelana para franquear la puerta, azul entonces, de una habitación hacia un pasillo –y un baño o una cocina– de una casa compartida.

Desde entonces se vieron siempre cada dos meses. A la ida la recogía en el supermercado y compraba cada vez manzanas como el primer día; ella salía con su botella de Bordeaux y su sonrisa llena y respingona para él, y se precipitaban sin pérdida de un momento a cerrar por dentro un pomo blanco de una puerta azul –o verde o rosa– en un apartamento abuhardillado a la izquierda del carrusel de L'Horloge. A la vuelta, era ella quien le esperaba en la estación para un fin de semana entero tras una puerta verde –o rosa o malva–, y le obsequiaba con manzanas y galletas bretonas para la continuación de un viaje al cogollo del tedio de su intimidad.

Intentó menudear los viajes, hacerlos más frecuentes, menos espaciados uno de otro, pero no era fácil encontrar motivos que avalasen la necesidad de cambios en su periodicidad o duración y el régimen matrimonial de su domesticidad, por otra parte, no permitía tampoco ningún otro trayecto que no fuera habitual o compartido.

Los intervalos se les fueron haciendo cada vez más largos y sus encuentros más exiguos, más intensos, más extenuantes tras el pomo de porcelana que cerraba imperfectamente una puerta rosa –o malva o roja– en un apartamento abuhardillado. El sonido del agua en la ducha dejó de preceder con sus risas atropelladas al portazo del fin de cada encuentro a la ida, y un taxi puntual apuraba segundos por las calles desde detrás del carrusel antiguo de los espejos. Mejoró una lengua antes a duras penas comprensible y ella no olvidaba nunca una provisión de manzanas como el primer día para la prosecución del viaje de su vuelta. Pero se les empezaron a hacer descabelladamente interminables las esperas, inverosímiles las emociones de los cuerpos la vigilia, la inquietud de reconocerse, de acogerse, de deshacerse sobre un colchón en la moqueta; y se les fue volviendo sobre todo enteramente insoportable la pavorosa consunción final de las despedidas tras un silbato en un andén en perspectiva.

A medida que se hacían más insuficientes los encuentros, más incompletos, se volvían también cada vez inadvertidamente más impulsivos tras la puerta malva –o roja o negra– del apartamento junto al carrusel, y comenzaron a hablar de planes, de proyectos, de separaciones y traslados. Jamás habían vivido semejante intensidad de sentimientos, análoga firmeza, mayor vehemencia de los cuerpos o más crecido deseo de estar juntos que lo que llevaban experimentando ambos mutuamente hasta entonces. El vuelo inimaginable que habían tomado sus encuentros había desbordado toda posible contención y no cabía ciertamente más que darle definitiva rienda suelta, hacer valer todos sus derechos y consagrarse de lleno con entusiasmo a la opulenta sugestión de sus promesas.

* * *

Pero aquel día probablemente fuera sábado, como el primero de sus escalas en la ciudad, y el tren habría llegado incluso –como entonces– con un retraso tal vez no tan intolerable por lo excesivo cuanto inequívoco y abrumador a causa de la ya de por sí prolongada duración del trayecto. En las calles habían adelantado también sus mesas los cafés y las muchachas proponían sus escotes al auge primaveral de las aceras.

Bajó del tren como siempre y, con la misma prisa que otras veces, se dirigió en derechura, Cours Jaurès arriba, luego rue de la République, al supermercado todavía abierto ciertamente a aquellas horas, donde una mujer de edad indescifrable abarcaría sin duda impenitentemente el vestíbulo –una ley, unos designios o tal vez un agüero– con las renegridas trayectorias ovilladas además en el dictaminado desasosiego de los sueños.

Le faltó tiempo al entrar para buscarla al punto con la mirada frente a su caja de la izquierda, para verificar un sobrecogimiento y convenir una inminencia como había hecho antes tantas veces, pero en su lugar una joven con gafas, cuya primera impresión de delgadez saltaba enseguida a la vista, pasaba mecánicamente productos sobre el cristal en la plataforma de lectura automática del aparato contable y su importe, inmediato y exacto, se contabilizaba en el acto sobre el marcador digital de la caja.

Con una botella sin embargo de Bordeaux –de una marca, a decir verdad, más efectivamente codiciada que apreciada–, se precipitó desazonado a la salida por la fila de la cajera de las gafas. Hizo ademán –dos o tres pasos azorados– de dirigirse hacia la mujer de edad indescifrable que refregaba incesantemente el vestíbulo, casi al mismo tiempo no obstante en que ella –sin detener siquiera un momento la ensortijada perseverancia de su cometido– ya había echado mano del cubo e iniciaba un desplazamiento en su contra destinado a cancelar sin duda las huellas que habría de dejar ineludiblemente en su escarceo. Se detuvo, y volvió sobre sus pasos que ya sin embargo habían desaparecido para dejar lugar otra vez a la homogénea superficie de la humedad tras la bayeta; pero al tener que imprimirlos de nuevo sobre el embaldosado –aunque sólo fuera en el visto y no visto que precedía a la sinuosa persistencia de unos flecos lacios y deshilachados–, sintió que le fallaban las piernas, que se tambaleaba ligeramente antes de ganar aprisa la calle y perseverar en dirección a la plaza de L'Horloge para doblar aceleradamente luego a la izquierda –tras el carrusel que giraba aquel día con un movimiento que se le antojó más rápido, más disonante y vertiginoso– y subir sin pérdida de un momento las escaleras hacia un apartamento pequeño, blanco y abuhardillado.

Después de sofocar en el menor tiempo posible un jadeo inoportuno ante una puerta y apretar con expectación las estridencias de un timbre, tal vez el silencio –sólo al final entrecortado por pasos y algún portazo– se prolongase efectivamente en exceso antes de que asomara tras una cadenilla una cara –medianamente hermosa, a medias recordada, medio dormida– que le miró de hito en hito y, sin salir de su asombro –ni descorrer la cadenilla de la puerta–, respondió con vaguedad en todo momento, y probablemente evasivas, a las escuetas preguntas que le formuló cada vez más inquieto, más acalorado y hundido.

Le rogó en todo caso que hiciera el favor de coger la botella de Bordeaux, entrarla a la habitación del pomo blanco de porcelana que dejaba mal cerrada la puerta roja –o tal vez negra– por dentro y colocarla, si no era mucha la molestia, en la moqueta junto al colchón. «A todas las habitaciones se tiene acceso a través de un pomo blanco de porcelana y todas cierran luego, por otra parte, igualmente mal», respondió, «aunque por ello mismo tal vez a ninguna de las ocupantes de ninguna de las habitaciones puedan venirnos de manera alguna mal unos tragos de Bordeaux, y a mí, se lo puedo asegurar, por las especiales condiciones que concurren justamente este día, menos que a nadie.»

Él contestó embarulladamente –era un hombre en principio apocado, con gafas– que no se trataba de eso, pero que a lo mejor también daba igual, aunque lo que él quería no era sino que la encontrase quien ella sabía muy bien y además en el suelo, junto al colchón. Fue a darle rápidamente un beso por encima de la cadenilla, al mismo tiempo sin embargo que ella –en lo que pretendió ser un movimiento espontáneo de anticipación– quiso besarlo también, pero por debajo no obstante de unos eslabones de metal que un instintivo pero tardío desplazamiento de rectificación por ambas partes –ascendente en ella, descendente en él– hizo que los dos se encontrasen fríamente entre los labios.

Quizá algunos detalles de la escalera, que bajó sin embargo con precipitación, escarbaran con saña en algún rincón de su desasosiego. Hacía calor desde luego en el enrarecido espacio del portal del edificio, y una figura borrosa se perfiló entonces no obstante un momento tras el traslúcido cristal del ventanillo de la portería, pero al ir espasmódicamente a acercarse a ella –para preguntar algo tal vez, para pedir alguna razón– desapareció de inmediato para no responder al cabo ni al tamborileo de unos nudillos sobre el cristal, ni a las voces, ni a los gritos siquiera con que acompañó más tarde desacompasadamente la acentuada insistencia de su repiqueteo.

Salió a la calle sin la menor intención de perder un segundo y dobló con premura por la plaza del carrusel abajo. Una música parada no tenía por qué significar, si bien se mira, más que la interrupción que precede a la proximidad de un nuevo movimiento. Sin embargo, todo el aire de la ciudad era poco para su ahogo, para la pesadez de congoja que le ascendía paulatinamente desde la ingle a la garganta cuanto menor era el tiempo que le quedaba y más se acercaba otra vez –más desazonado ahora, más anhelante– al supermercado en el que, con toda probabilidad, una mujer de edad fundamentalmente indescifrable, y que lo mismo podía ser una que ser muchas, la misma o tal vez muy otra, restablecería la homogénea humedad del vestíbulo con los trazos circulares, retorcidos y redundantes de una bayeta vieja y estropajosa que, de tanto en tanto, introduciría en las aguas idénticas y detenidas por cierto de un perenne pero vanamente consabido balde adyacente.

Quiso hacer como que no veía a la mujer de la fregona, como que no la había visto nunca ni nadie jamás se hubiese apercibido de la implacable prescripción de su ejercicio en la antesala. Traspasó el vestíbulo y entró con el ímpetu inconsciente del cuerpo que se desploma en el vacío, que se desnuca a su llegada, porque al rebasarlo una muchacha con gafas, cuya primera impresión de delgadez saltaba enseguida a la vista, continuaba sin embargo impertérrita al frente de la caja de la izquierda. Dudó un momento al principio, tras el que sus movimientos fueron ya automáticos después, descontados. De sobras conocía la situación de los artículos que iba a adquirir, y la continuación de su viaje –más remoto ahora, más impensable– con mayor razón y en mayor medida sin duda que otras veces requería de alguna provisión para el camino.

Fue a guardar cola a la izquierda, al mismo tiempo sin embargo –¿o tal vez antes?– que dos jóvenes de complexión robusta y con uniforme que se situaron primero desenvueltamente a su lado y luego delante con ostentación. Hablaban en voz alta, y sin duda alguna con arrogancia, ocupando un amplio espacio en su torno. A veces, interponiendo una breve pausa en la conversación, se volvían de pronto hacia él y lo contemplaban de arriba abajo por encima del hombro. «¿Pero qué se habría creído?, ¿que iba a ser él acaso distinto?», parecían indicar al girarse de nuevo hacia la cajera aduciendo en efecto –y con un tono evidente de chanza– una ley, unos designios o tal vez un agüero.

Cuando les llegó el turno, aguardaron un momento con parsimonia galanteando a la cajera y engatusándola por lo visto con juegos de manos y petulancias –¿o eran billetes?– antes de volverse una vez más hacia él, dedicarle una sonrisa de suficiencia y emitir a continuación espiraciones sonoras y reticencias al parecer de soslayo.

De un modo maquinal y displicente la cajera sometió lue-

141

go cada uno de los productos a la lectura del dispositivo láser con que estaba equipada la caja. Los pasaba, con ligero movimiento de frotación y por la parte del código impreso en el envoltorio –una superficie rectangular que comprende un número variable de barras verticales de mayor o menor grosor en su trazo, sensibilizadas sobre blanco y asociadas a una serie de al menos una docena de guarismos–, a través de un cristal bajo el que se hallaba instalado el mecanismo de lectura. Todo el conjunto estaba situado a un lado de la caja, en la plataforma de exposición y acarreo de las compras que antecede a una pequeña cinta transportadora. Al final de ésta, los productos se bifurcan –¿para ratificar un destino?, ¿para permitir una simultaneidad?– dentro de una superficie convenientemente acotada y bipartida en su extremo que facilita una mayor entente y celeridad en el cobro.

Salieron por fin los dos jóvenes uniformados y le llegó su vez. La muchacha pasó el paquete de galletas a través del cristal y el precio se iluminó en el contador. Acto seguido –algunos artículos requieren ese leve esfuerzo adicional de apreciación–, pesó las manzanas en la balanza digital y tecleó el importe en la registradora que, tras oprimir el traste correspondiente, emitió el montante final y la factura en el resguardo.

Este ejercicio de tasación, más o menos breve o prolongado, y con mayor o menor disposición o cansancio por parte de la cajera, es repetido innumerables veces y de modo semejante durante años y edades enteras de la vida, y no sólo por la empleada de las gafas cuya primera impresión de delgadez saltaba enseguida a la vista, sino palmariamente por el resto de las muchachas –qué duda puede caber, una transacción, un código– respectivamente atareadas en todas las demás cajas registradoras de todos los demás autoservicios. Las valoraciones se efectúan por lo demás de forma análoga no ya en cada caso y con cada uno de los clientes, sino durante todas las veces en que, después de una primera y más o menos fortuita ocasión, y a lo largo de un tiempo indefinido que lo mismo puede ser mucho como también muy escaso, improbable como quizá también muy cierto, el asiduo vuelve con sus artículos en un enlace casual de itinerarios. No de otra forma, por cierto, le habría sucedido igualmente a él, como no puede ser menos que natural e inexorable, con la cajera de la sonrisa llena y respingona con asomos seguramente de malicia por el rabillo del ojo –ella en la contabilidad, él con sus productos, pero también a la inversa, claro está, y simultáneamente o por veces– durante los seis meses en que se había trasladado con él a Milán –algunos artículos requieren un leve esfuerzo adicional de apreciación– después de la separación de su mujer, para iniciar sin duda juntos la mejor y más esperanzada de las vidas en común, nueva y duradera y ensayada con tantas garantías de satisfacción como de entendimiento en las pausas del transbordo de los viajes.

El resultado –igual hasta se podía llamar lectura– de esos meses de convivencia había sido el menos esperado, el más alejado de cuanto ciertamente podían imaginar. Desafortunado a lo mejor sería poco decir, fatídico tal vez e incluso hasta recíprocamente destructivo. Pero quizá simple y llanamente realizado. Ella había regresado pocas semanas antes a Avignon y éste era desde entonces el primer enlace –tal vez más rememorativo que otra cosa– de trenes hacia el sur. Una señal verde y sónica del aparato de lectura había atestiguado la realización final de la operación y daba acaso vía libre al próximo producto, después de que una luz roja, sin duda con ausencia de sonido, hubiera exigido ciertamente por más tiempo la reiteración del movimiento de frotación contra el cristal.

* * *

Ni por un momento dudó de la presencia al salir de una mujer de edad imperturbable –que igual que estaba allí se hallaba también en todas partes, y lo mismo era despedirse de ella que volverla a encontrar más tarde continuamente tras la despedida, joven o muy vieja, hermosa o también muy fea, la misma, pero igualmente muy otra– aplicada a la perseverancia de unos trazos incesantes, circulares y ensortijados con una bayeta lacia y deshilachada que de cuando en cuando escurría en un cubo de aguas negras, no tanto para enjuagarla o aclararla, cuanto para restaurar la prescripción antigua e impenitente de su actividad. Y no tanto para cancelar la suciedad como para constatarla, para extender y proponer su humedad y atraer en ella las marcas de los pasos que se llenan de azoro y precaución al comienzo, de sobrecogimiento y temor ante una tarea incomprensible de pura y sencillamente cotidiana –otros cruzan impertérritos, sin miramiento alguno–, y de vana desesperación en cualquier caso más tarde al verificar que otra cosa ciertamente no hay sobre el embaldosado, ni tan triste ni tan gozosa, ni tan nueva y ancestral al mismo tiempo, efímera y a la vez perenne, y hermosa a la par que abominable, aunque incluso hasta se vayan ya desvaneciendo las huellas que se dejan en él al mismo tiempo en que se están plasmando.

Josan Hatero

El sindicato de poetas hambrientos ataca de nuevo

*Menospreciado mayoritariamente por la masa lectora como
género menor, hermano raquítico de la novela, el cuento o relato corto es sin duda mi género favorito como lector, como animal ávido de ficciones. Quizá por eso como escritor sea el que
más difícil me resulta, crear vida con las palabras justas, sólo
los trazos imprescindibles que definan y acoten a unos personajes creíbles y a una historia original que refleje la visión del
mundo del autor, mi visión; ése es el gran reto literario.
¿Cuál es la forma de* enfocar *el cuento? Personalmente no
creo que existan unas normas estrictas, una carretera de peaje
obligatorio que nos conduzca hacia el buen relato. Cualquier
dirección es buena, cualquier propuesta válida si nos ayuda a
cumplir las expectativas que hemos creado con la historia que
intentamos contar. Cada narración debe tener su lenguaje y su
solución. Pero, como todo escritor, tengo mis objetivos forma-
les a la hora de trabajar; éstos son básicamente cuatro:*
–El comienzo. *Las primeras frases deben despertar la atención del lector.*
–Economía de medios. *Prescindir de cualquier elemento
que no aporte un servicio a la narración.*
–Presentación de personajes. *Definir a los personajes por
una frase o un acto dicho o realizado por ellos mismos, no recurrir a lo fácil: que el autor explique sus personajes sin demos-
trarlos.*
–Verosimilitud. *No importa qué estés narrando, sea lo que
sea debe ser creíble. Si la literatura no crea vida no es literatura,
es un juego estéril.*

EL SINDICATO DE POETAS HAMBRIENTOS ATACA DE NUEVO

1

No hay dos coches iguales. Pueden ser idénticos exteriormente, la misma marca, el mismo color, el mismo año de fabricación; pero no serán idénticos en el interior. La diferencia es el dueño, la persona que lo conduce. Se puede saber mucho de una persona por su coche; se puede saber lo esencial de su personalidad, de su forma de vida. Es cuestión de fijarse en los detalles, el modelo del coche (si es caro o no), el tamaño, si lo mantiene bien cuidado, el kilometraje, si lleva el depósito de gasolina al mínimo, si está limpio o no, la distancia entre el volante y el asiento (esto nos dice su altura), el olor, si lleva ambientador, si lleva recuerdos en el salpicadero, qué clase de recuerdos, si lleva adornos colgados del retrovisor, qué clase de adornos (muñecos, vírgenes, amuletos, etc.), si lleva pegatinas en los vidrios o en la parte trasera, qué clase de pegatinas (de su pueblo, de lugares donde ha estado, de su equipo de fútbol, de asociaciones), el estado de los asientos traseros (si tiene niños), el estado de los ceniceros, los posibles objetos que encontremos en la guantera y el maletero, desde lo típico, un mapa, unas gafas, cintas de música (qué tipo de música), balones, chicles, cajas de herramientas, etc., hasta lo más extraño, particular y difícil de explicar nos habla de la persona, su sexo, su edad (aproximada), su familia, su ocupación, sus aficiones y, en definitiva, su tipo de vida. Incluso aquel coche que no lleva nada colgado, que no guarda nada en el maletero o en la guantera, aquel coche que su dueño conserva igual que recién salido de fábrica, incluso ese coche (y quizá ése más que ningún otro) nos da información esencial de su dueño.

Robar coches es un delito infravalorado; no sólo estás robando un vehículo, arrebatas una personalidad.

Cristóbal va al volante, yo en el asiento a su lado y Vinagre estira las piernas en el de atrás. No hay nada como recorrer la noche en un coche robado. Las ventanillas bajadas para que entre el aire del verano y salga la música de la radio. Es sábado noche, toda la ciudad lo sabe. Se está tranquilo. Conduciendo un coche ajeno, el coche de un desconocido, te sientes más seguro que en uno propio. La palabra accidente no tiene sentido, es un error del diccionario. Hay la sensación de que nada malo te puede ocurrir, y que de ocurrir algo malo le ocurriría a otro.

Nos detenemos en un semáforo y unas chicas cambian de acera cruzando delante de nosotros. Cris les hace señales con las luces; eh, preciosas, ¿queréis subir a dar una vuelta? Todo son risas. Todo el tiempo arriba y abajo, sin dejar una calle. Hay gasolina de sobra. Nos acercamos a un drugstore y yo y Vinagre compramos coca-cola y unas botellas de vino y las mezclamos. Enfilamos el coche fuera de la ciudad. La calle se ensancha, pierde luz y ruido, convirtiéndose en carretera. Carretera es lo único que deseamos. La carretera nos lleva en brazos en medio de la oscuridad.

Al llegar a la playa aparcamos el coche entre unos pinos, desde donde no lo puedan ver. Con nuestras botellas en la mano, caminamos por la arena hasta la orilla.

–Mirad la luna –dice Vinagre–. Está enorme.

Nos sentamos en la arena y miramos la luna, enorme y amarilla. Nos quitamos los zapatos. El mar está dormido, olas suaves arrullándose unas a otras.

–Vinagre, ¿cómo es que no ha venido tu primo con nosotros esta noche? –pregunta Cris.

–No quiere salir de casa. Está deprimido. Desde que sus padres se divorciaron no levanta cabeza.

148

–No está bien que la gente de nuestro barrio se divorcie –dice Cris–. Es un vicio de ricos.

–En realidad no es el divorcio lo que le deprime, desde que se fue su padre están mucho mejor. Lo que ocurre es que mi tía, su madre, está saliendo con un tipo de su trabajo. Dice que no puede soportar la idea de su madre follando con otro hombre que no sea su padre. Se los imagina en la cama y se vuelve loco.

–A mí me pasaría lo mismo.

–Y a mí –dice Vinagre.

–No me jodas, Vinagre. ¿Quién va querer tirarse a tu madre? –bromea Cris–. Si ni siquiera tu padre quiere hacerlo.

–Eso es verdad –dice Vinagre–. A veces he intentado imaginármelos follando y me ha sido imposible, en serio. Es una imagen irreal. De verdad que no sé cómo se lo montaron para tenerme. Debo ser adoptado, seguro.

–Pues mis padres se pasan el día chingando –dice Cris–. No paran, todo el tiempo dale que te pego.

–¿Cómo lo sabes, les oyes? –pregunta Vinagre.

–No, los veo. El otro día llegué a casa y lo estaban haciendo sobre la mesa del comedor.

–¿Y tú qué hiciste?

–¿Qué podía hacer? Encendí la tele y les dije que se dieran prisa, que era la hora de comer. Y mi madre me dijo: «Cállate, Cristóbal, no me lo distraigas ahora.»

La luna se va cayendo del cielo poco a poco, entre nuestras voces y risas. La noche va cambiando de color, tan gradualmente que casi resulta imperceptible. El vino se ha acabado y forma una balsa fría en nuestros estómagos. El mar...

–El mar está tan liso y llano que parece que se puede andar sobre él.

–Sí –dice Cris–, sólido como una plancha de metal. –Y, después de pensar en ello, añade–: Si tuviéramos fe en ello, podríamos hacerlo. Echaríamos a correr sobre el agua y no nos hundiríamos, estoy convencido. Sólo hay que creer de corazón que es posible hacerlo.

–En eso consisten los milagros, en tener una fe desmesurada en ti mismo. Una fe tan brutal que nosotros nunca podríamos imaginarla. El problema es que no puedes levantarte un día y decirte: hoy voy a tener fe en mí mismo. O se tiene, o no se tiene. Pero sería alucinante correr sobre el agua, aunque sólo fuera una vez.

–Estáis borrachos –dice Vinagre–. Si pudiéramos andar sobre el mar no nos haría falta robar coches.

Registramos el coche en busca de algo de valor. De momento tenemos el radiocasete, los altavoces traseros (los delanteros no los hemos podido sacar) y algunas cintas originales que había en la guantera. En el maletero encontramos unas botas del número 46 manchadas de barro, un cuchillo de caza, un saco de dormir y una linterna grande y nueva, de esas que sirven para hacer señales en caso de avería. No hay rueda de recambio. Cris y yo hacemos conjeturas sobre cómo debe de ser el dueño del coche. Vinagre dice que quiere quedarse con la linterna. A Cris le gusta el cuchillo; se quedará con él. Lo de la linterna es una lástima, podríamos haber sacado un buen pellizco por ella. Pero no robamos por dinero; el dinero es una consecuencia, no una motivación, suele decir Cris. Dejamos el saco de dormir, no nos darían nada por él.

Cris saca un bolígrafo de su bolsillo e improvisa su parte del poema en una hoja. Vinagre escribe su parte y luego yo improviso un par de frases sin leer lo que ellos han escrito. Remato el papel con una firma inventada y debajo escribo en letras grandes:

EL SINDICATO DE POETAS HAMBRIENTOS ATACA DE NUEVO

Pegamos el poema en el salpicadero con cinta adhesiva. Un poema diferente para cada coche, un coche diferente para cada poema. La policía mañana leerá el poema y lo comparará con todos los que ya tiene, estudiándolos, buscando una pista, archivándolos. Nosotros, los robacoches revolucionarios, los poetas del asfalto, los enemigos públicos número 1, hundiéndonos en la carretera, de vuelta a casa.

2

Desde el terrado de Vinagre se ven las luces del parque de atracciones. La noria parece rodar sobre el aire de la noche con sus colores parpadeantes; un neumático de luz. Vinagre y su primo juegan entre la ropa colgada y ríen como locos. Yo tampoco puedo quedarme quieto. Cris está sentado contra la pared, rodeado de todos los frascos de medicina. Un rey con su corte de pastillas. Los medicamentos para el asma son los mejores: los aspiras y, durante unos segundos, el corazón te late a mil por hora y la cabeza parece que se te va a escapar. Es como andar sobre humo. Cris echa antigripales en las botellas de vino, por probar. La espuma se derrama por los golletes. Machacamos varias pastillas de un frasco azul y las esnifamos. Tenemos un lema para estas noches: destruye tu mente antes de que tu mente te destruya a ti.

Hay noches en las que no puedo quedarme quieto. Voy botando en la furgoneta del primo de Vinagre. Los cuatro cantamos, desgañitándonos, repletos de energía.
–Tenemos que celebrar algo.
–Sí –dice Cris–, matemos a alguien.
–Sí –dice Vinagre–, matemos a alguien famoso.
–Es la forma más rápida de entrar en la historia.
–Mejor aún –dice el primo de Vinagre–, matemos a alguien que vaya a ser famoso.
–Sí –dice Cris–, pero que nadie sepa que va a ser famoso, sólo nosotros.
–Nos adelantaremos a la historia –dice Vinagre.
–Seremos los Nostradamus del crimen.
Reímos de pleno.

151

Ya hemos llegado. Dejamos la furgoneta en el aparcamiento de la discoteca.

–Yo tengo las llaves de la noche –dice Cris–. Yo la cierro, yo la abro.

Pagamos y entramos en la discoteca. Al empujar la puerta, ruido, luces, humo, gente y calor; todo de un golpe, una sola impresión. Aterrizamos en la pista de baile. Cuatro cuerpos chocando entre sí sin tocar el suelo, alborotando, haciéndose hueco. Sudor. Música que estalla. Chicas por todas partes. Un mundo de alegría instantánea.

Tengo la cabeza hecha jirones. Estoy en la barra intentando no perder altura y mirando a las chicas. Chicas de todos los tamaños, hermosas y brillantes como árboles de Navidad. Cris se me acerca con esa sonrisa suya maliciosa, me pone la mano en el hombro y dispara a hablar:

–Tengo dos nenas. Están ahí atrás; ahora no mires. Dos preciosidades. Chicas blandas, ya sabes. No he hecho más que acercarme a ellas, abrir la boca, y me las he tragado. Un negocio seguro, fácil. Pero eso sí, la rubia para ti. Para mí la morena. No puedes quejarte, la rubia es más guapa. Mucho más guapa. Pero tiene un defecto: es rubia. Ya sabes que no puedo respetar a una rubia. Si fuera morena sería otra cosa. No te rías, ya me conoces. Ahora te las presento. Tienen unos nombres muy tontos, de esos que se olvidan con facilidad. Unas chiquitas finas, delicadas, ya me entiendes. Chochitos de porcelana. Debajo del ombligo llevan pegado un cartel que pone: «Frágil, manejar con cuidado». Tienes que lavarte los dedos con agua perfumada antes de meterlos ahí. Se romperían en pedazos si pudieran leer nuestros pensamientos. Un negocio seguro. Un auténtico delito. Sólo hay que abrir la boca, decirles cuatro tonterías y ya está. Irán a donde queramos llevarlas. Niñas ricas. Diecisiete o dieciocho años. Todavía no saben ni andar y mira qué cuerpos. Un cuerpazo como ese es una putada para una chica, un arma de doble filo. No saben qué hacer con él, no saben qué se espera de ellas. Míralas un poco, qué me dices. Están buscando un hombre que les haga olvidar a su padre, ya me entiendes. Muérdelas en los labios y se derretirán en tus manos. Nos acercamos a las chicas y me las presenta. La rubia para mí; bonito chasis, motor turbo dieciséis válvulas a estrenar. Cris bromea con ellas, siempre sabe qué decirles. Ellas le siguen el juego. Negocio seguro.

–¿Cómo que a qué me dedico? –dice Cris–. ¿A qué creéis? Soy el psiquiatra de Dios. –Las chicas ríen con ganas–. Ser Dios hoy en día es muy frustrante, necesita que alguien le escuche, y ése soy yo.

–¿Y tú –me preguntan– también eres psiquiatra de Dios?

–No. Yo soy su peluquero. Cada vez que necesita un corte de pelo, Él viene a verme.

Muchas risas. Mucho bla, bla, bla. Las miradas lo dicen todo. Asunto zanjado. Cris se lleva a la morena para que le invite a tomar algo.

Antes de saber cómo, tengo a la rubia colgada de mí, su lengua fría en mi boca.

Si cierro los ojos, sus besos me marean.

–Besas muy bien –me dice la rubia.

–Lo sé.

Se ríe.

–No, en serio. Eres un besador increíble.

–Gracias.

–En una revista leí que los hombres que besan bien son grandes amantes.

–Es completamente cierto.

Más risas.

–Eres muy divertido. Antes salí con un chico, pero le dejé porque me aburría con él. No pienses que soy una frívola; yo creía que estaba enamorada de él, pero no lo estaba. Sólo es que quería estarlo, ¿entiendes lo que quiero decir? Te cuento esto porque creo que me he enamorado de ti. No es que quiera estarlo, es que lo estoy. Ya sé que parece repentino, pero estas cosas son así, ¿no crees?

Me encojo de hombros.

–Tú no estás enamorado de mí, ¿verdad?

–No lo sé.

–Eres tan dulce –me dice.

Más besos. Mis ojos bien abiertos.

Veo a Cris tanteando en la oscuridad, buscándome. Se nos acerca, la expresión de su cara es la de estar a punto de romper en carcajadas.

–No te lo vas a creer –me dice–. Más fácil imposible. Es casi indecente –se ríe–. Escucha esto, salgo fuera con la chica, la morena. La cosa va de más a mejor y pienso, ya está, esta noche coronamos la cima. Estamos en el aparcamiento, entre los coches, atacándonos a besos, y entonces, ¡chas!, el diablo en persona: veo un coche con las llaves puestas en la puerta del conductor. Lo miro dos veces porque me parece imposible que alguien sea tan gilipollas de dejarse las llaves puestas. Pero es cierto. Nos acercamos. En el coche no hay nadie, no hay nadie en todo el aparcamiento, y le digo a la morena: vamos a entrar y nos lo hacemos en el asiento de atrás. No, dice ella. Insisto, ella se mosquea y se larga. Así que, ¡aquí estoy! Cojamos ese coche y larguémonos.

–Nunca hemos robado un coche sin haberlo planeado antes.

–¿Y qué? Nosotros no somos supersticiosos. ¡Celebremos esta noche! Y además, ni siquiera es robarlo: tengo las llaves –saca las llaves de su bolsillo y me las enseña–. No habrá que forzarlo. Nos damos un paseo y buscamos unas chicas.

–Yo ya tengo una. Está enamorada de mí. –Cris se ríe–. Me lo acaba de decir.

–¿En serio?

Asiento con la cabeza.

–Piénsalo un segundo, tío. No estaba hablando ella, hablaba su chocho. Sólo es una rubia.

Encontramos el coche. Un modelo viejo. Pegatinas descoloridas en el parabrisas trasero. La chapa sucia. No hay nadie cerca. Abrimos las puertas delanteras. Ocupo la plaza del conductor. Introduzco las llaves en el contacto.

–Arranca –dice Cris.

–No. Mira debajo de los asientos si está el radiocasete. Cris saca el radiocasete y lo coloca. Enciendo la radio. Cris la apaga.

–Espérate a que salgamos del aparcamiento –me dice.

–No quiero esperar, quiero música. Abre la guantera. La guantera está llena de cintas de música, metódicamente ordenadas. Buena música. Escojo una cinta y la introduzco en el casete. La voz de una chica irrumpe en el coche.

–Mira –dice Cris enseñándome una cartera–. ¿Qué clase de capullo se deja las llaves en la puerta del coche y la documentación en la guantera? O estaba borracho o cargado hasta los párpados.

Cojo la cartera y miro la foto del permiso de conducir. Es un tipo de mi edad, nacido en el setenta como yo. El cabello oscuro y largo. Su nombre es Josan Hatero. La cartera no lleva dinero. Arranco el coche. Enfilo la recta de salida del aparcamiento. Un tipo se para en mitad del camino haciéndonos gestos con los brazos y gritando.

–Es el de la foto –dice Cris–. El dueño del coche.

Piso a fondo. El tipo no se aparta. Cris grita. El coche golpea contra su dueño y pasa por encima de él. Salgo a la calle y doblo la esquina a toda velocidad.

–Lo has matado –dice Cris.

Me desvío a una calle solitaria y detengo el coche.

–Baja.

–¿Qué vas a hacer tú? –me pregunta Cris.

–Baja, busca a Vinagre y a su primo e idos a casa.

–¿Estás seguro?

–Lárgate ya.

Cris se baja del coche.

3

La Tierra gira alrededor de mi coche. Aprieto el acelerador, pero el coche no se está moviendo, es la noche la que se mueve, es la carretera que gira bajo las ruedas manteniendo el coche en equilibrio. Podría conducir con los ojos cerrados. Podría soltar el volante. Todo va bien. Esta noche el futuro no tiene secretos para mí. En el futuro todo será igual que ahora, sólo que yo seré más lento. Y los coches podrán volar.

Detengo el coche en una estación de servicio. Cierro el coche, guardo las llaves en mi bolsillo. Entro en el lavabo, orino y me lavo la cara; no hay espejo. No hay secador. Al salir del lavabo veo a una mujer con una maleta rondando el coche. Dudo entre salir corriendo o no. Me acerco a ella. Me mira. Es rubia y mayor. Es atractiva. Un modelo clásico.

–¿Es tuyo el coche? –me pregunta.

–Sí.

–Hola, me llamo Claudia –me estrecha la mano– y estoy haciendo autoestop. ¿Puedes llevarme?

–Sí, ¿adónde vas?

–No lo sé. El último coche me ha dejado aquí y voy algo perdida. ¿Hasta dónde vas tú?

–No lo sé. Sólo he salido a dar una vuelta. Quiero conducir hasta que amanezca.

–¿Te importa que apague la radio? –me pregunta.

–No, quítala si te molesta.

–¡Qué alivio! Esa música me estaba matando. ¿Qué grupo era?

–El mío. Yo toco en un grupo.

–¿En serio? Lo siento. He metido la pata.

–No te preocupes. No tiene por qué gustarte.

–¿Y quién es la cantante, tu novia?

–No. Soy yo quien canta.

–¿Tú? Parece la voz de una chica.

–Lo tomaré como un cumplido.

Se ríe.

–¿Y cómo se llama el grupo?

–La compañía del cielo.

–Qué bonito.

El cielo está perdiendo el color negro; el horizonte comienza a hacerse visible.

–No dejes de hablar. Cuéntame algo o me quedaré dormido.

–¿Quieres que conduzca yo? Estoy bien despierta.

–No, sólo cuéntame algo. Háblame de ti.

–¿De mí...? ¿Quieres saber una cosa? Mañana es mi cumpleaños. Bueno, mañana ya no, hoy en realidad, dentro de unas horas. A las seis y media exactamente.

–Pues, felicidades.

–Gracias. ¿Cuántos dirías que cumplo? No, mejor no me lo digas, ya te los digo yo: treinta y seis. ¿Qué te parece, los aparento?

–No. Yo te echaba veintinueve o treinta.

–Qué encanto. Pues no, me he casado, divorciado, vuelto a casar y he tenido dos niñas; todo con sólo treinta y seis años. A veces me parece mucho para una vida, otras veces me parece que no es nada, que no significa nada... Mira, te voy a contar una cosa, tú no me conoces ni yo te conozco a ti y seguramente después de hoy no nos volveremos a ver más, así que no tienes por qué creerme, no tienes por qué confiar en mí, ni yo en ti. Pero me he subido en tu coche y tú me has aceptado, así que creo que te mereces que te pague de alguna forma, y te voy a pagar contando una cosa, un secreto. Y me dará igual lo que pienses porque tú y yo no nos conocemos, y porque quizá lo que te voy a contar me lo estoy inventando.

–Me parece bien. ¿Cuál es el secreto?

–Verás, hace justamente un año y una semana yo tenía la típica crisis de la mujer que va a cumplir los treinta y cinco... ¿Te estás quedando dormido?

–No, no. Te escucho.

157

–Bien, iba a cumplir treinta y cinco y me sentía fatal, frustrada, odiaba mi trabajo, mi matrimonio (el segundo) no funcionaba, mi marido estaba en el paro, los problemas de criar a dos niñas pequeñas, etc... En resumen, mi vida era gris, sin alicientes, sin libertad, la vida más triste que puedas imaginar. Así que fui a ver a una vidente, quería conocer si mi vida cambiaría en el futuro. La vidente me pidió mis datos personales, la fecha de nacimiento, la hora, el lugar, los ascendentes, y me echó las cartas. Las cartas dijeron que iba a conocer a un hombre, que iba a tener un amante antes de cumplir los treinta y seis. Te parecerá una tontería, no sé si tú crees en las videntes, pero aquella noticia revolucionó mi vida, la llenó de posibilidades. Me sentí alegre y confiada. Pero las semanas pasaron, pasaron los meses, y nada; el hombre de mi vida no aparecía. Comencé a desconfiar de lo que me había dicho la vidente. Pensé, si ese hombre no aparece pronto, me volveré loca; o me acostaré con el primero que se cruce en mi camino, o mataré a la vidente, le haré tragar las cartas. Me sentía estafada, había sido una estúpida por creer que alguien podía conocer mi porvenir. Pero justo cuando desechaba mis ilusiones de tener un amante, un hombre, un compañero de la oficina, empezó a coquetear conmigo. O al menos eso creí yo, y, aunque él no me gustaba, me insinué. Le decía tonterías, indirectas, y él me seguía el juego; sólo eso. Entonces pasó algo importante: mi marido encontró trabajo en una granja de conejos, lejos de la ciudad. Le convencí para que se llevara a las niñas con él. Le dije que aquello sería bueno para ellas, la vida en el campo, y que yo iría con ellos los fines de semana. Con mi marido y las niñas fuera, llegaría el momento que había estado esperando. Hablé con mi compañero de oficina y, bueno, casi le obligué a ello. Fue un desastre, claro. Ocurrió hace unos días, y ya no he vuelto a pisar la oficina... Ése es mi secreto, ¿qué te parece?

–Es un buen secreto.

–¿Y quieres saber otra cosa? Hace unas horas me acosté con el tipo que me recogió antes que tú y ahora pienso hacerlo contigo. ¿Qué te parece eso?

–Bien.

–Pues para el coche.

–Todavía no ha amanecido.

–No importa, para en cuanto puedas.

Hago lo que ella me dice.

–No me has dicho cómo te llamas.

–Josan. Josan Hatero.

–Bésame, Josan.

Hago lo que ella me dice. Soy un gran besador.

Luis Magrinyà

Peces pintados

Suelo llamarlos cuentos, aunque seguramente son nouvelles. Pero si los llamo así, creo, no es sólo por vicio o comodi-
dad. Les sienta bien, y además me recuerdan los primeros cuentos que leí –o me leyeron– y que son, supongo, los primeros
cuentos que ha leído –o le han leído a– todo el mundo. He escrito una versión de La bella y la bestia a propósito; pero también
he reescrito El patito feo sin pretenderlo. En realidad está de
más hacer versiones: las versiones no se hacen porque ya son.
Cuando uno cuenta una historia, cuando la cuenta de verdad,
quiero decir, tarde o temprano se da cuenta de que alguien la ha
contado ya. Darse cuenta de esto es importante, aunque también es peligroso. Se presta al juego, que es ejercicio, y no obra,
y por tanto pueril; y se presta al homenaje, que es solemne, y por
tanto estúpido. Pero es importante al mismo tiempo porque los
tópicos no pueden tratarse inocentemente, y para eso primero
hay que reconocerlos. Luego simplemente hay que creer que es
conveniente que la conciencia vaya acompañada de cierta actividad crítica.
   Los segundos cuentos que leí eran de otra clase. No sé si llamarlos modernos. Recuerdo haber leído una edición completa
de los cuentos de Cortázar. Los he olvidado.
   Luego vino la nouvelle. No recuerdo cuál fue la primera. Tal
vez algo de Mérimée, a quien adoro; o «El filtro» de Stendhal, o
Maud–Evelyn de Henry James, o El gran amor de Dennis Hag-
garty de Thackeray, que venían juntas en un mismo volumen
promocional de Biblioteca Pepsi; o Bartleby, o Somerset Maug-
ham, o Stefan Zweig. No sé; pero cualquiera de ellas fue un
gran descubrimiento. Encontré un género que permitía lo fantástico, pero no su autosuficiencia; y que permitía también, ge-
nerosamente, en su grosor y en su refinamiento, el melodrama.
Son dos polos que me atraen: el primero, por su descrédito,
siempre operativo, beligerante, de lo real; el otro, quizá al contrario, porque revela la medida en que todo pathos es social.

162

Ambos coinciden en su contumaz reducción de las causas a los efectos. No interesa de dónde viene el fantasma, sino el terror que despierta. No importa de dónde sale el amor, sino su paso perturbador por los escenarios de la sociedad.

La nouvelle *admite también, casi exige, diría, cierta complicación, algo que no ocurre con el cuento. No es sólo una cuestión formal: es la expresión afín a una determinada manera de ver las cosas que no puede formularse con brevedad. Desde que descubrí esta afinidad, el género me ha adoptado.*

También me he dado cuenta de que muchas de esas cosas que llamamos novelas saldrían ganando si les quitáramos las partes de relleno. Entonces tendríamos algunas buenas nouvelles. *El género es una disciplina. Y en este caso una disciplina que no es sólo cuestión de extensión sino también de ligereza. Tengo la impresión de que para tratar una cosa por extenso ésta tiene que merecerlo; si no, es como darle demasiada importancia. La* nouvelle *viene a funcionar como un antídoto de la importancia, ya porque la cosa no la merezca, ya porque el autor no quiera dársela..., lo que no deja de ser lo mismo. Es un género que permite tratar asuntos graves –gravísimos incluso– sin dar esa sensación a veces absurda y fuera de lugar, poco ecuánime, de que estamos irremediablemente sujetos a una soga o a una cadena. En el fondo, todo puede cambiar, todo es trivial.*

Una cosa más. Noto en mí una acusada tendencia a no concebir mis cuentos –mis nouvelles– *por separado. Una cosa es escribir cuentos y otra libros de cuentos. Yo hago lo último. No me parece que este tipo de piezas se basten a sí mismas. Necesitan compañía, necesitan réplica, necesitan funcionar dentro de algo organizado. Busco siempre una unidad temática, sostenida a lo largo del libro, realzada, y no dispersada, por la variedad. Y escribo pensando siempre en el lugar que una pieza va a ocupar en el conjunto, y en el lugar que van a ocupar las demás. Es interesante mostrar en una de ellas, por ejemplo, lo que se oculta en otra. Y es interesante tener en cuenta que el lector, una vez leída una de ellas, está de algún modo predispuesto cuando pasa a la siguiente. Esta predisposición puede ser confirmada o traicionada, pero siempre es manipulable psicológi-*

163

camente. *Mi primer libro empezaba con un cuento que tenía al final, inesperadamente, una solución de tipo fantástico. Cuando el lector se enfrentaba al segundo, estaba avisado de que podía encontrarse con algún efecto parecido... y no se lo encontraba. El cuento que aquí se incluye es sólo una parte del libro al que pertenece. Leerlo solo es como leer tan sólo un capítulo de una novela. Una novela que hay que leerla entera y por orden. Mis libros también.*

PECES PINTADOS

1

Dado que yo era el único que no tenía coche, y dado que
sólo a la pereza y a la obstinación cabía atribuir las causas del
desarreglo, había quedado con Emilio en que pasaría a reco-
germe. Emilio llevaba poco tiempo en el mundo del motor y
no había superado aún la fase de iniciación fabulosa que los
demás contemplaban ya desde la mezquina altura de la experiencia y la costumbre, y, por otro lado, siempre fue, de todos, el más dispuesto. Mientras le esperaba en la calle, sentado sobre un coche aparcado, me preguntaba si iba a ser yo el
único en acogerme a su hospitalidad. Porque había, por supuesto, los que tenían coche pero no lo sacaban, no tanto por
ser sociables como por no ser demasiados; y los que tenían
moto, bueno, no se sabe por qué, pero la moto, para ese trayecto a las colinas, siempre se les quedaba o demasiado pequeña o demasiado ancha: en invierno hacía demasiado frío,
en verano demasiado calor. Parecíamos estar sujetos a una
dictadura del demasiado. Y luego, claro, estaban las chicas.
   Emilio apareció, de hecho, con el coche lleno de chicas:
tanto que por un momento temí que hubiese venido sólo para
enseñármelas. Afortunadamente me hicieron un sitio, y Emilio bromeó un poco sobre el privilegio de tales apreturas. A
Julia y a Adriana ya las conocía, pero a las otras dos no. Me
las presentaron en un tono alegre, acorde con la situación,
aunque Emilio no se sentía tan abrumado como para prescindir del todo de la música ceremonial. Con su chaqueta de

botones dorados y su piel acostumbrada a las diversiones de invierno, parecía un capitán de barco, una figura de orden en la promiscuidad de aquel camarote.

–¿Y tu novia? –preguntó, riendo, una de las desconocidas, como si tuviera la esperanza de poblar un océano.

–¿Mi novia? –dije–. ¿Qué novia?

–El chico está libre –intervino Emilio. Creí que lo había dicho para ayudarme, pero enseguida añadió–: O sea que cuidado con él.

Yo le había dicho a Miranda que pasaría el fin de semana fuera, por motivos de trabajo. En aquella época ésa era una explicación perfectamente plausible; lo era tanto, en realidad, que del mismo modo era perfectamente innecesaria. Miranda lo entendía todo, y más hubiera entendido cuanto más hubiera sabido; supongo que era esta especie de plenitud la que yo limitaba, tal vez sólo para tener ocasión de especular. Así que le dije que lo sentía, pero que no íbamos a podernos ver. Ella reaccionó estupendamente, sin reprocharme nada; hubo un feliz reconocimiento por su parte de la importancia que tenía el trabajo para mí y tan sólo una mínima e higiénica advertencia sobre la necesidad de descansar, sin encubrimientos ni dramatismos. Y aunque lo cierto era que había hecho sus planes para estar juntos –explicó–, tampoco lamentaba tener que aplazarlos; así tendría tiempo de ver a sus amigas. Lo dijo luminosamente, segura no sólo de mis palabras sino de las que ella misma acababa de decir, lo cual resultaba aún más penoso, teniendo en cuenta la clase de amigas que tenía. Pero eso no era lo importante, después de todo. Ella decía la verdad.

Miranda era el nombre de Gene Tierney en *El castillo de Dragonwyck*, un decadente melodrama ambientado a orillas del Hudson en el que la célebre actriz interpretaba a la hija soñadora de unos granjeros honrados y menesterosos. Había, casualmente, en la familia un pariente rico, el primo Nicholas, que tenía una planta egregia y daba unos bailes fastuosos, y con el que la chica, prendada de todas estas exquisiteces, acababa casándose. Pero, naturalmente, la boda era un error. En primer lugar porque, para casarse con su prima, el rico Nicholas había tenido que enviudar, de una mujer oscura y servil, demasiado gorda y aficionada a los bombones. Luego se sabía que la había matado, por el sutil método del envenenamiento por adelfas, pero eso no era más que un pequeño detalle del cuadro grandioso de su personalidad, verdadera raíz del fracaso del matrimonio. A pesar de los lazos de sangre, Miranda y su primo no pertenecían realmente a la misma familia espiritual. Miranda debía de haber leído algo, fantaseado algo, en las juveniles soledades de la granja: algo admirable, sin lugar a dudas, de perfiles góticos y proyección elevada, injustamente escamoteado de la pobre parte de la herencia que le había correspondido, pero que desde siempre la había tentado con sus promesas de misterio y fascinación. Pero una cosa es la fascinación y otra muy distinta la verdadera entrega, la desintegración y el sacrificio de un genuino acto de amor. Miranda podía consentir y hasta admirar que hubiera un fantasma tocando el clavicordio en el sombrío silencio de la casa, podía hacer un esfuerzo para comprender que su marido fuera cruel y despótico con sus colonos, rebelde al progreso como un señor feudal, podía compadecerse de su tormentosa adicción al láudano y de sus crisis –cuando se declaraban– de relación con lo real, pero que fuera además un asesino, un Barbazul, eso llevaba las cosas demasiado lejos, a un extremo inabarcable, fuera de cuadro, un lugar terrible y pantanoso en el que peligraban no sólo sus ilusiones sino quizá hasta su propia vida. Abocado al delirio y a la incomprensión, el primo Nicholas tenía un final trágico, y ella buscaba consuelo en brazos de un mediocre doctor.

Dudo mucho, por lo demás, que a Miranda le pusieran ese nombre en memoria de Gene Tierney, quien, por otra parte, y a pesar de ser la mujer más guapa del mundo, en esa película quedaba totalmente eclipsada, como cualquiera a su lado, por el genio superior de Vincent Price. A decir verdad, Miranda no sería la mujer más guapa del mundo ni aun faltándole la ingrata competencia de un ladrón de escenas de esa talla, y su nombre, bueno, creo que se debe más que nada al triste sino que comparte con toda una generación, muy numerosa, bautizada según los ritos de una fea secularidad.

Julia y Adriana y las otras dos, que se llamaban algo parecido, pertenecían a la misma generación, pero su nombre, aun en las rigurosísimas dimensiones de aquel automóvil, parecía protegerlas del mismo sino. Ellas podían forzar las dimensiones, las circunstancias, y sabían que era muy improbable que alguna vez tuvieran éstas algo que decir. Alegres y apiñadas, vivían el sacrificio de la holgura como una experiencia significativa, no se sabía muy bien de qué, pero en cualquier caso de algo que les hacía, definitivamente, mucha gracia. Íbamos a las colinas, como otras veces, y como otras veces volveríamos a ir, siempre que nos pareciera que quedarse en la ciudad el fin de semana era un penoso indicio de entumecimiento invernal, o quizá el reconocimiento de algo peor; íbamos a ver las mismas caras, a oír los mismos nombres, Tito iba a obsequiarnos con alguna de sus exquisitas creaciones de gourmet, y siempre con la inmensa confianza de saber que toda variedad –nuevas caras, nuevos nombres, incluso nuevos platos: cosas obligadas, alicientes reglamentarios– tendría un regusto conocido, un timbre armónico o, como poco, unas facciones claras. Supongo que no hay satisfacción comparable a la de celebrar –en caso de que se tenga, claro– la propia identidad. A nosotros nos gustaba pensar que la teníamos: única, sólida, diferenciada, inmune a los ajetreos y a las erosiones como un buen cuadro. Un buen cuadro que no deja de serlo porque la pintura se decolore o cuartee, porque varíe su emplazamiento o se le ponga un marco nuevo. Un buen cuadro resiste estos pequeños rigores, y de hecho perdería algo de su poder y de su gracia si de vez en cuando no se viera sometido a alguno de ellos. Nosotros lo hacíamos, naturalmente, nos encantaba hacerlo, nos encantaba ponerlo en situación de sobrevivir a los distintos efectos de luz y de espacio, ver y criticar las violencias, las compatibilidades, los contrastes, discutir la oportunidad de tapar un arañazo o de dejarlo, desafiante, a la vista. En cuestiones de restauración podíamos elegir, ampliamente, libremente, y nuestra elección era tanto más primorosa por cuanto sabíamos que no era necesaria.

Los cambios de marco eran también competencia nuestra, pero ahí debo decir que a veces el cuadro se imponía un poco, se independizaba, si así puedo decirlo, adelantándose a nuestros deseos. Era él quien requería, exigía esos desplazamientos, quizá porque, en comparación con otros cuadros de menor categoría, es decir, más vulnerables a la actividad perversa de las circunstancias, esa facultad de tolerar los accidentes sin menoscabo constituía un factor de diferenciación. Nuestro ejercicio de la identidad no se limitaba, como el de otros, a un solo ámbito; lo cierto es que sin la posibilidad, sin la disponibilidad, de otros espacios habríamos sido radicalmente distintos y hasta es probable que más sensibles a las desarticulaciones o, casi peor, a las mezcolanzas. Es difícil prever qué habría sido de nuestra identidad sin los puentes, sin los viajes, sin las diversas casas, sin las colinas en invierno y sin el mar en verano. Las colinas, sobre todo, eran una condición esencial para seguir siendo lo que éramos durante la más larga y dura de las estaciones, y por supuesto todos agradecíamos a Tito que hubiera proporcionado las bases para esa constancia; él nos agradecía, por su parte, que, en lugar de decir «las colinas», nos concentráramos un poco y dijéramos alguna vez «su casa», y que nunca, nunca se nos ocurriera –¿a quién podría ocurrírsele?– llamarlas «urbanización».

Las dos amigas de Julia y Adriana no habían estado nunca en casa de Tito –probablemente ni siquiera le conocían a él–, pero no era la primera vez que iban a las colinas, y parecían ansiosas de comparar. Las chicas habían sido avisadas de algún modo y, aunque su aspecto revelaba cierta predisposición a confiar en la autoridad de los avisos, no dejaba de vérselas intrigadas por el misterio de una casa que originaba en su entorno tantos problemas de denominación. Tal vez alguien les hubiera dicho que se dirigían a un castillo, o a un palacio, alguien, sin duda, poco familiarizado con la aversión de Tito a las reducciones fáciles; puestos a ello, a él le habría gustado más recibirlas como visitantes de un santuario, si de lo que se trataba era de buscarle a la casa, ya que no una forma, una finalidad. Le habría gustado más porque el papel que podía atribuirse en un santuario era más lucido –a fin de cuentas no se es rey sin ser esclavo–, pero aun así en la idea habría seguido subsistiendo esa desagradable preponderancia del edificio, de la obra, esa visión invocada y difícil de conjurar de un espacio laborioso, concebido, ejecutado, repleto de elementos y materiales. Las cosas construidas –como parte o como signo, especialmente, de las identidades construidas– nos inspiraban una gran desconfianza y, aunque en ocasiones, qué remedio, nos viéramos obligados a admitirlas, nunca lo hacíamos a la ligera, y desde luego siempre como parte de un plan destinado a ampliar nuestra zona de influencia. Es posible que tras esa táctica hubiese menos un afán de expansionismo que cierta conciencia de fragilidad, como si no ensanchar el círculo pudiera condenarlo, no a anquilosarse sino, directamente, a desaparecer. Pero al margen de estas consideraciones, lo cierto es que todo lo que oliera a construcción nos repelía, y por eso Tito prefería el inmaterial desgaste de una palabra como «casa», con su suave coraza de neutralidad; aunque yo sé que, cuando se sentía a sus anchas, y en disposición de ser generoso con los posesivos, lo que de verdad le complacía era decir «nuestra morada».

Las dos neófitas, por una u otra asociación de ideas, no dejaron de manifestar su expectación durante buena parte del trayecto, a pesar de que su sensibilidad de iniciadas era sin duda menor que su interés como huéspedes. Esto parecía crear en ellas ciertos problemas de etiqueta, pues ninguna se había acordado de llevar un detalle como obsequio para su anfitrión, y ahora este descuido aguijoneaba vivamente sus conciencias. Un ramo de flores habría sido, en opinión de la que parecía más culpable, algo muy oportuno, y yo me pregunté si después de todo no habrían sonado en sus inquietos oídos las campanas del santuario. La otra, en cambio, nos hizo ver que se trataba, más que de una ofrenda, de una cuestión de gusto.

–Tienes razón –afirmó, compungida–. ¡Qué lástima que no sea primavera! Habríamos podido pararnos e improvisar un ramillete de flores frescas.

Emilio y yo nos miramos atónitos; echando una ojeada al paisaje, agradecimos los rigores de la estación. Antes de que alguien declarara otra impertinencia, Adriana salió al paso de los temores de todos.

–Con que os guste la cena y se lo digáis, será suficiente. No es necesario nada más.

Era una forma un poco simple de exponer las cosas pero consiguió que todos respiráramos. Si ellas se contentaban con aplicar esa medida todo iría bien, y creo que después de lo propuesto consideraron la posibilidad, incluso si les daban de cenar su plato más odiado, de avenirse a un compromiso; Julia y Adriana pusieron cara de pensar lo propio, aunque con mayor sentido de la responsabilidad. Al fin y al cabo eran ellas quienes las habían invitado.

Una hora después, sin embargo, frente a la casa, la confianza entró en crisis. Aún no habíamos desembarcado cuando Tito –y Nicanor detrás, como si intentara impedírselo– apareció ante nosotros como un tiburón tigre en una playa repleta de albatros; desde su equívoco ángulo nuestras dos nuevas amigas creyeron que su anfitrión había salido personalmente a hacerles los honores y volvieron a impacientarse recordando que no podían corresponder con otra cosa que con su mejor sonrisa. Tito metió la cabeza por la ventanilla y las miró brevemente pero con ansia. Luego preguntó a Emilio:

–¿Dónde está Claudio?

–¿Claudio? No lo sé. ¿No venía en su coche?

Tito no contestó. Fue como si de pronto hubiera encontrado la playa vacía. Retiró la cabeza y, seguido por Nicanor, que tampoco abrió la boca, regresó a la casa. Las nuevas todavía sonreían cuando se apearon del coche. Al ver a Antonia en el umbral continuaron sonriendo, en la esperanza de que al menos ella sí hubiera salido a recibirlas. Pero Antonia sólo me miró a mí:

171

–¿Dónde está Claudio?

La fórmula parecía gozar de tanta aceptación que empecé a pensar si en vez de una pregunta no sería una contraseña. –No lo sé –dije, intentando dar con la respuesta acertada–. No tenía que venir con nosotros, que yo sepa. ¿Qué le pasa a Tito? –Creí que me asistía el derecho a réplica. –Está furioso. Claudio iba a encargarse de comprar los vinagres y las mermeladas y, como no llegue pronto, no habrá cena. Ya tendría que estar aquí. –Haberse descargado de la información pareció aliviarla, porque a continuación pudo mirar a los demás y, haciendo un gesto, añadir–: Pasad, pasad. Ya han llegado todos. –La calamidad se cernió de nuevo sobre ella, y sobre mí, porque al decirlo volvió a mirarme–: Menos Claudio.

Yo no tenía la culpa de lo que fuera que hubiese ocurrido con Claudio, pero por un momento tuve la sensación de que iba a pagar por ello. Me equivoqué. Íbamos a pagar todos, y las miradas de Antonia habían sido simplemente la comunicación de un mal presagio, por cuya intimidad merecía evidentemente más mi gratitud que mis recelos. A veces me cuesta captar, de buenas a primeras, el sentido de las cosas; el ejercicio de la identidad no es tan fácil como uno quisiera imaginarse. Exige prontitud, y firmeza, y cierto sentido del olfato: es algo casi animal, anterior a las palabras, y a la noción ingenua de que el lenguaje es un apoyo y no un adorno. Pero supongo que uno nunca está del todo seguro de reconocer, ni de ser reconocido, y cualquier imprevisto, por pequeño que sea, se le impone desproporcionadamente, como un gran signo de interrogación garabateado al margen de un boceto de líneas pulcras y bien definidas. A veces me sentía así, interrogado; durante unos segundos, escasos pero intensos, tenía la impresión de no estar entero, o de estar al revés, o fuera de mi sitio. Curiosamente esa sensación no la tenía nunca cuando estaba con Miranda. Pero, a cambio, tampoco tenía la que venía inmediatamente a continuación: una vez identificado, no dejaba de admirarme, pero el orgullo que sentía me daba pálpitos y al mismo tiempo me embargaba una envidiable placidez. Con Miranda no sentía nada de envidiable. Cuando pasamos al salón, donde se habían congregado todos, fue realmente un consuelo ver que el presagio estaba extendido regularmente, como una imbricación de escamas, incluso sobre los rostros que no conocíamos. Nos acogió cierta decepción, porque en efecto no éramos Claudio, y, aunque vi que Emilio empezaba a enfadarse un poco por no serlo, como no era de carácter rencoroso, apenas tardó unos minutos en unirse a la sensación ya generalizada, y ciertamente reconfortante, de que así al menos éramos más. Con eso pareció conformarse y, en cuanto Antonia apareció con una bandeja con copas y botellas, hizo de su incorporación una actividad pródiga y simpática, consciente de que con esta actitud contribuía a amenizar la espera. Las dos neófitas seguían sonriendo, como si aún tuvieran que ser presentadas, pero de pronto vieron a alguien –conocían a alguien, eso era un hecho– y enseguida se animaron y se pusieron a charlar.

En media hora el ambiente quedó despejado, sin sombras, todo pareció que volvía a depender de nosotros mismos. Aproveché la claridad para preguntarle a Antonia dónde estaba Tito, el único que, con su ausencia, parecía empeñado en enturbiar un acto de comunión agradable. Me dijo que desde hacía unas horas estaba encerrado arriba, en su habitación; por su tono entendí que cualquier tentativa de convencerle de otra cosa estaba condenada al fracaso. Pero pese a todo decidí que valía la pena correr el riesgo; poco después, salía disimuladamente del salón y me encaminaba hacia las escaleras.

La puerta de Tito estaba cerrada. Llamé con los nudillos, pero no contestó nadie. Insistí, y al tercer golpe la puerta cedió unos centímetros. La figura de Nicanor –me había olvidado de él– se asomó bloqueando aquel hueco avaro.

–¿Qué pasa? ¿Ha llegado Claudio?

–No –dije, intentando entrar–. ¿Está Tito ahí?

–Sí. Pero no quiere ver a nadie.

Iba a decirle que hiciese una excepción pero me dio literalmente con la puerta en las narices. Volví al salón un poco irritado, y como con renovada sensación de inquietud, pero allí nadie parecía ya demasiado pendiente de la incertidumbre que nos atenazaba. Las gracias de Emilio corrían de boca en boca, la curiosidad mutua de propios y extraños iba en aumento, y habían empezado a formarse discretos pero visibles corrillos. Me fijé, sin embargo, en un desconocido que permanecía un poco ajeno al espíritu de la reunión y que parecía, por su postura, menos apartado por la timidez que por la indolencia. Estaba arrellanado en una butaca, con los pies encima de una mesa, fumando un cigarrillo, y se distraía echando el humo dentro de una botella vacía; luego contemplaba con interés las sinuosas emanaciones que producía el experimento.

–¿Quién es ése? –le pregunté a Antonia–. Parece que espera ver salir un genio de la botella de un momento a otro.

–Es amigo personal de Tito –me explicó–. ¿No le conoces? Es un gran pintor. Ya ha tenido tres etapas.

En ese momento la marginación del joven se dio por concluida. Al tiempo que Antonia me arrastraba con el fin de presentármelo, una de nuestras nuevas amigas, la del ramillete de flores frescas, se unía a nosotros con una franca familiaridad. Ésta parecía autorizada, según pude distinguir, por su conocimiento previo del personaje, que la trató, en efecto, con la naturalidad de quien está habituado a ser conocido, acaso sin necesidad de conocer. Tal vez no se acordara de ella, o a lo mejor era la primera vez que la veía, pero el hábito tenía la virtud de hacerlo todo, en cualquiera de los dos casos, y aun en el de que sí la conociera, puramente circunstancial. Esta actitud, que daba la impresión de hallarse sólidamente asentada –repantigada, diría yo– sobre bases compartidas, no tendía a evolucionar por sí sola, quizá porque ya originaba curiosas evoluciones en los demás. A medida que el pintor insistía, en fin, en su propia solidez, y el humo seguía saliendo de la botella como asegurándole su particular atmósfera, la chica de las flores entró en nuevas dimensiones de entusiasmo, Antonia casi se olvidó de que no debía sonreír, y yo mismo acabé felicitando al joven por su última exposición.

En vez de darme las gracias, sin embargo, me preguntó:

–Oye, ¿aquí cuándo se cena?

No contesté, pensando que el silencio podía servirle de instrumento de medida. Pero Antonia había llegado a un punto en que temía cualquier exceso de discreción. La verdad es que llevábamos allí un par de horas y ella empezaba a sentir la necesidad de darles un sentido.

–Pronto –dijo–. Estamos esperando a alguien.

Desvió la mirada hacia otro lado, pero no fue sólo un signo más de desaliento. Nicanor acababa de reaparecer y se dirigía hacia nosotros con expresión decidida y enojada. Antonia intentó interceptarlo para que no nos comprometiera nuevamente, pero él parecía sometido a un impulso imparable y actuó con mayor rapidez.

–¿Ha llegado Claudio?

–¿Claudio? –el pintor alzó la vista–. ¿Es el que estamos esperando?

Con eso Nicanor se dio por satisfecho y, sin pronunciar palabra, y con el mismo énfasis, volvió sobre sus pasos. Su salida pareció, como su entrada, obedecer designios superiores, y no pude detenerle antes de que llegara al primer tramo de las escaleras. Yo había tomado una decisión: esta vez no se me iba a escapar.

–No sé si Claudio va a venir o no –le dije–. Pero ya es muy tarde y Tito tendría que ir pensando en hacer algo.

–¿Qué quieres que haga? –me respondió, incrédulo, parodiando el desafío–. Tito no puede hacer nada. No *va* a hacer nada.

Hasta ese momento yo no había querido pensarlo; ni siquiera cuando se lo dije a Nicanor lo pensaba. Pero después de contemplar su rígida espalda desapareciendo por la escalera, miré el reloj y vi que era realmente muy tarde. Otras veces, a la hora en que llegábamos, antes de que oscureciera, Tito se encontraba ya en la cocina, risueño, escrupuloso, echándonos a todos y azuzándonos a Nicanor, que vivía con intensidad, hinchado como un pez erizo, el privilegio de ser su pinche; en la casa se respiraban vapores ilustres, anuncio

175

de cosas jugosas y plásticas. Ahora había anochecido, sólo olía a tabaco y en la cocina no había nadie. Bueno, sí, estaba Valerio, que por lo visto había tenido la misma idea que yo. En un impulso de coraje, el necesario para traicionar a Tito en aras del interés general, había abierto la puerta de la nevera y así lo encontré, escudriñando su interior con ojos preocupados.

–Imposible –sentenció–. Está todo crudo.

Me asomé y me di cuenta de que el juicio de Valerio estaba, al menos en un par de grados, más capacitado que el mío, pues yo ni siquiera pude identificar una sola de las raras perlas que atesoraba aquella concha inextricable. Tito se había asegurado de que nadie le pudiera traicionar. Nadie salvo él habría podido decir qué era y cómo se comía aquello. Vista la perfección del dispositivo y la inutilidad de la exploración, Valerio cerró la puerta y por unos momentos estuvimos mirándonos sin decir nada. Los dos sabíamos que habíamos estado a punto de hacer algo de lo que habríamos tenido que arrepentirnos, y ahora agradecíamos precisamente la falta de recursos que limitaba el motivo de nuestra expiación a un solo pecado de pensamiento. Nos sentíamos aliviados porque habíamos adquirido la seguridad de que, si finalmente había que adoptar una solución de urgencia, al menos no podría ser *ésa*.

–Ven, vamos a hablar con Antonia –dijo Valerio, tirándome del brazo–. Ya se nos ocurrirá algo.

Pero yo, en mi expiación, creo que había ido un poco más lejos, pues estaba empezando a pensar que tal vez fuera una solución mejor que no se nos ocurriera nada. No es que fuera mejor. Probablemente sería la más justa. Valerio comprendió mi sentido de la solidaridad, pero se opuso a mi idea de la justicia.

–La fiesta ya está aguada –dijo–. Pero no podemos consentir que se convierta en un triunfo de Claudio.

Volvimos al salón y hablamos con Antonia. Nuestros puntos de vista no le fueron ajenos –ella lo había sopesado todo– y se hizo evidente que, como nosotros, había llegado a un impasse. Su rumbo, sin embargo, debía de haberse torcido aún más que el nuestro, y por mares más encrespados, porque parecía rendida y sin ilusión, confiada a la providencia. Si algo había estado en sus manos, definitivamente ya no lo estaba: lo había perdido, pero no por negligencia, no por culpa suya, y por eso en el atolladero en que se encontraba había aún rincones iluminados con cierta dignidad. Un paso adelante o en cualquier otra dirección podía situarla fuera del haz de esa vaga luz, y hacerle perder su inmóvil, precaria y expectante inocencia.

–A mí me da igual –decía–. Vosotros haced lo que queráis.

Recuerdo que pensé, al oír estas soberanas resoluciones, que era difícil distinguir si la actitud de Antonia respondía al ingrávido modelo de una cobardía digna o más bien al de una dignidad cobarde. De hecho creo que fue ella quien precipitó lo que vino a suceder a continuación, con la agravante de que en su escollo gozaba de un astuto cobijo a prueba de incursiones. Hubo un silencio, pues, y luego se agitó en el aire un temblor casi ostentoso como el que precede al anuncio de una gran iniciativa. Y así, como si hubiera oído las palabras de nuestra confidente, y como si el hecho de ser amigo personal de Tito le otorgara, en momentos de crisis, atribuciones imperiales, el artista de la botella se puso en pie, abandonando su excelente postura, y frotándose las manos declaró:

–Amigos, se me ha puesto al corriente de la situación y veo que todo depende de unos vinagres y unas mermeladas. Es realmente una lástima lo que ha sucedido, pero a estas horas dudo que podamos suplir honrosamente esta inapreciable carestía. Pero creo, de todas formas, que sería absurdo que por un lamentable contratiempo nos quedáramos sin cenar. Yo tengo hambre... –sonrió, y su sonrisa era también un insulto–, y, de camino hacia aquí, he visto en un poblado un bar que parecía bastante abastecido. Así que, antes de que se haga demasiado tarde, propongo hacer una expedición y traer unos cuantos bocadillos. Si alguien quiere acompañarme...

El pintor hacía ya ademán de irse, sin preocuparse excesi-

177

vamente de si alguien respondía o no a su proposición. Vi que la chica de las flores frescas, su declarada admiradora, se disponía a seguirle, pero su amiga, sin duda más a tono con el sentir general, la retuvo con un gesto no muy convencido pero prudente. Cuando la soltó, el gran hombre ya se había marchado, sin volver la vista atrás.

¡Hambre!, había dicho. ¡Bocadillos! El sonido de la puerta al cerrarse apenas abrió una brecha en medio de una perplejidad apocalíptica. Luego oímos el arranque de un motor y una nueva cadencia, acaso más natural, de rumores nocturnos. Alguien se acercó a la oscuridad de una ventana. Había empezado a llover. Las gotas golpeaban los cristales; a falta de truenos, a mí me sonaron como el galope de un jinete más.

Pero el silencio no se prolongó demasiado. Había habido un momento de sorpresa, de desconcierto, de alarma plausible ante lo desacostumbrado y repentino, pero antes de que estas sensaciones se generalizaran todo el mundo pareció convenir en que la invocación al fantasma había sido deplorable y en que permitir que nos sumiera en el mutismo habría sido tanto como darle la razón. Había mucho que beber, por otra parte: de todo. Y un nuevo tema del que hablar, por supuesto, que podía dar pie a un replanteamiento productivo de la situación y sus posibilidades. Y al tiempo que volvían a llenarse las copas y a adquirir los murmullos el aspecto de la fluidez, todo cuanto había de ominoso y cargante en el ambiente pareció reducirse a una vaga ondulación de partículas sin electricidad. Al principio me alegré: el terror, si es que así podía llamarse, estaba vencido, y yo personalmente tenía la sensación feliz de que habíamos recuperado algo. Luego, a medida que la disipación fue haciéndose más sensible, empecé a sospechar que lo que habíamos recuperado no había vuelto a nosotros íntegro, sino con una o dos modificaciones sustanciales. Lo que habíamos recuperado, en fin, era el compás de espera, el estado de confianza, y por eso nadie parecía haberse movido de su sitio; pero el objeto de la espera, descubrí con un nuevo terror, había cambiado, ya no era Claudio.

Claudio había desaparecido –sus razones tendría–, había dejado de ser; y ahora ya nadie encontraba motivos para reprocharle esta ausencia. Lo cual, muy alegremente, conducía a la terrible conclusión de que, si no se le podía reprochar, tampoco tenía sentido esperarlo. Mucho menos ahora que tenía un sustituto, amigo, como él, personal de Tito.

Aunque tales derivaciones parecían ir implantándose cómodamente en el seno desquiciado de la congregación, no creo que todos opinaran del mismo modo. Antonia, por lo menos, estaba bebiendo tanto que, para cuando el artista regresara con sus absurdas provisiones, no iba a poder mostrarse ni ávida ni condescendiente; no iba a poder mostrarse de ninguna forma en realidad. Y aunque se hubiera conservado serena y notable, su declarada indiferencia le habría impedido apreciar el valor de la medida fuera de lo que tenía de puro saldo. En la urgencia todo se había abaratado, y desde luego los bocadillos no iban a ser un artículo de excepción. Serían lo que se merecían ser: cualquier cosa. No una buena idea, como inicuamente empezaba a vislumbrarse en los ojos de los demás, que despedían ráfagas tímidas pero irreprimibles de un brillo impuro y vergonzante.

Así pasó una hora, quizá más. Hubo un momento en que creí que todo aquel fulgor vicioso estaba a punto de languidecer, atrapado en las sombras de una nueva decepción. Había otros caminos, después de todo, y si el artista los tomaba tampoco sería –aquella tarde– el primero en desertar. Pero justo cuando el presentimiento empezaba a producir sus primeros estragos, se oyeron de repente unos golpes alegres y heroicos en la puerta de entrada; poco después, el expedicionario reaparecía ante nosotros, cargado de bolsas de plástico y asistido en su generoso bastimento –sorpresa– por una desconocida con un horrible anorak.

–Misión cumplida –dijo–. Traigo bocadillos... –y, señalando a su acompañante, añadió–: y compañía.

Hubo en el ambiente cierto regocijo inconfesable; incluso me pareció oír que alguien descorchaba una botella de champán. Todo se volvió realmente confuso y, en la confusión, la desconocida, la chica del anorak, hizo un extraño movimiento que la orientó imprevisiblemente hacia el lugar donde yo me encontraba.

–Hola –me dijo, todavía a distancia pero acercándose–. ¿Te acuerdas de mí?

No contesté. Ella estaba ya muy cerca, y abría mucho los ojos.

–Vaya sorpresa –continuó–. ¿Qué haces tú aquí?

–Oh, bueno –no pude reprimirme–, creo que eso es lo que tendrías que decirme tú.

–Nada –hizo otro gesto y miró a su mentor, que también se acercaba–. Le acabo de conocer. Mi padre tiene un bar en el pueblo, ¿sabes?, y mientras le preparaba los bocadillos nos hemos hecho amigos.

–Pero ¡bueno! –Nuestro voluntario de intendencia estaba ya entre nosotros–. No me digas que os conocéis.

–Sí –exclamó la intrusa–. ¡Qué casualidad!

Unos segundos después se había formado ya un corro de curiosos a nuestro alrededor, movido por los peores apetitos. Al interés primario por los codiciados víveres se sumaba uno nuevo y no menos irresistible por la presencia de la desconocida, y aún otro más oscuro –igual de evidente pero más callado– por la naturaleza de cierta casualidad. Yo empezaba a sentirme aprisionado y cuando Emilio me agarró del brazo para sacarme del círculo creí como un iluso que se cumplía mi deseo de hacerme invisible.

–Oye –me dijo, divertido–, y tú ¿de qué conoces a ésta? ¿Te pierdes ahora por los bares de los pueblos?

–De nada. –Intenté sonreír–. No la conozco de nada.

–¡Mentiroso! –me dijo, frontalmente–. Conque aventurillas, ¿eh?

Me limité a intentar sonreír de nuevo. Esta vez lo conseguí. Creo que él entendió mi éxito como una señal de complicidad porque, cuando me dejó, en busca de su ración de otros placeres, parecía despreocupado y satisfecho. Ya he dicho antes que en nuestra peculiar condición las palabras sobraban; uno hasta podía buenamente mentir. Emilio estaba con-

180

vencido de haberme identificado, sin necesidad de que ninguno de los dos se expresara más, o mejor. Tal vez, si no hubiera preferido negarlas, habría podido molestarme en corregir sus opiniones, pero eso habría sido una ociosa divagación en la superficie de las cosas, cuando lo que él había interpretado estaba todo ello en el fondo, era a la vez el fundamento y la conclusión: el camino entre esos dos puntos podía ser agilizado, ralentizado, detenido en un recodo u otro, y reconducido luego a un paso distinto, pero ninguna de estas recreaciones rítmicas lo iba a cambiar. En eso consistía, supongo, nuestra feliz conciencia comunitaria, en una ruta sin sorpresas y sin límites inexplorados, aunque yo, francamente, de haber tenido que decirlo, lo habría dicho de otro modo. Había sido una noche, una sola. Y no había sido en ningún pueblo, sino en la ciudad. Y hacía mucho, muchísimo tiempo. Realmente ya no me acordaba de ella: ¿por qué tenía ella que acordarse de mí? Entonces ni siquiera conocía a Miranda, que no es una sino muchas noches que en aquellos momentos parecían estar juntándose todas con el solo fin de agrandar mi oscuridad. Y llamarlo una «aventurilla» cuando en la mente de todos aleteaba regularmente el impulso de deserción era como demorarse hipócritamente en un mirador construido aposta sobre un mar sucio y sin interés. Había otros sitios donde posar la vista. Había pruebas –las había– de que no era yo el único que tenía dificultades en mantener sin tacha el ejercicio de la identidad. Otros conocían igual que yo la profundidad y la atracción de la pérdida, el abandono en una inmensidad sórdida, grotesca y ridícula. ¿Qué había hecho Claudio, si no, aquella misma tarde? ¿Qué estaba haciendo ahora, lejos de nosotros, lejos de todo y, sobre *todo*, lejos de sí mismo? Dios mío, ¿qué estaban haciendo *ellos*, congregados a la voz y al arbitrio de un extraño que sin apenas mover un dedo los tenía ahora comiéndose sus bocadillos sin sombra de culpabilidad?

En fin... Para ser justos, hay que decir que no todo fue obra suya. La ausencia virtual de Antonia, que había decidido dormirse en una butaca, para no verse a sí misma o para no ver a los demás, había sido interpretada como una inhibición rica en concesiones. Y yo mismo, por las miradas de pérfida inmunidad que se me dirigían, acabé entendiendo que les estaba prestando una ayuda inapreciable. La inopinada aparición de la chica del anorak, a la que todos sonreían como si fuera otro bocadillo, había tenido el efecto de establecer un forzado equilibrio de culpabilidades: ellos eran culpables de comerse lo que se comían, de acuerdo, pero no iban a consentir que los denunciara alguien a quien acababan de sorprender en ciertos apuros que ponía en entredicho toda –si tenía alguna– su autoridad moral. Gracias a la chica, pues, me había convertido en el rehén de todos, y supongo que adquirí plena conciencia de mi posición al sentirme, de pronto, tan ajeno al grupo como el grupo se sentía, a su manera intimidatoria, pendiente de mí. Me había quedado solo, en un rincón, amordazado por mi propio silencio, y tardé un poco en darme cuenta de que, en medio del jolgorio triunfante, alguien parecía haberse descartado también de todas sus bazas. Era una de nuestras nuevas amigas, la del ramillete de flores, aunque, según creí ver, ella se había retirado del juego voluntariamente, sin coacción; su forma de contemplar el formidable entendimiento que se había establecido entre el celebrado artista y su más reciente hallazgo dejaba entrever que, al arrojar las cartas, lo había hecho como un mal perdedor. Estuve observándola desde el otro lado de la sala hasta que me detectó; sostuvo la mirada unos instantes y luego, como si hubiera tenido una idea, se acercó a mí, transparente y negativa como una medusa.

–Tú la conocías, ¿no? –me dijo, señalando a la recién llegada–. Supongo que todo ha sido casualidad.

–No sé –respondí, sin precisar cuál de las dos preguntas contestaba.

–¿Tú conoces a muchas de ese estilo? –continuó. Ella tampoco había preguntado lo que preguntaba.

–¿De ese estilo? ¿Qué quieres decir?

–Bueno, lo que está claro es que ella no conoce a muchos chicos como vosotros. Basta ver la cara que pone. Te ha saludado y ha comprendido que no debía saludarte. –Hizo una pequeña pausa y agregó–: Para ella tiene que haber sido una verdadera casualidad encontrarte a ti aquí. Seguro que es la primera vez que está en un sitio como éste, entre gente como ésta, y encima resulta que estás tú y te conoce.

No dije nada, pero tuve la intuición de que ella iba a completar un razonamiento mucho menos ordinario.

–En cambio, si tú conocieras a muchas como ella, al menos para ti no sería tan casual. Siempre estás expuesto a que si aparece una de ellas sea una que tú conozcas, ¿me comprendes?

–No.

Era verdad. No comprendía nada, salvo que, en aquella noche llena de desplazamientos, ella había elegido desplazar su ira contra mí y no, evidentemente, contra quien la merecía. Otra cobarde, pensé. Lo que sí comprendí, en cambio, fue que mi retirada de aquel juego resultaba aún bastante expuesta pese a todo, y que, si no quería correr mayores peligros, tenía que hacerla realmente efectiva. Tenía a la chica al lado y me despedí de ella, cosa que no hice con los demás; me vengué nombrándola fedataria de mi extenuado mutis. Me dio la impresión de que tenía interés en retenerme, pero no la dejé. Me escabullí hacia las escaleras y llegué a mi cuarto sin detenerme más que un segundo –un segundo de indecisión expeditivamente resuelto– frente a la puerta infranqueable y ofendida de nuestro anfitrión. Luego eché el pestillo a la mía y traté de exhalar un suspiro, traté de sentirme a salvo. No lo conseguí. Llevaba ya un rato en la cama, bajo una oscuridad inmóvil, pesada como un mar de hielo, y todavía recordaba a Miranda y todo lo que aquella resentida había dicho sobre la casualidad. No, ella no podía saber nada: nadie podía saberlo, nadie podía conocer a Miranda. Nadie podía comparar. Di gracias a Dios por ello y luego, como si Dios me hubiera escuchado, debí de quedarme dormido, porque empecé a ver un banco de peces que avanzaba lenta pero implacablemente, muy grande, muy denso, muy unido, tan unido que parecía un ejército gris.

II

–Bueno, un par de horitas más y hemos llegado.

Dingo seguía esforzándose en atenuar con su optimismo las condiciones del viaje, como si temiera que a alguien pudiera estar haciéndosele largo o aburrido; pero probablemente nadie habría reparado en estos extremos de no haber sido insinuados con esa mecánica regularidad. Los perros dormitaban plácidamente en la parte de atrás de la furgoneta y yo mismo estaba sorprendido de la sensación de ligereza –casi de cordialidad, en este punto– que había ido imponiéndose a costa de mis primeros temores, que habían sido variados. En cuanto a Dingo, no creo que él pudiera aburrirse nunca: por debajo de ese horrible nombre de perro australiano siempre había corrido un caudal de genuina alegría, voluntariosa e inflexible como la de un animador turístico o un despertador musical.

–Pronto empezará a olerse el mar –insistió.

Uno de los perros, como si le hubiese entendido, se incorporó perezosamente y, asomando su monstruosa cabeza, empezó a olisquear en dirección a la ventanilla.

–Quieto, fiera –le dijo su amo–. No seas impaciente, que ya no queda nada.

Yo no tenía ninguna prisa. Me sentía cómodo, relajado, en cierto modo agradecido y casi aparté con afecto la festiva lengua del coloso que, después de saciar su olfato, había dirigido sus apetitos contra mí. Había tenido suerte y, si al principio calculé sin entusiasmo el beneficio que iba a sacar de nuestro inesperado encuentro, ahora casi prefería que los demás hubiesen adelantado las fechas y ocupado sus coches sin que ninguno de ellos –ni siquiera Emilio– hubiera podido hacer nada por esperarme. Me habían dejado con un horario de trenes a modo de consuelo y se habían ido al mar prácticamente convencidos de que así excusaban el profundo engorro que el cambio de planes había supuesto para mí. Yo no podía alterar la fecha señalada para el comienzo de mis vacaciones y ellos me reprocharon que no hubiera sabido conseguir, a estas alturas y en lo concerniente a mi trabajo, un poco de elasticidad. Pero la fortuna me acompañó. Una bendita casualidad hizo que me encontrara con Dingo después de tantos años, y que una charla de circunstancias nos llevase, a falta de otra cosa, a descubrir que, en un par de días, mi antiguo amigo partía con un asiento libre a una localidad muy cercana a nuestra morada estival. Enseguida se ofreció a llevarme y yo les tengo tanto asco a los trenes que no tuve que pensarlo mucho para decirle que sí. Luego, en casa, me di cuenta de que si llevaba tanto tiempo sin ver a Dingo era porque iba a pasar por lo menos el mismo número de años sin volverlo a ver, y me pregunté cómo se desarrollarían esas cinco o seis horas de viaje fruto de un tropiezo que, en otras condiciones, y sin esforzarme demasiado, se habría convertido al cabo de muy pocas semanas en un recuerdo dudoso si no claramente irreal.

Dingo pertenecía a una parte de mi vida que yo apenas recordaba, y estaba empezando a cobrar conciencia de que de algo íbamos a tener que hablar.

Pero las ocasiones hay que aprovecharlas, como se suele decir, y a pesar de la furgoneta y de la extravagante compañía, no estaba encontrando, a mitad de trayecto, motivos para arrepentirme. Además me complacía pensar que también en otros aspectos todo había venido rodado. Yo había estado buscando un pretexto para que nuestras vacaciones no coincidieran más allá de un punto deseable, pero la suerte me había sonreído y al final no había tenido que mentir. Miranda me había dicho –creo que casi me lo pidió– que quería reservar al menos la primera semana de sus vacaciones para visitar a sus padres, a los que hacía tiempo que no veía, y no hizo ninguna alusión, al exponérmelo, a la posibilidad de que yo la acompañara. Más adelante yo mismo llegaría a hacerme algunas preguntas sobre sus razones para esa marginación, pero entonces me fijé únicamente en la feliz conveniencia de que estuviéramos los dos tan de acuerdo. Incluso pude decirle que yo pasaría esa semana en el mar, aprovechando una invitación que había recibido, con lo que ni siquiera le di ocasión para culparse de abandono o descortesía. Nos despedimos prometiéndonos pasarlo maravillosamente a nuestro regreso, y ella dijo algo acerca de que ya iba siendo hora de que le presentara a mis amigos. Le respondí que lo único que yo quería era estar con ella, sólo con ella, y ella sonrió porque se dio cuenta de que era verdad.

Superadas las reticencias iniciales, no sólo quedé en disposición de sentirme en deuda con Dingo por haber despejado mi camino de su último obstáculo, sino que hasta me veía capaz de sostener una conversación. Lo cierto es que una parte –una absolutamente irreprimible– de estas reticencias había funcionado desde el principio como un instrumento precioso para romper el hielo. Él me había avisado de que la razón de su viaje tenía que ver con unos perros, pero hasta que los vi no pude comprender hasta qué punto había sido intencionadamente precavido en su indeterminación. El instinto me había hecho retroceder al entrar en la furgoneta –por un instante había dudado si hacerlo o no– pero él se esforzó desde el primer momento, con promesas de confianza primero y con explicaciones prácticamente científicas después, en ofrecerme la seguridad de que no sería devorado por aquella jauría. Pasada la primera hora lo consiguió, y entonces pude incluso dar muestras de cierto interés objetivo.

–¿De qué raza son? –pregunté.

–Oh, de ninguna –respondió él, con una gran sonrisa–. Son un experimento, ¿sabes? Un cruce de mi invención. Feroces por fuera y mansos por dentro, ¿verdad que sí, amigos?

Los experimentos, ciertamente muy compenetrados con las teorías de su inventor, se lanzaron sobre él cubriéndole de lametazos. Confundiéndose, también me dieron alguno a mí.

–Van a pasar su bautismo de fuego. Veremos qué tal resulta.

–Mientras no sea yo el campo de pruebas... –la perspectiva había vuelto a encogerme, pero Dingo ordenó a sus criaturas que se estuvieran quietas y ellas le obedecieron sin rechistar. Le estaban dejando muy bien.

Yo recordaba a Dingo como un chico sin aptitudes ni ambiciones, prácticamente sin identidad, que se pasaba la mitad del día holgazaneando en el zoológico y la otra mitad aturdiendo a quien se dejase con un luminoso monólogo sobre la vida en el reino animal. Esto le había ganado, entre los más tolerantes, cierta reputación de poeta, cosa que parecía enaltecer un poco el solitario destino que los menos complacientes le atribuían. Pero, si a eso vamos, en aquel tiempo no era complacencia precisamente lo que escaseaba entre la gente que yo conocía: había muy pocas cosas que les molestasen, quizá porque eran pocas las cosas que tenían ante sí. No sé lo que habrá sido de la mayoría de ellos, pues ni los he visto –es casi imposible, desde donde ahora estoy– ni me han llegado noticias suyas en el curso de los años, aunque intuyo que seguirán recreándose en un panorama de exigüidad. Pero Dingo, por lo que veía, y quizá por ello se habían dado las condiciones para que el azar, que no es después de todo un fuerza incondicionada, obrase nuestro encuentro, pero Dingo, decía, parecía haber salido a un horizonte más ancho, donde su monólogo había podido desplegarse a una altura profesional y atraer el público suficiente para financiarse al fin la construcción de su propio zoológico. Es posible que siguiera siendo un solitario, sí, pese a sus creativas relaciones con los animales, pero también era indiscutible que su destino de soledad no le tenía reservado un oscuro perrito con el que dar, como un hombre triste, sórdidos paseos a altas horas de la madrugada, sino una bonita y espaciosa arca para que pudiera sentirse, si no exactamente un elegido, al menos a salvo en caso de diluvio. De hecho, lo que había puesto en sus manos el destino eran unos ejemplares realmente muy vistosos, cuya identidad él mismo creaba y adiestraba, para luego venderlos o alquilarlos para los más diversos servicios. Una de sus principales fuentes de ingresos, me contó, era la industria del cine, que pagaba muy bien el fruto de sus reordenadas ensoñaciones; precisamente ahora se dirigía a un rodaje en el que nuestros acompañantes debían representar el goloso papel de unos guardianes asesinos.

–Espero que todo salga bien. Con esta película debutan, ¿sabes? Con un poco de suerte se convertirán en estrellas.

187

Sonreí ante estas ilusiones de mánager y le expresé mi total convicción de que las vería confirmadas. Pero él, de pronto, hizo una asociación que me dejó perplejo.

–¿Y tú qué? –me dijo–. ¿Cómo van tus cuadros?

Me había cogido desprevenido, pero enseguida me di cuenta de que no lo había hecho con intención. No íbamos, claro, a estar todo el tiempo hablando de él. Pero Dingo no era capaz de una simple cortesía y esto me puso un poco en actitud de alerta, porque vi que con lo que me enfrentaba era con un interés sincero y difícil de contentar.

–¿Mis cuadros? ¿Qué cuadros? Ya no pinto, Dingo. Hace tiempo que lo dejé.

–¿De veras? ¡Qué lástima! –Hizo una breve pausa, en la que, esta vez sí, pareció intervenir la cortesía, pues era delicado lo que tenía que decir a continuación–. Todavía tengo el retrato que me hiciste, ¿sabes? Cuando conseguí mudarme a un sitio decente, le puse un marco bonito y lo colgué. Y ahí sigue, en un lugar preferencial..., bueno –se rió, sin vergüenza–, la verdad es que es el único cuadro que tengo.

–Yo sólo tengo uno, también –dije–. Y no es mío. Los míos se perdieron en una mudanza.

–¿Todos? –Yo no lo había pretendido, pero el tono de mi amigo se había vuelto un poco dramático.

–Sí, todos. –Me encogí de hombros, procurando asistir al drama desde el anfiteatro–. Pero ¿qué más da? Estas cosas ocurren, y uno no puede vivir de recuerdos toda la vida.

–Tienes razón –asintió, medio atrapado por el garfio filosófico–, pero los cuadros eran fantásticos. Merecían mejor suerte..., aunque, pensándolo bien –añadió–, supongo que esta desgracia aumenta el valor del mío.

Sonreí profundamente. Dingo no tenía ninguna necesidad de halagarme y, sin embargo, me halagaba.

–Bueno, si quieres verlo así...

–¡No seas tan modesto, hombre! A todo el mundo le encanta el retrato y todos quieren saber quién lo pintó. Y aunque sea un poco raro, la gente me reconoce y dice que se me parece mucho. Y las cortinas, con esos peces azules, plateados, llaman mucho la atención.

Yo empezaba a preguntarme qué facción del mundo –una muy optimista, por cierto– tendría por costumbre visitar la perrera de Dingo, pero estaba claro que él, fuera la que fuese, la consideraba representativa.

–Los peces traen mala suerte –dije, desde otro sector de opinión.

–¡Tonterías! –Le había herido en lo más sensible–. Ningún animal trae mala suerte. Además, no sé por qué dices eso, si siempre estabas pintando peces. Recuerdo uno muy bonito; había un buzo manejando un soplete, creo que reparaba la quilla de un barco o algo así, y los peces le rodeaban inquietos, asombrados, como si fuera la primera vez que viesen fuego en el fondo del mar.

–Lo recuerdo, sí. Fue una imagen que vi en un documental, en la tele.

Dingo me miró con cierta expresión de censura, pero no se amilanó. Rápidamente volvió a la carga.

–Y había otro, magnífico, muy grande, que era como la explosión de un acuario enorme. Se veía un lujoso interior lleno de agua y cristales rotos y peces que boqueaban por todas partes: encima de una silla, sobre una alfombra, en un diván... Era impresionante.

–Lo saqué de una película –respondí, sin concesiones–: *Noche en el alma*, se llamaba. Al final había un incendio y estallaba un acuario gigantesco que el villano tenía empotrado en una pared de su mansión.

–Bueno, ¿y qué más da de dónde lo sacaras?

Dingo parecía un poco enojado, y era notable que se hubiera enojado por mí. No era tanto que le irritase mi determinación a llevarle la contraria como que no comprendía esa terca e insensible refutación de mi propia originalidad. Quizá sospechase que no me movía la modestia sino un impulso mucho menos noble de justificación. Estuvo a punto de insistir, pero en el último momento pareció pensárselo y, cambiando de registro, concluyó:

–Mira, yo no entiendo mucho de estas cosas, pero algún mérito tiene que tener saber captar el valor de esas imágenes. Yo habría visto la misma película o el mismo documental y ni siquiera me habría fijado. Se necesita cierta capacidad para reconocer las cosas, y no creo que sea muy distinta a la que se necesita para inventarlas.

Dingo se estaba revelando como un destacado –y benévolo– teórico, cosa que me sorprendió no porque viniera de él sino porque francamente, a estas alturas, yo no estaba acostumbrado a esperar eso de nadie. Su dictamen y su piadoso reparto de talentos, ambos ciertamente equivocados, fueron el origen de un curioso fenómeno: en lugar de espolear mi indiferencia o mi ironía decadente, que es lo que la lucidez me aconseja para saldar sin discutir esa clase de cargos, sentí como si se pusieran de pronto en marcha, chirriando escandalosamente, viejos mecanismos por los que ya no se regía mi sensibilidad. Estaban inactivos, oxidados; hacía mucho tiempo que nadie me hablaba de esas cosas, y desde luego nadie lo hacía de ese modo, ni siquiera con la intención de martirizarme. Bueno, quizá Miranda lo hubiera hecho en alguna ocasión; un par de veces se había visto obligada a presenciar algunas divagaciones intempestivas, y me había preguntado, lógicamente, como para rematarlas, que por qué no volvía a pintar; pero ella nunca había visto un cuadro mío y la pobre no tenía ni idea de lo que hablaba. Dingo no sé si la tenía o no, pero su carencia de prejuicios parecía darle una gran libertad, al punto de permitirle acercamientos valerosos a ese territorio del que él sí estaba en condiciones de alegar cierto conocimiento –exhaustivo, a la luz de las misteriosas fijaciones de su memoria– o cierta apreciación empírica. Mi memoria, limpia de misterios, apenas conservaba una imagen escueta y lineal de aquellas experiencias, una imagen reducida no por efecto de un cristal ahí colocado –alevosamente– con el único propósito de disminuirlas y desdibujarlas, sino por una labor de años, minuciosa y continuada, dirigida al orden y a la coherencia y regulada en virtud de un solo criterio de justicia. Pero la obra del tiempo no es inmune, al parecer, a la influencia de otros procesos, y si a mí me había regalado un panorama nítido y bien perfilado, con mi amigo era evidente que había sido distintamente generosa, alimentando su sentido de la ecuanimidad con impresiones indefinidas y confiando sus resoluciones al supremo arbitrio de la buena fe. Siempre había habido una diferencia entre Dingo y yo, y el tiempo no había hecho más que demostrarlo, pero lo que ahora se había removido en alguna parte de mi sensibilidad era el muy grato poder de apreciar la diferencia sin juzgarla, y la verdad es que yo empezaba a sentirme muy poderoso sabiendo que ante este hecho uno no podía protestar sin ser cruel ni abdicar sin ser cobarde. Quizá por eso dije lo que dije: sentía una disposición imperiosa a responder, y en mi búsqueda de un compromiso di con una anécdota un poco oscura pero que parecía servir buenamente a mis necesidades; al desempolvarla descubrí que se trataba, además, de algo inédito, que nunca había contado a nadie, y me encantó poder gratificar a mi amigo con el suplemento de una primicia.

–Acabo de recordar una cosa –empecé–, no sé si tiene algo que ver con lo que has dicho, pero creo que de todos modos te gustará. Ocurrió hace bastante, un día que tuve que volver a mi antiguo barrio, allí donde vivía cuando nos conocimos. Pero primero debo confesar que lo que he dicho antes de que los cuadros se perdieron en una mudanza no es del todo exacto. La verdad es que me deshice de ellos. Los tiré. Mi vida había cambiado y hacía ya tiempo que dormían en el fondo de un altillo. Cuando uno se muda de casa tiene que sacrificar algunas cosas, no puede llevarse todos sus recuerdos. Pensé en conservar alguno, pero me pareció injusto para los demás, así que la noche antes de irme los bajé todos a la calle: pinturas, bocetos, dibujos, óleos, cartones, todos. No fue difícil: había algunos, muy pocos, ya montados, con bastidor, pero la gran mayoría estaban enrollados unos sobre otros o guardados en carpetas…, como te digo, llevaban tiempo almacenados, ni siquiera tuve ocasión de vacilar o arrepentirme porque, gracias a Dios, no tuve que verlos por última vez. Así que los saqué a la calle, que es lo que suelo hacer con las cosas que no quiero. Habría podido dejarlos en el estudio, confiando su suerte al criterio del próximo inquilino, pero eso me parecía aún peor: la calle es un sitio espléndido, donde el azar se ejerce más libremente y donde las cosas, cualquier cosa, no duran nada; siempre pasa alguien dispuesto a llevárselas. Todavía no me explico el uso que es capaz de dar la gente a las cosas que tiran los demás; me pregunto qué harán con tanto desecho, pero, en fin, supongo que siempre habrá un par de almas esforzadas. El caso es que a la mañana siguiente, cuando llegó el transportista, los cuadros habían desaparecido. Como mi determinación había sido firme, no tardé mucho en dejar de especular sobre su destino, pero años después, cuando ya no especulaba ni mucho ni poco y me había habituado a verlos como una parte enterrada de mi vida, reaparecieron, por decirlo así, resucitaron. Un día tuve que volver por esa parte de la ciudad, una zona que para mí también yacía sepultada bajo tierra; había estado enfermo, nada grave, pero el médico me había encargado un montón de análisis y dio la casualidad de que el laboratorio estaba ahí, en un viejo edificio a una manzana de mi antigua casa. Mientras subía las escaleras me crucé con un par de niños que bajaban a toda prisa, armando alboroto; un par de pisos más arriba se oía a una mujer dando voces, seguramente su madre. Cuando llegué al rellano, lo vi. La mujer había salido detrás de sus criaturas, persiguiéndolas con sus gritos escalera abajo; había dejado la puerta abierta, de par en par, y ahí estaba, con un feo marco de plástico, presidiendo el recibidor entre media docena de muebles de formica: uno de mis cuadros, y no de los más pequeños, con todos mis delfines y mis peces voladores, mi mar alegre y nocturno cruzado por barcas iluminadas. Me detuve un momento, anonadado, sin saber qué pensar, hasta que de pronto la mujer volvió a aparecer frente a mí. Estuve a punto de decirle algo, pero en realidad toda la historia era fácil de reconstruir, y de todas formas ella no me dio ocasión. Me miró medio desafiante, medio asustada, como si fuera a robárs_elo, y se metió rápidamente en la casa dándome con la puerta en las narices. Yo me quedé ahí un rato, como esperando a que volviera a abrirla, pero luego comprendí que, aunque lo hiciera, seguiría sin saber qué decir y me marché.

Dingo había estado regalándome toda su atención, en silencio pero no impasible, como si la anécdota tuviera para él un interés casi mayor que el que podía tener para mí.

–¿Y qué sentiste?

–Pues no sé –le dije–. Aparte de la sorpresa, y de intuir inmediatamente que aquello no iba a ser fácil de olvidar, nada.

–Pero ¿de veras hiciste eso?

–¿Si hice qué?

–Eso. Deshacerte de los cuadros. Tirarlos como si fueran basura. ¿Fue todo idea tuya?

Dingo me estaba haciendo retroceder un poco. Evidentemente para él el verdadero interés de la historia estaba en sus orígenes.

–Sí, claro que fue todo idea mía –afirmé, bastante desganado por tener que seguir sus movimientos–. ¿De quién, si no?

–No sé. De otra persona –contestó, muy insinuante–. Quizá de una mujer.

–¡Qué tontería! –exclamé, sin contenerme–. ¿En qué manos te imaginas que puedo haber caído?

Dingo aminoró un poco la marcha.

–Bueno, no te enfades. Era sólo una idea. A veces las mujeres son bastante expeditivas con estas cosas. Detestan el espacio inútil. Tuve que romper con una porque pretendía que me librara de todos mis bichos.

–¡Tendrías que haberlo hecho! –respondí, con una rencorosa sonrisa. A mi espalda los perros gruñían como si acabara de sentenciarlos.

–Sí, ¿y qué habría sido de ellos? –dijo Dingo, mirándolos con compasión–. ¿Qué habría sido de mí?

Lo dijo en un tono tan lastimero y la imagen de desolación que sugería era tan profunda que por un momento yo también me compadecí.

–Está claro que nuestros casos son distintos –dije, por último–. Yo nunca me he visto en una situación semejante.

–Aventurándome un poco, añadí algo más–: Más bien al contrario.

–¡Qué suerte la tuya! ¡En qué dulces manos habrás caído! De pronto me sentí atrapado en una dulzura amenazante. Sentí muchas manos a mi alrededor. No dije nada, pero algo debió de delatarme porque él se aprovechó.

–Vamos, dime, ¿cómo se llama?

–Miranda. Lo había dicho sin pensar, obedeciendo un extraño impulso de cesión. No me sentía liberado, pero tampoco me atrevía a arrepentirme.

–¿Miranda? ¡Qué nombre tan bonito! ¡Como el de Gene Tierney en *El castillo de Dragonwyck*! Empezaba a ver mucho menos arriesgado el camino del arrepentimiento.

–Vaya, veo que tú también te fijas en las películas –dije, para disimular–. Pero no tiene nada que ver. Es distinta, ¿sabes? –Pero, claro, él no podía imaginar en qué grado era distinta, y yo no podía cometer la bajeza de hacérselo ver. No podía hacerle ver nada, en realidad. Yo me hallaba bajo el efecto de cierta presión, como he dicho: había dado mis propios pasos y, alegremente, había ido a caer en la trampa. Y sí, ahí estaba, con su cebo bien visible y el anzuelo bien curvado, la trampa de la cordialidad, la buena ocasión para que un par de antiguos camaradas, reunidos por un azar intrascendente, rememorasen los viejos tiempos e intercambiasen chismes y confidencias, pequeños y grandes triunfos, deslices y batacazos. Yo había cedido, sí –el gancho era suave–, y lo había hecho a voluntad. Había vuelto a nadar entre mis viejos peces, a sentirme en un mar tibio y coloreado, a jugar con un amigo que chapoteaba y me salpicaba con torpeza pero sin malicia. Había estado bien, estaba yendo bien, pero ya era hora de salir del agua. Empezaba a hacer frío ahí dentro y las olas se estaban poniendo un poco pesadas, de tanto removerlas; y había algo en el fondo, además: como si, al atardecer, se estuviera formando un remolino. Había una parte de Miranda de la que se podía hablar sin mentir: de hecho, en aquellos mo-

194

mentos de acuática flaqueza, había estado explorándola y descubriendo con cierto asombro que habría podido decir muchas cosas, muchas más de las que, en un anterior examen, había creído. Parecía mentira lo que uno podía encontrar, con sólo proponérselo, contando con las adecuadas condiciones ambientales. Pero este insólito hallazgo, por agradable que fuera, no podía ser proclamado intempestivamente; requería nuevas y escrupulosas reflexiones y quizá no fuera todo un espejismo de la dulce luz marina, el frío y desinteresado dictamen de un ojo experto. Era insólito, sí, pero también extraño; curioso pero no concluyente; brillaba pero palidecía; no llegaba, en fin, y a todos los efectos, a ser el tesoro de un galeón hundido. Aquel relumbrón podía ser falso; la prudencia aconsejaba resistir.

Horas más tarde, mientras los últimos rayos de sol doraban mis párpados y toda mi voluntad descansaba sobre una tumbona persuasivamente orientada hacia la piscina, me pregunté si después de todo no habría hecho mal al no permitir a Dingo ser juez de aquel extraordinario hallazgo; y supongo que, si no me decidí a hacer la prueba, fue porque en el fondo no tenía la menor confianza en la imparcialidad de su veredicto. Es más, aunque en algún momento hubiese percibido en él una pálida sombra de misoginia, seguro que había sido sólo por fingido respeto a las toscas convenciones de la camaradería y que, de haber seguido hablando, le habría hallado muy predispuesto a pensar bien de las mujeres en general y más aún de cualquiera que tuviera que ver conmigo en particular. Lo cierto es que, al ver que había sacado un tema que no prosperaba por mi parte, él había seguido hablando de sus propias cosas, someramente y sin entrar en pormenores –decididamente no era un misógino–, pero sin ocultar tampoco las cualidades de un talante paciente, animoso, enamoradizo y nada volcánico. Esto acabó de disuadirme, porque era evidente, tanto como agravante, que tanta flexibilidad no podía sino ser extensiva, ¿y qué habría podido decir él, por ejemplo, cuando nuestro viaje tocaba ya a su fin y yo empezaba a pensar en las pocas ganas que tenía de que me

195

vieran llegar en una perrera ambulante, qué habría podido decir Dingo, en fin, del trabajo de Miranda, de aquello a lo que se dedicaba, teniendo en cuenta cuáles eran sus propios medios de vida? Finalmente nadie me vio llegar. Mi amigo había insistido tanto en dejarme en la misma puerta que no pude convencerle de lo contrario, pero aun así conseguí engañarle y hacerle parar frente a otra casa. Pareció entristecerle tener que despedirse y me hizo prometer que a partir de entonces nos veríamos más a menudo. Yo le deseé suerte y le dije que sí; él sacó la cabeza por la ventanilla y, echando un vistazo, exclamo:

–¡Caray, qué caserón! –con lo que me quedé con la curiosidad de saber qué habría dicho si hubiera visto la verdadera casa.

En cualquier caso, ahora yo ya estaba allí, instalado –como he dicho– en una tumbona junto a la piscina, de donde provenían rumores y movimientos relajados, crepusculares, a tono con el telón de sombra que, a esas horas, repentinamente, el cielo de verano se complace en ceder. No había efecto dramático en esa conclusión un tanto abrupta de un día uniformemente, pesadamente iluminado: quizá el olor del mar vecino se intensificase un poco, quizá algún suspiro de alivio se mezclase con la tenue brisa recién levantada, pero el agua de la piscina –estaba seguro– seguía caliente y suave y nada perturbaba la languidez de mis ojos cerrados. Me habían recibido bien, aquella tarde, casi con calor, para lo que éramos todos. Tito, en lugar de desilusionarse cuando le dije que al final no había tenido que tomar un tren, me felicitó por ser un hombre de recursos, cosa de la que, al parecer, jamás había tenido la menor duda. Ahí estaba Claudio, también, que llevaba unos meses con cara de perdonado, y que me miró casi con gratitud, como si por alguna horrible inspiración hubiera temido que siguiera su ejemplo, y su castigo. Los demás no dejaron de añadir que me habían estado esperando, y las caras nuevas –había unas cuantas, notables y bronceadas– manifestaron su interés por mí.

196

Tenía una de ellas a mi lado, ahora; lo sabía, lo notaba. Si hubiera abierto los ojos la habría sorprendido al acecho y, para no incomodarla demasiado, habría tenido que darle conversación. Por eso no los abría y por eso la situación era graciosa; pero podría haberlo sido mucho más si no hubieran contribuido a originarla algunas pequeñas tensiones. No era sólo un recurso teatral, mi afán de aislamiento, tan pendiente, en exclusiva, de mi silenciosa oscuridad; me complacía pensar que, para quien me estuviera observando, la pausa funcionaba como un mecanismo de suspense, pero yo sabía que el genuino motor del artificio estaba en otra parte. Una parte que, en su elaborada composición, hubiera halagado el interés de un espectador atento pero que yo, decididamente, no estaba dispuesto a revelar. Era elaborada, ciertamente, y más que elaborada numerosa, compuesta por una febril multitud de elementos: uno a uno parecían, todos ellos, tener sentido, pero juntos no casaban. Las impresiones eran fijas, pero las relaciones inestables: si había algún hilo que los unía yo no era capaz de verlo; y si lo veía, en fin, me resultaba muy difícil atraparlo. Aunque eso me preocupaba menos que mi insólito empecinamiento por fijarlo todo, por encontrar la llave, como si en mi interés, de un modo irracional pero muy convincente, se hallase la primera prueba de la existencia de algo; si busco, me decía, es que algo hay, y a partir de aquí –tal era mi convencimiento– si no lo encontraba quizá no fuera por torpeza sino sencillamente porque no me atrevía. Todo lo cual me llevaba otra vez a Dingo, que insistía en no separarse de mí. Un oleaje virgen, incesante, desconocido, me tenía dominado, y uno de los escollos fijos de este asombroso vaivén era mi antiguo amigo, en quien, aunque no pudiera saberlo a ciencia cierta, tenía la sensación de que tenía que estar el origen o el destino de tanto movimiento. No me había atrevido a ensayar con él, sí, eso era lo que ahora se movía –la impresión determinante–, de un lado a otro. No me había atrevido a oír lo que sabía que me diría, lo que yo no quería oír. No me había atrevido a darle la razón y ahora, en el silencio, me arrepentía.

Finalmente abrí los ojos y vi un mundo igual de oscuro pero con una chica sonriente y despierta. Para lo que esperaba, tenía un aspecto bastante sencillo. –Te has dormido –me dijo, sin dejar de sonreír. ¿Era eso lo que parecía? Fue mi primera desilusión. Al cabo de cinco minutos de penosa charla, todas mis fantasías de sencillez se habían venido abajo. Me retiré pronto, aquella noche, apenas después de cenar. Tenía una razón plausible: el cansancio. Nadie se opuso, todos fueron muy comprensivos. Durante la cena, que fue suculenta y admirable, Tito había querido darme la impresión de haberse esmerado en atención a mí. No le tomé en serio pero es verdad que me sentí durante todo el tiempo no agasajado, porque ni siquiera en esa acariciante atmósfera podía verme bajo la luz extraordinaria de un invitado de honor, pero sí muy atendido, casi mimado, como una carpa herida, caída fuera de su estanque. Quizá hubieran advertido alguna señal de mi determinación y, en su ignorancia, la hubieran interpretado como algo que requería, discretamente, toda su asistencia. Éste era su mayor error: creer que yo estaba pidiendo ayuda, o condolencia, o tolerancia, cuando si algo revelaba mi aspecto –en lo que no consiguiera satisfacer mi propósito de ser, por una vez, inescrutable– era mi firme intención de rehusarla. Querían entrar, querían estar dentro; yo sólo quería dejarlos fuera.

Habría podido irme aquella misma noche pero no vi al fin ninguna necesidad de ser truculento. Desde mi nueva perspectiva se divisaban otros estilos, otras oportunidades para salir de cuadro, formas de moderación inusitadas capaces de trascender el gesto, de transformar el impulso en una especie pausada y noble de energía, una especie que hallaba su utilidad y su placer no en ser pasmosa o sensacional sino en ser productiva y duradera. En eso, al menos, confiaba, y al día siguiente obtuve otro grato complemento al ver que tampoco sentía la menor necesidad de organizar un pretexto verosímil. Por supuesto que se lo di: no iba a estrenarme con ellos, diciéndoles secamente que me marchaba, sin más; preferí una explicación lacónica, falsa, cuya desfachatez no afectaba tan sólo a su contenido, sino al mismo tono en que la pronuncié, que excluía toda réplica. Curiosamente mi misma inverosimilitud pareció servirles de excusa; no sólo fue evidente que la acataban sino que la compartían. Tuve la sensación de que el peculiar ambiente de la noche anterior seguía acompañándome, como si hubiese pasado a formar parte de mí. No me miraban como si fuera a desertar, sino como si fuera al médico a recoger una baja.

–Cuídate –me dijo Emilio–. Tienes mala cara.

No sé qué cara ponía yo pero, por la cuenta que les traía a ellos, no me sorprendió que les pareciera mala. Una hora más tarde, en el tren –había tomado un asqueroso tren–, todas esas conexiones habían desaparecido, y yo me hallaba entregado, con una fácil libertad, a las extrañas satisfacciones y claridades que se derivan del arrepentimiento. En el fondo no me había equivocado: había hecho bien, o al menos no había hecho mal, en no decírselo a Dingo. No era a él a quien tenía que decir todas aquellas cosas, no era a él a quien tenía que dar toda la razón. Las piezas –todas ellas– por fin encajaban, tan sólo había tenido que cambiarlas un poco de sitio; había visto el hilo y ahora me dirigía, rápido, resuelto, con calma, a sujetarlo. No iba a soltarlo, no, ahora que lo había visto: ahora que había visto –con qué transparencia– mis desvíos, mis errores, mis perversidades. Pero ahora me sentía alumbrado, por una luz maravillosa que al tiempo que me protegía me hacía protector. Siempre había creído estar ocultando a Miranda, ocultándola para que ellos no la viesen, pero en realidad lo que había hecho era ocultarlos a ellos, ocultárselos a ella, para que no los viese, y no me viese a mí, dañado, perdido, rebajado en semejante compañía. La había estado protegiendo sin darme cuenta. Ahora iba a protegerla con toda mi voluntad.

La llamé enseguida que llegué a casa. Me había dejado un número de teléfono y supongo que la vocecita amable que me respondió debía de ser la de su madre. Miranda no estaba, me dijo; había ido a pasar unos días a «la casita», con sus primos.

La mención de ese familiar emplazamiento sugería una imagen de precariedad tal que di por sentado que allí no podría haber nada favorable para mí, ni siquiera un teléfono. La buena mujer me dio la razón al preguntarme si quería dejar algún recado, para cuando volviera. No dejé ninguno; dije que ya volvería a llamar. No contaba con ese aplazamiento que desbarataba un poco mis planes. Sentí de pronto una impaciencia que tampoco figuraba en ningún plan.

Por la noche sonó el teléfono en el pletórico mutismo de mi apartamento y, como si no se hubieran extinguido mis esperanzas, me abalancé sobre él, desesperado. Pero no era ella. Era mi padre. Le dije a todo que no.

III

Cuando Miranda regresó, finalmente, al cabo de una semana, mi impaciencia había entrado en una fase en la que todo impulso, por prolongado y matizado que fuera, empezaba a considerarse, contra todas las previsiones, bajo el prisma de la exageración. Unos pocos días de lentitud y soledad habían bastado para que un extraño cristal se interpusiera en mis visiones, levantando incertidumbres y sospechas de las que, de pronto, cualquier demora parecía un buen aliado. Lo que temía, a fin de cuentas, era haber llegado tarde, y esta nueva y empañada perspectiva favorecía la aberración de desear, ya puestos a ello, que cuanto más tarde mucho mejor. Pero Miranda volvió, como he dicho. Y aunque dejamos pasar unos días sin decirnos mucho, al final tuvimos una charla. En efecto, ella había estado, durante su ausencia, reflexionando.

Después de eso pensé que no volvería a verla más; pero ya empezaba a acostumbrarme a la perspectiva de estar equivocado. No creo que hubiera pasado un año cuando un día, inesperadamente, apareció en casa de Tito, en la ciudad. Había una fiesta, y Tito llevaba un par de días muy ansioso porque había conseguido «reclutar» –él lo dijo así– a un invitado de excepción. Se le esperaba clamorosamente y, cuando por fin se presentó, las expectativas no fueron traicionadas porque era, en efecto, una especie de celebridad. No vino solo: Miranda iba con él. Nos saludamos un poco fríamente; aunque fui más frío todavía con quienes se acercaron a pedirme explicaciones. Pero no se quedaron mucho tiempo, apenas unos minutos; había algo ahí que no les gustaba, y no creo que fuera sólo yo. Cuando se fueron, parecían aliviados, como si se hubieran equivocado de sitio.

–Desde luego –me dijo Emilio–, los hay con suerte. ¡Qué guapa, Dios mío! ¿Te has fijado? Era igualita a Gene Tierney.

José Ovejero

Vida de Aurelio M., filósofo

La vida es un embudo. Una novela también. Empiezas a caminar o escribir en la parte más ancha, allí donde las posibilidades parecen ilimitadas. Poco a poco vas te adentras en el embudo, ves, al principio sin preocupación, que las paredes se van juntando, aunque todavía puedes permitirte el lujo de moverte de un lado a otro, sin agobios. Pero el camino sigue estrechándose, cada vez son menos las posibilidades, ya no hay escapatoria, todo está definido, previsto, el final es –también en una buena novela– ineludible.

En una vida puedes saltar un par de veces de un embudo a otro. En una vida puedes escribir varias novelas, pero una vez que ya conoces el mecanismo, no es posible comenzar a vivir o escribir como si no supieses cuál va a ser el final del recorrido. ¿Y los cuentos? Son un subterfugio que hace las limitaciones de la vida y la escritura más llevaderas. Como aventuras amorosas fugaces, te permiten la fantasía de que, si quisieses, podrías acumular diferentes existencias.

Yo me pongo a escribir cuentos y me siento libre. Me meto en el pellejo de una pobre obesa que suda en un piso de Lavapiés soñando que alguien llegará a redimirla de su angustia, y me pongo a sudar y casi me asfixio. Soy aquel príncipe de Mantua que mata a su mejor amigo porque sabe que otros a quienes odia van a sentir aún más esa muerte; y soy yo el que muere apuñalado, echándome la mano al corazón y pensando aún que se trata de un malentendido. También soy el marido de esa mujer que, el día que su hija se marcha de casa, se sienta en una silla, se encierra en el mutismo, se va cubriendo de polvo y de pelusa, y no comprendo por qué me hace eso, por qué me abandona ahora que tenemos tiempo para disfrutar nuestra soledad; y yo, que también soy la mujer, me vengo silenciosamente de él, me hago inalcanzable bajo una capa de moho, de recuerdos, de añoranzas.

Qué libertad, calzarme sucesivamente todas esas vidas,

cambiar de estilo, de humor, pasar del delirio a la tristeza, de la obscenidad al recogimiento, del pánico a la carcajada. Porque escribir cuentos es como cambiar continuamente de pareja, de lugar, de ocupación, de conciencia. Una novela, una buena novela, exige entrega, constancia, convicción, un proyecto sólido; como un matrimonio –como un buen matrimonio–. Pero en los cuentos entro y salgo casi cuando quiero, hago de la inconstancia virtud, invento continuamente las leyes, interrumpo sorprendentemente el desenlace y me marcho a otra cosa, a otra vida.

Escribir cuentos es intentar conseguir lo que tanto deseaba Pessoa: ser todos los hombres y en todas partes. Escribir cuentos no me vuelve inmortal, pero sí me hace múltiple, ubicuo. Algo es algo.

VIDA DE AURELIO M., FILÓSOFO

La verdad es que, durante muchos años, Aurelio lo había aceptado como se aceptan los sucesos cotidianos, que, a fuerza de repetirse, se convierten en algo tan intrínseco a la propia vida, tan sin relevancia en el fondo, que no merece la pena detenerse a observar su inevitable acaecimiento. Uno pasa junto a ellos como en volandas, buscando siempre únicamente aquello que, por aceptablemente excepcional, parece digno de nuestra atención. Y a pocos se les ocurre pensar que precisamente la repetición nos mantiene vivos, y que acabar la carrera, casarse o comprarse un Porsche no son sino meras guindas del pastel de la existencia.

Así, Aurelio había defecado durante años, todas las mañanas, un lingotito de oro, sin detenerse a pensar qué extraño procedimiento alquímico era capaz de sublimar los elementos que ingería para dar lugar a esa barra dorada –aunque un poco deslucida por el contacto con las paredes intestinales– que mamá enseguida retiraba de su vista con el mismo gesto despreocupado que gastaba para quitar el polvo de los muebles o para ponerse los zapatos antes de bajar a hacer la compra.

Aurelio a veces ni se detenía a mirar el lingote que acababa de expeler contra el fondo del orinal, pues estaba demasiado ocupado imaginando una aventura en la que él sería el Llanero Solitario o contando el número de flores dispersas por las cortinas del dormitorio. Pero durante las excursiones dominicales al Alberche, a Aurelio le gustaba esconderse tras un árbol para realizar ese acto –un poco engorroso pero inevitable, así que para qué darle vueltas–, de tal manera que, si había suerte y mamá no le descubría, Aurelio se guardaba el lingote en el bolsillo, para luego, mientras estaba jugando a la orilla del río, poder arrojar su tesoro a las aguas y deleitarse observando la trayectoria del proyectil reluciente por el cielo antes de que se estrellase contra la turbia superficie del río, en el que se hundía entre reflejos multicolores. Aurelio entonces no prestaba demasiada atención a las protestas de mamá, otra vez esa cochinada, Aurelito, hijo, qué va a pensar la gente.

Y quizá todo hubiese quedado ahí, en esa repetición incesante de procesos fisiológicos que nadie pone en tela de juicio, si Aurelio no hubiese observado, a edad relativamente temprana, que no todas las personas defecaban lingotes de oro como él, sino que había otras posibilidades tremendamente interesantes. De manera que de pronto lo evidente –cagar barritas duras y relucientes– dejó de serlo. Por una mera comparación con el exterior, lo cotidiano se convirtió en extraordinario. Si Aurelio hubiese sido poseedor de un carácter fuerte, se habría convertido en un psicópata mesiánico, convencido de que su capacidad especial –aunque a primera vista insignificante– era una metáfora de otras habilidades superiores. Pero como Aurelio era, ya desde la infancia, más bien tímido, una de esas personas, en fin, que nunca saben qué pedir en los restaurantes y que aguardan a que el otro encargue un plato para decir con convicción, sí, a mí lo mismo, es una buena idea, Aurelio se limitaba a ocultar su defecto y envidiar al resto del mundo.

Primero fue un perro de dudosa ascendencia el que, acuclillado junto a la esquina de un quiosco de periódicos, dejó absolutamente fascinado a Aurelio al depositar sobre la calzada un montoncito de materia humeante y asombrosamente dúctil. Qué gracia, cómo cagan los perros, es todo lo que se dijo Aurelio, estableciendo inconscientemente una clara jerarquía defecatoria entre los mamíferos racionales y los irracionales. Porque Aurelio, por aquel entonces, se limitaba a extraer sus hipótesis universales a partir de los datos particulares que le ofrecía la realidad, creyendo que ésta siempre se rige por normas inamovibles.

Pero las limitaciones del método inductivo le quedaron claras unos días más tarde, mientras Aurelio caminaba por la Casa de Campo con sus padres y en compañía también de dos tíos suyos con los que acostumbraban a salir a pasear una vez al mes. En un determinado momento del paseo, cuando mamá comenzaba a refunfuñar porque llevaban ya una hora andando y se habían alejado mucho del coche y a ella le daba muy mala espina ese descampado porque empezaba a oscurecer y allí no había un alma y lo mismo les salía un navajero, etc., etc., Aurelio se detuvo atónito y, señalando a un individuo a todas luces borracho que realizaba en cuclillas sus funciones más bajas –desde un punto de vista meramente topográfico– en el alcorque de una acacia, comenzó a gritar: ¡Mirad, mirad, ese señor caga como un perro! Esas palabras, que para Aurelio no suponían más que el establecimiento de una analogía sorprendente pero innegable, causaron una visible conmoción a sus padres y una no menos apreciable sorpresa por parte de sus tíos. Las recriminaciones de aquéllos y las preguntas insistentes de éstos hicieron darse cuenta a Aurelio de que la mera enunciación de una realidad no agota ésta, sino, al contrario, la hace desdoblarse en mil posibilidades diferentes, es decir, que el lenguaje no ordena lo múltiple, sino que multiplica lo informe.

Así que Aurelio calló, no respondió a las preguntas de su tío, pero Aurelio, ¿por qué dices que...?, y gracias a ello el incidente quedó medio olvidado. Para tranquilizarse y reconciliarse a la vez con la fiabilidad de las leyes naturales, Aurelio pensó que también hay algunas personas que tienen una cara de mono como para morirse de risa, sin que eso las prive de su condición humana.

Sólo algunos años más tarde, cuando se había dejado crecer una barba rala de intelectual de izquierdas, fumaba cigarrillos sin filtro y conversaba con las mujeres con estudiado escepticismo, Aurelio descubrió que la imagen que uno tiene del mundo es un espejo ante un niño con los bolsillos llenos de guijarros. En un cine del centro, precisamente cuando la vida discurría más que nunca por senderos trazados y cuando cualquiera hubiese pensado que la monotonía del mundo es como para pegarse un tiro, es decir, cuando Aurelio aprovechaba la oscuridad para ir dejando escurrir su mano derecha hacia un seno –el izquierdo– de su compañera de butaca –una chica de la Facul que admiraba a Aurelio por su barba, por sus cigarros sin filtro, etc.–, Rüdiger Vogler se bajó los pantalones y, en medio de un paisaje nevado, fue dejando salir de entre sus nalgas una larguísima cuerda grisácea. La carcajada de Aurelio resonó en el cine como la palabrota de un borracho en medio de la consagración.

Aurelio no se atrevió a abandonar la sala de proyecciones, pero durante el resto de la película tuvo la desagradable sensación de que todo el mundo le miraba, no continuamente, aunque sí con reojos intermitentes como para que no les pillase de sorpresa la siguiente bobada del loco ese. En cuanto a los senos apetecidos, parecían inexpugnables tras una muralla no menos evidente por invisible, que impedía cualquier nuevo intento de acercamiento. Aurelio se sentía avergonzado –siguió sintiéndose así durante años– no tanto por la carcajada inoportuna, aunque también, sino porque de pronto había tomado conciencia de que le llevaban engañando toda su vida; de que incluso su familia le había estado mintiendo un día tras otro. Y el gesto falsamente indiferente de mamá al recoger el choricito dorado del orinal le pareció de una maldad sin límites. Y lo peor no era eso, qué le iba a hacer él si había nacido en una familia de hijos de puta; lo peor era haberles creído, haber sido tan indeciblemente tonto como para dejarse engañar. Aurelio comenzó a reflexionar sobre la inexistencia de la libertad humana y sobre cómo el entorno condiciona cada uno de nuestros actos.

A partir de ese día, Aurelio contemplaba compungido cada mañana la bala áurea que acababa de disparar en el retrete, preguntándose siempre por qué él, precisamente él, tenía que sufrir esa desgracia. Aurelio, quien hasta el día del fatídico descubrimiento se había creído feliz, que incluso de cuando en cuando había sentido una cierta satisfacción al verse de pasada –o no tan de pasada– en un espejo, se dio a nuevas reflexiones sobre la contingencia del mundo, sobre la vanidad de la hermosura y sobre la maldad intrínseca de la naturaleza humana. Por las tardes, al salir de sus clases de filosofía, se dedicaba a pasear por plazas y parques, la mirada abatida, en busca de las pruebas de su humillación. Cada vez que encontraba un excremento, se detenía a estudiarlo, apreciando con la mirada su color, su volumen, su consistencia probable, su grado de humedad e incluso su antigüedad. Seguidamente anotaba los datos así obtenidos en una libreta, con la idea de confeccionar una tipología exhaustiva de las heces urbanas. Aurelio se entregaba a la fantasía de que conocer es poseer, y cada vez que anotaba un nuevo espécimen le parecía acercarse un poco más al resto de los mortales. Además, igual que un panteísta cree descubrir a Dios en un ave, en una castaña, en un río o en un escarabajo pelotero, Aurelio pensaba que cada objeto era una especie de maqueta del universo, que encerraba en sí todas sus leyes, todas las estructuras de la realidad entera. Aurelio, gracias a sus observaciones, se volvía día a día más sabio.

Sin embargo, no era feliz. A pesar de la objetividad científica con que se enfrentaba a su tarea, sus ojos se llenaban de lágrimas ante la visión de un coprolito deshidratado o de una hez tan tierna como un panecillo recién salido del horno. Aurelio pensaba, en algún rincón de su alma, que el conocimiento puramente intelectual no basta; aunque se lo negase a sí mismo, comprendía, concordando con Hume, que la episteme no es aprehensible si no es a la luz de la experiencia. Así que Aurelio ardía en deseos de tomar entre sus manos aquellas emanaciones de lo real, hundir en ellas sus dedos, desmenuzarlas, refregarlas contra su propia piel. Pero ni eso sería suficiente. Puesto que todo objeto no es más que la concreción de un acto, Aurelio ansiaba ser partícipe en el momento mismo de su alumbramiento. Le parecía que comprender en toda su profundidad el origen del excremento sería igual que presenciar el big bang o el gesto concentrado con que probablemente Yahvé separó el día de la noche. Con el alma agitada por deseos tan elevados, Aurelio regresaba a su casa, consciente de que a la mañana siguiente volvería a encontrarse con la cruel impenetrabilidad del oro.

Fue el azar, si por tal se entiende una concatenación de sucesos cuya relación de causalidad se ha camuflado con éxito tras una apariencia de desorden, el que dio a Aurelio la oportunidad de encontrar la solución a sus desvelos. Un día que se había quedado hasta tarde en la biblioteca, para preparar un examen sobre la fenomenología de Husserl, a Aurelio le entraron unas repentinas ganas de hacer de vientre. Se dirigió a los aseos de la biblioteca, aprovechando el trayecto para intentar comprender los oscuros conceptos del filósofo alemán. Tan ocupado se hallaba en sus reflexiones, que no se percató de que había entrado en los servicios de señoras. Ni siquiera se dio cuenta de la carencia de urinarios. Abrió aún ensimismado la puerta de uno de los retretes, encontrándose con la insólita visión de una mujer con los pantalones bajados, que se disponía a sentarse sobre la taza. Se trataba de Teresa, una compañera con fama de frívola y de ir a la universidad con el único fin de enganchar un marido. Ella –si asustada o encantada no se sabe– no dijo palabra. Sencillamente se le quedó mirando con asombro. Aurelio, en un momento de inspiración que marcaría el resto de sus días, se dio cuenta al instante de que todos sus problemas filosóficos y personales podían resolverse allí mismo, en aquel preciso instante. Se bajó él también los pantalones y, tras realizar una leve presión, comenzó a evacuar bolitas de oro –probablemente debido a las contracciones nerviosas del esfínter provocadas por la situación– que caían tintineando sobre las baldosas algo sucias del retrete. La cara de asombro de Teresa dio paso a una expresión de avidez. Rápidamente se agachó a recoger las canicas doradas sin importarle en exceso su prodigioso origen, pues, aunque estudiante de Filosofía, Teresa opinaba, coincidiendo con más de un Padre de la Iglesia, que los designios de la Providencia son inescrutables y que intentar comprender a Dios es como querer vaciar el océano con un balde. Aurelio, por su parte, estaba extasiado al ver en pompa la fuente del conocimiento.

–Ahora tú, ahora tú –suplicó a la mujer sin dejar de producir un perdigón áureo tras otro. Teresa obedeció sin remilgos mientras rogaba:

–Pero tú sigue también, ¿eh?

Aurelio, tras una vida de meditaciones infructuosas, logró por fin entrar en contacto directo con la realidad y, a su través, con el conocimiento. Ese contacto epidérmico y fecundo a un tiempo se repetiría en numerosas ocasiones durante toda la vida conyugal de Aurelio y Teresa. Ésta, convertida en discípula lejana de Pirrón de Elide, se entregó al más puro de los escepticismos y tras concluir, por tanto, que la verdad es inalcanzable, decidió abandonar la especulación filosófica para abrir una joyería en la calle Serrano.

Aurelio, por el contrario, escribió a partir de aquel día varios tratados de ontología que llegaron a ser traducidos a otros idiomas. Particular aceptación alcanzó aquel que llevaba el escueto título *De rerum*, en el que exponía con claridad diáfana la esencia última de toda materia.

Juan Manuel de Prada

El silencio del patinador

UNA REALIDAD DESQUICIADA

*Pocas tareas más enojosas o aniquiladoras para un escritor que la reflexión sobre su propia obra: los peligros de la pedantería, la falsa modestia y el disparate relumbran como armas de afilada sonrisa, y uno no sabe en cuál de ellas inmolarse. Creo que mi literatura se ha caracterizado siempre (pero no ha habido premeditación ni alevosía en esta persistencia) por su beligerancia contra el realismo y por su pretensión –quizá algo fatua, quizá estéril– de instaurar un mundo desquiciado que subvierta las leyes mostrencas de ese espejismo que hemos dado en denominar realidad. Que las subvierta y que, a la vez, se erija en una metáfora más o menos intrincada de lo que está ocurriendo.
Esta tarea, que late al fondo de mis novelas, quizá se haga más explícita y conturbadora en mis cuentos. En ellos (esta aclaración me produce cierto sonrojo, de tan archisabida), procuro introducir una alteración de la normalidad dentro de un ámbito más o menos circunspecto o incluso grisáceo: un propósito que nada tiene de original, pues ya lo pusieron en práctica todos los maestros del género fantástico, en cuyas aguas abrevo. Donde sí aspiro a la originalidad es en los métodos que empleo para que esa intromisión de una nueva realidad desquiciada se haga patente: el surrealismo y el esperpento me resultan muy gratificantes (creo que Buñuel y Fellini aletean al fondo), y tampoco me es ajena una exacerbación de las percepciones sensoriales (expresada en sinestesias y asociaciones insólitas) que ayude al lector a instalarse en ese mundo de pesadilla que le propongo, un mundo en el que se suspenden el tiempo y la racionalidad, y donde la alucinación y los pozos ciegos de la locura imponen su tiranía. Mientras escribo, procuro que mi inteligencia aspire al trance, de modo que se conecte con las cosas (y conste que para mí todo es* cosa: *los muebles y los paisajes, pero también las palabras y las pasiones y los pensamientos) desde una intuición que surge entre el sueño y la vigilia y que sólo logra su plasmación en lenguaje mediante la imagen poética. Por su-*

216

puesto, en mi proceso de escritura los sentidos no quedan some-
tidos por las facultades intelectivas; creo, pues, que podría cali-
ficárseme de primitivo.

Que mi propuesta estética haya desdeñado el conocimiento
no implica que yo sea un escritor escapista: por desgracia, soy
demasiado propenso a las alegorías (como Nathaniel Hawthor-
ne), y todo ese material intuitivo y poético que rescato de las al-
cantarillas del subconsciente lo ordeno en torno a una serie de
obsesiones recurrentes: el sexo represor y pecaminoso (alejadí-
simo del sexo acrobático que pueda proponer un Henry Miller,
por ejemplo), la infracción de tabúes, la escatología, la soledad
(a veces asociada al celibato), la nostalgia de una edad de oro o
infancia inaccesible, la nocturnidad como escenario de anhelos
aberrantes, la violencia como válvula de escape ante los desa-
rreglos que una realidad hostil impone en nuestra conducta, la
sombra de la esquizofrenia palpitando siempre alrededor, como
un aquelarre ominoso y persuasivo.

Todos estos mecanismos creativos y obsesiones que vengo
exponiendo se condensan en El silencio del patinador, *el relato*
que a continuación se ofrece. Antes cité, entre mis débitos, a
Hawthorne; sería injusto no mencionar la nitidez sintáctica de
Borges, la música onírica de Cortázar, los delirios analíticos de
Poe y, sobre todo, el «misterio blanco» de Felisberto Hernández.

217

EL SILENCIO DEL PATINADOR

Siempre pensé que el misterio era negro.
Hoy me encontré con un misterio blanco. Uno
se encontraba envuelto en él y no le importaba
nada más.

FELISBERTO HERNÁNDEZ

En un rincón del ropero, semiocultos entre jerséis arrebujados, se hallaban los patines, silenciosos de acero y velocidad. Los patines tenían un no sé qué de prótesis metálica, como unos zapatos inventados para prolongar el baile de un bailarín tullido. Brillaban en la oscuridad con un brillo engreído que me recordaba el charol o la chapa reluciente de un automóvil. Por su forma de escarabajo, me recordaban también a esos cochecitos de feria que evolucionan torpemente en una pista exigua y se dan topetazos entre sí, para hilaridad o desesperación de quienes los conducen. (Yo, de pequeño, solía patinar sobre la superficie helada de los estanques, y me chocaba adrede con las niñas, sólo por sentir el sudor impúber de sus cuerpos o envolverme en la tibieza interminable de sus bufandas.) Camuflados entre la ropa, los patines asomaban sus punteras metálicas en un calambre de inminencia, como espadas prestas a iniciar su esgrima. A eso de las seis, cuando comenzó a clarear, me levanté de la cama (el somier delataba mi deserción con quejidos de amante despechada) y avancé de puntillas hacia el ropero. Mamá se removía inquieta debajo de las sábanas; su cara, cubierta por algún potingue del color de los gargajos, parecía una máscara de arcilla puesta a secar. Me fastidiaba que mamá siguiera durmiendo conmigo (sobre todo porque roncaba), pero jamás me atreví a censurar su excesivo celo, más que nada por evitarme el mal trago de sus depresiones y lloriqueos. Abrí las puertas del

219

ropero, ensordeciendo el chirrido de las bisagras con un concierto de carraspeos; en su interior, había un espejo de luna, enturbiado de suciedad y herrumbre, que me mostró el reflejo pusilánime de un espantapájaros con alopecia. Al principio me sobresalté, pensando que algún intruso hubiese utilizado el refugio del ropero para pernoctar (el corazón, entonces, se me aceleró con un palpitar de jilguero agonizante), pero enseguida me recompuse y caí en la cuenta de que aquella imagen era mi propio reflejo, adelgazado por la clandestinidad nocturna y el ayuno involuntario. Mamá comenzó a rezongar incongruencias entre sueños; saqué del ropero los patines (las ruedas tenían un aspecto apetitoso, como de caramelo, a la luz dudosa del amanecer), procurando hacer el menor ruido posible, y me los calcé con un temblor casi sacramental. El metal brillaba en la penumbra con un escalofrío de navaja abierta, y transmitía a mis pies desnudos un mensaje de beligerancia y austeridad. Mamá, desde la otra orilla del sueño, pronunciaba balbuceos ininteligibles, y daba vueltas de campana sobre el colchón, restregando el potingue facial en la almohada, que se llenó de grumos verduscos como flemas. El aviso de una náusea me recorrió las tripas en zigzag, hasta aposentarse en la bolsa del estómago. Abandoné la habitación con todo el sigilo que me permitían los patines y me deslicé por los pasillos aún dormidos de la casa, que tenían una soledad de museo, espesa y quizás algo funeraria. El tictac de algún reloj inexistente añadía al silencio un prestigio pendular y mitológico; bajo su auspicio, parecía como si los muebles suspiraran o hasta se permitieran el lujo de bostezar. Quité el tranco a la puerta de la calle, giré el picaporte (había días en que el picaporte estaba de mal talante y me ofrecía resistencia; otros, en cambio, se hacía dúctil y manejable, al estilo de un viejo camarada) y salí a la avenida desierta. Las escaleras del porche entrañaban una cierta dificultad, porque las ruedecitas de los patines se atrancaban en el borde saledizo de cada peldaño y me obligaban a improvisar acrobacias circenses. La avenida, recién regada por el camión del Ayuntamiento, me ofrecía la alfombra infinita del

220

asfalto. Inicié mis ejercicios diarios de patinaje con un entusiasmo exento de cursilería, aspirando el aroma del suelo mojado, escuchando el susurro que producían las ruedecitas al deslizarse sobre aquella superficie rugosa. Un leve cosquilleo se transmitía a través de mis pies descalzos, subía por la cara interna de las pantorrillas y se aposentaba entre los muslos, como una caricia grata y remotamente sexual. Patinaba sin apremios ni desazones, con ese virtuosismo sereno del compositor que juguetea ante el piano, tejiendo acordes o recorriendo el teclado sin otra pretensión que la meramente lúdica. Muy de vez en cuando (nunca me gustaron los alardes exhibicionistas) trazaba en el aire un tirabuzón, o me recreaba en el llamado «baile de la peonza», que consiste en girar sobre el propio eje del cuerpo con un solo pie de apoyo, un frenesí de vueltas giratorias que me emborrachaba el alma y me hacía sentir gaviota, asteroide, catequista con visiones seráficas, yo qué sé cuántas cosas. Siempre había algún barrendero que asistía a mis evoluciones con una mezcla de perplejidad y escándalo, o alguna señora entrada en años que acudía a misa de siete y que, sin reparar en la gracia musical de mi arte, me increpaba por salir a la calle en pijama. Yo seguía a lo mío, avenida adelante, infringiendo semáforos, atentando contra las normas de tráfico, venga a pisar la línea continua, venga a invadir el carril de la izquierda, saboreando el manjar de la impunidad. De pronto comenzaban a desfilar los primeros camiones, aquel infierno de cláxones y gasolina quemada, y había que cederles el sitio. Los patines me transportaban, de regreso a casa, esta vez por la acera, tableteando al atravesar las junturas de los baldosines: el avance, más lento debido al obstáculo de las junturas, tenía, sin embargo, el placer añadido de la demora, ese regusto ferroviario del traqueteo. Entre mis patines y yo se había entablado esa complicidad resignada y entrañable que generan la convivencia marital y los tumores benignos (para quien los sobrelleva, cuando sabe que hay otros que han incurrido en el lenocinio o el cáncer). Los patines me aureolaban y fortalecían, me proporcionaban el consuelo que nadie jamás me había brindado; en una palabra: me hacían sentir importante, e incluso vagamente humano.

Volví justo cuando la mañana emergía con un rumor de actividad prematura. La casa, todavía en silencio, parecía una oreja inmensa recogiendo los ruidos callejeros y regurgitándolos con una sequedad abrupta, como un cañón que lanza andanadas sin una estrategia previa. Mamá fingía dormir, pero abría un ojo intermitentemente y me espiaba a través de él, un ojo espantoso, como de besugo que se pudre en un banasto; un ojo que, además, reflejaba la luz que ya se filtraba por entre las rendijas de la persiana, adquiriendo una esfericidad vidriosa. Tanto disimulo me enojaba por varias razones: a) me fastidiaba sentirme vigilado; b) el fingimiento ni siquiera tenía visos de verosimilitud; y c) sabía de sobra que mamá llevaba un rato despierta, pues no había resistido la tentación de hacerme la cama con esa meticulosidad que la caracterizaba.

–Huy, hijo, pero si ya te has levantado. No me había dado cuenta.

Lo dijo con una ingenuidad que sonaba falsa, algo alevosa incluso, como una moneda de hojalata. Yo le contesté alguna vaguedad y saqué del ropero mi viejo traje de franela gris, compañero de tantos sinsabores. Mamá se limpiaba con el camisón los restos del potingue facial; tenía el cabello totalmente despeinado, y por debajo de las greñas le asomaba el cuero cabelludo, una piel granulosa, salpicada de puntitos negros, que me recordó un ala de pollo después de ser chamuscada en el fuego. Reprimí un gesto de repulsa.

–Para otra vez, cuando te despiertes, avísame, para que te vaya calentando la leche.

Cabeceé maquinalmente, en señal de asentimiento, procurando acallar mis instintos matricidas. Mamá apartó de un empellón las sábanas y desapareció, rumbo a la cocina. Tenía andares de gallina clueca, con el culo abultado y prominente y los pies demorándose en su recorrido por el aire antes de posarse en el suelo. Dejaba siempre en las sábanas un amasijo de suciedad, una especie de légamo producido por sus pasiones, el rastro inequívoco de una reyerta consigo misma.

Me metí en el lavabo y me expuse a la inclemencia de los grifos, con la esperanza un tanto ilusoria de aliviar la repugnancia. El agua me mojó el cuello de la camisa, poniendo sobre mi piel una soga líquida, una guillotina de humedad que me acompañaría durante horas. La toalla con que me sequé olía a algas fermentadas, y tenía, distribuidas por doquier, manchas viscosas y negruzcas, como si hubiese albergado a una familia de renacuajos.

–Ven a la cocina, hijo, no me dejes sola.

Mamá había llenado un cazo de leche y lo había puesto a calentar, mientras se pintaba las uñas con un esmalte carmesí. Empapaba el pincelito en el frasco y luego se lo pasaba por aquellas uñas astilladas con mucho cuidado de no rebasar la cutícula. Mamá se pintaba las uñas con una minuciosidad artística, apartando cada poco la mano para dominar su labor desde perspectivas distintas, como quien pinta un paisaje romántico o esculpe –ay– un desnudo de mujer. Cuando concluyó, extendió las manos a la altura de la cara, con los dedos muy separados, para que se le secara el esmalte. A juzgar por su ademán, parecía estar diciendo: «A mí, que me registren.» Pero ni siquiera el policía más envilecido y concupiscente se hubiese tomado la molestia de registrarla.

–Por cierto, se me olvidaba; ayer recibiste una carta.

Los pies me pesaban mucho, allá al final de las piernas, nostálgicos de los patines. Mamá metió la punta del dedo meñique en el cazo de la leche (lo justo para sumergir la uña recién pintada en el líquido que yo tendría que ingerir) y comprobó su temperatura. El esmalte carmesí, todavía fresco, se desleía y trazaba una estela temblorosa sobre la superficie blanca, algo así como una mancha de acuarela diluyéndose en el agua. Cuando mamá retiró el dedo meñique, el rastro del esmalte ya se había mezclado con la leche en una simbiosis perfecta, otorgándole cierta tonalidad rosácea. Mamá se chupó el dedo meñique con labios golosos; un churretón de esmalte le ensució las comisuras.

–Estuve a punto de tirarla a la basura, pensando que sería propaganda. Se salvó de chiripa.

Mamá vertió el contenido del cazo en una taza de loza inglesa que ilustraba la consabida escena cinegética. Me tomé de un solo trago el brebaje, que tenía un sabor a barniz para muebles no del todo desagradable. Imaginé las paredes de mis intestinos barnizadas por el esmalte de uñas de mamá. No había servilleta para limpiarse, así que tuve que relamerme. Mamá me tendió un sobre rasgado (nunca se privaba de husmear mi correspondencia) y oscurecido por algún que otro lamparón de grasa. En el interior, había una cuartilla doblada por la mitad y escrita con tinta verde, lo cual denotaba extravagancia o infantilismo. Comencé a leer aquella letra ojival que me traía el sabor añejo del pasado, la luz cobriza de atardeceres dispendiados entre risas y deportivos retozos. Noté una extraña sensación, como si a mis pies, de repente, les hubiesen brotado sendos patines, y una súbita propensión a la fraternidad. Había reconocido la letra de Silvia, mi novia del bachillerato, aquella muchachita morena, casi agitanada, que cierto día desmoronó mis aspiraciones más honestas anunciándome su boda con un biólogo marino de brillante porvenir. Lloré comedidamente, sin rebasar los límites que impone el decoro. Con una mezcla mal asumida de orgullo y ternura, deduje que Silvia seguía acordándose de mí, a pesar de los años transcurridos –quince– y las múltiples expediciones de su marido, cada vez más afanoso por emular a Jacques-Yves Cousteau. Con frases trémulas y tinta verde (una sabia combinación), Silvia me proponía una cita en el bar favorito de nuestra adolescencia, al mediodía (consulté el reloj: apenas me quedaban cuatro horas para los preparativos), aprovechando una ausencia de su marido, siempre tan ocupado en investigaciones oceanográficas. Silvia firmaba con una caligrafía enrevesada, como de poetisa tuberculosa. Suspiré con una flojera retrospectiva, pero el suspiro se me quedó pegado al velo del paladar, en aquella piel tan frágil, recién esmaltada. Mamá me contemplaba con celos también retrospectivos, deseosa de inmiscuirse en el coto de mi pasado sentimental, ese coto de renuncias y castidad. Al fin escupió:

–Por supuesto, no acudirás a esa cita. Menuda pelandusca, la Silvia de marras. El esmalte de uñas me acorazaba por dentro de valor y rebeldía, me hacía recuperar aquel ardor juvenil que ya creía irremisiblemente perdido. Me reí de mamá delante de sus narices, apartando todo vestigio de amor filial; me ensañé, incluso, prolongando mis carcajadas hasta el agarrotamiento de la mandíbula. Mis pies, aunque oprimidos en la celda de los zapatos, se movían con una libertad de cisnes, con esa gimnasia grácil de los espíritus hermafroditas. Mis pies, mis queridos pies, nacidos con una vocación celeste.

–Te equivocas, mamá. Por supuesto que acudiré a la cita.

A las once y media de la mañana ya me hallaba apostado en la terraza del bar que propiciaría nuestro encuentro. Los veladores, de un mármol desportillado en los bordes, no invitaban a apoyar los codos: sobre la superficie blanca aparecían diseminados, como un sistema planetario sin leyes gravitatorias, redondeles pegajosos que delataban la existencia previa de vasos y botellas rebosantes de licor. Del interior del bar brotaba una música delirante y reiterativa, muy diferente de aquellas canciones del Dúo Dinámico que perfumaron mi juventud. Una mujer rebosante de gestos y opulencia se me quedó mirando como ensimismada; algo incómodo, me remejí en el asiento y le volví la espalda.

–¡Pero es que ya no me conoces! ¿Tanto he cambiado en estos años?

Hice un amago de sonrisa, esa solución bobalicona que adoptan quienes escuchan un chiste sin alcanzar su significado. Aquella mujer me ofrecía la inminencia rotunda de sus senos, una cintura recia, unas caderas nutritivas y avasalladoras. Se agachó para besarme, y su melena me nubló la vista como el ala de un pajarraco. Llevaba un vestido de tirantes muy ceñido que le dejaba al descubierto unos sobacos intonsos y algo sudorosillos. Admiré el desparpajo de la desconocida, la absoluta naturalidad con que suplantaba a Silvia. Opté por el cinismo:

–Pues claro que te conozco. Por ti no pasan los años.

225

Aquella Silvia transformada parecía no inmutarse. Se sentó a mi lado, y colocó sobre el mármol del velador la presencia grávida de sus senos, como una Santa Águeda presta al martirio. Examiné su exuberancia inverosímil, en abierta contradicción con mis recuerdos, que me brindaban la imagen de una Silvia flacucha, de una delgadez enfermiza. La Silvia actual, hábil impostora de la mujer tantas veces convocada por la nostalgia, cruzó las piernas con una prontitud feroz, mostrando por una fracción de segundo un fragmento de pubis intonso, más intonso todavía que los sobacos. Aquello atentaba contra las normas más elementales del pudor. Aprovechando mi desconcierto, la impostora me abrumó con un torrente de palabras, una verborrea sin pausas ni inflexiones que llegó a marearme. Un camarero de perfil desvaído interrumpió su cháchara.

–Yo tomaré un café bien cargado. ¿Y tú?

Pedí –más bien farfullé– que me trajeran una gaseosa. El camarero limpió con una bayeta húmeda la superficie del velador; pude comprobar que los redondeles de licor ignoraban aquellas pretensiones higiénicas tan poco convincentes. La impostora reanudó su monólogo; tenía una dentadura demasiado impoluta, parecida al teclado de un clavicordio. Unos labios sensuales, carnosos como filetes, enmarcaban aquella lengua parlanchina y servían de soporte a la dentadura, que encubría un mensaje de voracidad. Silvia –aquella Silvia apócrifa– exhalaba (todo hay que decirlo) un olor divino, fruto de los sofocos del verano, que se dispersaba en vaharadas y que yo me encargaba de aspirar profundamente, con gran aparato de aletas de nariz y tórax. El olor de una gata en celo.

–¿Qué tienes? ¿Problemas de sinusitis? –se informó, no sé si con intención burlesca, pero en cualquier caso consciente de las alteraciones que sus efluvios provocaban en mi organismo.

El camarero nos trajo la tacita de café y el vaso de gaseosa. La impostora se colocaba el mapamundi de los senos en el reducido espacio del escote. Cruzaba y descruzaba las piernas con una agilidad que sólo poseen las desbragadas y los trapecistas. Quizá se estuviese riendo de mí. Sí, no cabía la menor duda. La impostora comenzó a mordisquearse el dedo pulgar y a entornar los ojos. Se estaba fijando en las entrepiernas de mis pantalones, más desgastadas de lo debido. Se estaba burlando de mis pantalones de franela gris, zurcidos y remendados en las entrepiernas, rozados en los bajos, casi transparentes a la altura de las rodillas. Pero yo no poseía más pantalones que aquéllos. Eran el estandarte de mi pobreza, lo sabía, pero la pobreza hay que sobrellevarla con distinción, con cierto orgullo de clase, si no queremos coquetear con el suicidio, esa forma de claudicación. Silvia seguía jugueteando con su dedo pulgar, con el tejemaneje de sus piernas, con aquel fragmento intonso de su anatomía que se atisbaba allá al fondo, equidistante de los sobacos. Me sentí, de repente, irremediablemente tosco, un ser aislado sin posibilidades de ingresar en sociedad. Sabía que ella trataba de molestarme con una finalidad desconocida; sabía que me despreciaba, igual que otras mujeres me habían despreciado con anterioridad, al reparar en mi vestimenta. Pero yo no iba a consentir que siguieran mofándose de mí. A la crueldad deliberada de las mujeres había que responder con otra forma de crueldad que no desdeñase la grosería:

–¿Es que no tienes otro sitio al que mirar? ¿Tanto te gusta mi paquete?

Silvia desvió los ojos hacia su taza de café y comenzó a lanzar terrones de azúcar en su interior a troche y moche, sin sentido de la medida: uno, dos, tres, así hasta siete. En un santiamén, había convertido la infusión en una papilla. Al arrojar los terrones, algunas gotas de café se habían derramado sobre el platillo, dibujando un charquito alrededor de la taza. Silvia la cogió por el asa, engarabitando el dedo meñique (también se pintaba las uñas con un esmalte carmesí, igual que mamá), y se la llevó a los labios. El charquito marrón del plato, que antes circundaba el culo de la taza, se iba extendiendo igual que un magma fluyente, dibujando formas caprichosas sobre la loza blanca. Con ruborosa satisfacción, rememoré aquel remoto juego de la infancia, consistente en descifrar faunas mitológicas en los borrones de tinta. Entre el cuerpo pechugón de Silvia y mi propio cuerpo se abría un hueco de mármol silencioso que mi imaginación llenó con el cadáver de un Cupido ultrajado por los gusanos. Los senos de Silvia oscilaban con una leve indignación que anticipaba el llanto. ¿Por qué no desencadenar ese llanto?

—Hay que ver lo tetuda que te has puesto. ¿No habrás recurrido a la silicona?

En el aire flotaba una fragancia primaveral que, sumada al olor que exhalaba el cuerpo de Silvia, teñía la mañana con un ramalazo de amor urgente y prostibulario. Cuando Silvia apartó la taza de la boca (lo hizo saboreando la pócima, con el deleite de los muy cafeteros), noté que el azúcar —unos ribetes de azúcar semiderretido— se le había agolpado en los contornos de los labios, formando una costra que les añadía un volumen viscoso. Silvia (¿he dicho Silvia?) tenía la tez morena, como si se la hubiese frotado con aceitunas (pero a lo mejor también dormía con emplastos, igual que mamá). Se abrió un silencio violento, redimido tan sólo por el gas de mi gaseosa, que comenzaba a disiparse. Me hubiese gustado metamorfosearme en una burbuja de aire, explotar (o mejor aún: deshincharme) y disgregarme en átomos de luz. Añoré la compañía de mis patines, ese paraíso de vértigo y sublimación. Mi deseo de provocar situaciones raras era incontenible:

—Vamos, ¿por qué no me contestas, rica? Te las inflaste con silicona, ¿a que sí? —Y luego añadí, definitivamente instaurado en el reino de la zafiedad—: Y los sobacos, ¿por qué no te los depilas? Respóndeme, coño. Y el ir desbragada, ¿a qué se debe? ¿Desde cuándo ese afán por airear tus intimidades?

Silvia permanecía petrificada, incapaz de asimilar tal avalancha de exabruptos. Sus piernas dejaron de cruzarse y descruzarse, y se cerraron con un chasquido de tenazas. Aunque estuvo a punto de desvanecerse, recuperó al fin la compostura y me dirigió una mirada incendiaria. La costra de azúcar de los labios incorporaba a sus palabras una furia de doncella afrentada.

–Serás asqueroso –me insultó.

Se marchó sin pagar (las mujeres siempre hallan una excusa para el gorroneo), chocándose con las sillas, con los veladores, con el camarero que distribuía refrescos entre la clientela. Mojé distraídamente las yemas de los dedos en el café de Silvia: tenía una textura apelmazada y terrosa. Como no había servilletas para limpiarse, me restregué la mano en los fondillos del pantalón.

–Por favor, señores, despejen la calzada. Súbanse a la acera.

Una pareja de policías se abría paso a codazos, intentando contener los ímpetus de una multitud enfervorizada que se arracimaba en derredor, portadora de pancartas adulatorias y banderines con el blasón del municipio. Recordé que era el día elegido por nuestro candidato electo a la alcaldía para celebrar su triunfo con un desfile de carrozas y bandas musicales. El encuentro con Silvia (¿he dicho Silvia?) había despertado en mí ciertas libidinosidades que ya creía enterradas: aprovechando el desconcierto de la multitud, me fingí víctima de un zarandeo y me desplomé sobre unos cuantos bultos que consideré a primera vista (la clandestinidad de la acción no aconsejaba un criterio demasiado selectivo) idóneos para saciar mis necesidades más perentorias. La calle se llenó con un estruendo de trompetería; el confeti y las serpentinas de papel me devolvieron al ámbito luminoso de la niñez, cuando aún asistía como espectador crédulo a la cabalgata de los Reyes Magos. Nuestro candidato electo desfiló, flanqueado por señoritas algo ligeras de ropa, en un palanquín que porteaban unos sansones de circo. El público, situado al borde del delirio o del síncope, se apretujaba en la acera y tendía los brazos en un esfuerzo estéril por rozar al elegido, como si su mero contacto tuviese poderes mesiánicos o curativos. El candidato, bien arropado por sus damas de honor, saludaba en una imitación algo chusca de las visitas papales. Para darle más relumbrón al desfile, habían contratado la actuación de una banda de *majorettes* parisinas. Un rugido lascivo, casi animal, brotó de miles de gargantas a la vista de las minifaldas plisadas (que, a veces, como por descuido, mostraban un retazo de braguita malva), las casacas rojas con charreteras y entorchados, aquel contoneo de las *majorettes*, mitad lujurioso mitad castrense. Sentí una especie de orgullo cívico (porque el civismo es una enfermedad que, tarde o temprano, nos acomete) al comprobar que todas se desplazaban al unísono, en formación simétrica, con botas de patinaje. Una lengua de asfalto y confeti se desplegaba a sus pies, ansiosa por acoger las evoluciones de aquella banda de sílfides. Las *majorettes* desfilaron ante mí, propulsadas por la inercia blanda de los patines, como un anticipo de la dicha que Dios nos tiene reservada en el cielo. Con tanta emoción acumulada, había olvidado ya el desafortunado incidente con Silvia, aquella embaucadora que, inexplicablemente, había protagonizado mis anhelos juveniles. La mañana tenía un aroma dominical, esa ebriedad unánime que produce el triunfo. El candidato electo se difuminaba en la lejanía, entre remolinos de fanatismo y celebración, ebrio de sí mismo y de los otros. La calle, después del desfile, quedó sucia de serpentinas, silenciosa como una ciudad soñada.

Regresé a casa por un itinerario poco frecuentado, rehuyendo el jolgorio que el candidato electo arrastraba por las avenidas. A medida que me acercaba a casa, el miedo al recibimiento que mamá pudiera dispensarme iba haciéndose mayor. Mentalmente, me preparé para soportar las burlas más hirientes, las bromas más brutales, las censuras más intransigentes a mi idealismo, esas censuras que mamá siempre introducía en su conversación. Pero, después de todo, ¿no merecía la pena sufrir la vejación y el escarnio a cambio de mis excursiones matutinas por la avenida, esas singladuras vertiginosas, cotidianas pero deslumbrantes, a bordo de mis patines? ¿No merecía la pena ser humillado hasta la abyección a cambio de ese placer definitivo y reparador del patinaje, a cambio de esos paseos fugitivos a través de una ciudad somnolienta? ¿Acaso el milagro del éxtasis no nos resarce con creces de todas las recaídas en el cenagal de la mediocridad? Por supuesto que sí. Llamé al timbre de casa con prevención, con esa humildad del hijo pródigo que retorna dispuesto a purgar la culpa del desacato. Oí a mamá acercarse con andares artríticos a la puerta, apartar la tapa de la mirilla y atisbar a través de aquel ojo de cristal. Como padecía de cataratas, tardaba en reconocerme.

–Abre, mamá. Soy yo.

La voz de mamá sonó gutural, como emergida de una gruta o del estómago de un reptil:

–Márchese. Ya le he dicho que no quiero comprar nada.

Me enterneció la animadversión que mamá profesaba a los vendedores a domicilio. La mirilla seguía obstruida por el ojo monstruoso de mamá, ese ojo de besugo agonizante que el cristal exageraba en sus proporciones. Pensé, en un súbito arranque de piedad filial, que tendría que pedir un préstamo al banco para financiarle una operación de cataratas. La pobre lo estaba pidiendo a gritos.

–Oye, mamá, no te obceques, que no soy ningún vendedor. Ya estoy de vuelta: resulta que Silvia había dejado de ser la Silvia de antes. Una larga historia, ya te contaré.

El tono de mis palabras degeneraba hacia la súplica. Al otro lado de la puerta se oía resoplar a mamá. Su pupila permanecía pegada al cristal de la mirilla como una ventosa o un desatascador.

–¿Te encuentras bien? ¿No te habrás puesto enferma?

Una curiosa forma de espanto se filtró entre mis temores. Si mamá se negaba a abrirme, ¿quién me devolvería los patines? Noté una quemazón abrasándome el paladar; la respuesta de mamá no contribuyó a aliviarla:

–Me encuentro perfectamente, mamarracho. Usted no puede ser mi hijo por la sencilla razón de que soy soltera y sin hijos. Y ahora, lárguese, si no quiere que avise a la policía.

Un gato callejero había empezado a lamerme los zapatos (aquellos zapatos, huérfanos de patines quizá ya para siempre). La luz de la mañana tenía una blancura plomiza, sarcástica, una temperatura de fragua o infierno. Iba a decir algo, alegar alguna disculpa, pero sentí los labios sellados por el desconcierto. Tuve lástima de los patines, que aguardarían

231

en vano en el ropero a que alguien los sacase a dar un paseo. El óxido se iría apropiando de ellos, hasta desmenuzarlos en partículas de herrumbre. Sacudí un puntapié al gato, que salió despedido hacia la carretera (tenía un tacto suave, como de felpa), y me senté a descansar en los peldaños del porche. Recordé con nostalgia los remotos días de la infancia, cuando jugaba en los estanques helados y me chocaba adrede con las niñas, sólo por sentir el sudor impúber de sus cuerpos o envolverme en la tibieza interminable de sus bufandas. Debí comenzar a llorar, casi sin darme cuenta, porque un par de señoritas se detuvieron en mitad de la acera y se interesaron por mi estado de salud; supuse que serían testigas de Jehová, o fundadoras de alguna sociedad benéfica. Casualmente, las dos tenían las uñas (veinte uñas en total, sin contar las de los pies) pintadas con un esmalte carmesí, y se relamían, y me amenazaban con la inminencia dura de sus senos. A regañadientes, acepté sus atenciones.

Isabel del Río

Nadie

Hablar es contar, y así el primer cuento es el hablado. Cualquier cosa que se explique tiene elementos de fabulación, sea para convencer o salir del paso o llenar los momentos vacíos. Para justificar, mendigar o exigir. Asombrar, subyugar, seducir, espantar. El cuento que es exageración de la verdad, pero también el cuento que peca de transparente. Y a caballo entre la tradición oral y la escrita son también cuentos la leyenda, la parábola, la alegoría. Hasta son cuentos las versiones menores de éstas: la plática, el conciliábulo, la historieta, el juego de palabras, el trabalenguas, el chisme. Todo se cuenta. Desde lo íntimo a lo general, desde lo que no tiene importancia hasta lo que cambiará nuestra percepción de las cosas para siempre. Y todo se cuenta de muy distintos modos: el cuento hablado y el escrito, el transmitido en voz baja al oído, en tablillas, con partitura, en iconos, en la mirada, con el abrazo. Para preservar el pasado y anticipar el futuro: la crónica de algo que caería en el olvido si no se relata, empujados como estamos a dar permanencia a lo que es sólo pasajero. Para dar forma a lo que nos carcome: si no lo cuento, estallo. Siempre se está contando algo, uno se desespera por comunicar a los otros la razón, la sinrazón, el episodio del que fue testigo, la imagen de una despedida que no hay forma de sacudirse. El afán de contar nos define: eso me contaron, es lo que se cuenta, cómo lo cuentas, qué cosas cuentas, qué te cuentas, si yo te contara, para qué contar, no sabes contar las cosas, no me cuentes nada... *Para dejar constancia, para divertir, para afirmar lo que uno es o quiere ser, para sentir que algo empieza. Pero también para negar y para testificar que todo tiene que acabar tarde o temprano. Habría que preguntarse entonces qué mueve, en este mar de definiciones, al que se embarca como titular de cuentos, digamos, para llegar a otras latitudes. Es posible que el cuentista no aspire a vislumbrar o descifrar claves, porque en ese intento –vano como tantos otros intentos para descifrar claves– se derraman más som-*

234

bras de las que hubo inicialmente. *El propósito tiene que ser mucho más humano: no ofrecer respuestas ni plantear preguntas sino posponer, de una manera inverosímil pero posible, el desenlace. Para eso contamos, aunque en el intento lean otros lo que hemos escrito. Al igual que hacía la cuentista que cada noche cautivaba a un príncipe persa con su relato fabuloso. Los cuentos estaban destinados a él, pero ella se los contaba a Dunyazad, su hermana. En nuestro afán de procurarnos un aplazamiento, también contamos leyendas a quien quiera escuchar.* Y lo demás son cuentos.

NADIE

El empleo de la primera persona gramatical permite que el lector pueda no tanto identificarse con el individuo que es objeto del texto como coexistir con él: la identificación cuenta menos que la misericordia en este caso, esa inclinación que pueda sentirse cuando el personaje de la ficción hace una confesión como, por ejemplo, la siguiente: «Soy un ser al que nadie mira o quiere mirar: abominable, inverosímil, imposiblemente humano; soy, sin embargo, como cualquier otro ser, y por tanto me muestro sumiso y acepto el destino sin rechistar.»

Esa primera persona evoca, en cierto modo, sentimientos que tal vez también se den en el propio fuero del lector: «Quisiera mezclarme con el vulgo y entonar sus canciones y participar en sus diálogos llanos y fáciles. Pero cada vez que me acerco me rehúyen, se apartan de mí con expresión de espanto. No sé si es mi rostro o mi cuerpo lo que les asusta; de vez en cuando veo mi reflejo en los escaparates, pero como es de noche y voy siempre encubierto es casi imposible saber cómo soy; lo poco que he visto no es en absoluto semejante a las personas que deambulan por las calles.»

En este ejercicio se entrará en una relación de gradual intimidad con un personaje que aún ha de metamorfoscar un *él* por un *yo*, y se comentará acerca del mucho esfuerzo que supone esta maniobra (en algunos casos, paralelamente a este cambio puramente de forma, tiene lugar un acto desgarrador con la furia de una tempestad). En todo ser ha de originarse, tarde o temprano, una mudanza casi tan trascendental como el alumbramiento, y sólo cuando acontece, puede uno ser quien es y siempre ha sido: hay que pasar de referirse a uno mismo como *él* o *ella*, *tú* o *vosotros* (los que así lo hacen anteponen –en un afán altruista o de negación de sí mismos o de opción confortable– a los demás) y finalmente dar comienzo a esa rehabilitación del *yo*.

A la confesión en primera persona acompañará información meramente expositiva del entorno o de la acción, y entonces no importa servirse de la tercera: «Vive en una casa de un callejón sin salida, donde no hay otras casas, sólo los muros de atrás de varias edificaciones cuyas entradas respectivas se encuentran en calles adyacentes. La vivienda tiene dos plantas y jamás ha entrado un rayo de luz en las habitaciones. El primer recuerdo que tuvo era de enfermeras que le hurgaban con pinzas y otro instrumental, y que le hacían gemir de dolor; luego hay un largo vacío, donde debió de estar sedado casi de continuo. Por fin le fue concedido este domicilio; el Estado le hace entrega de una subvención mensual a condición de que sólo salga por la noche, muy tarde, cuando todos duermen.»

Para contar la acción inmediata, la narración seguirá en tercera persona sin que pueda vislumbrarse aún ningún sentimiento: «Ayer mismo, en la calle, pese a lo avanzado de la hora se encontró con un grupo de individuos que hablaban a voces y decidían allí mismo, sin más, el destino de un pobre diablo que había robado algo –una cartera, tal vez– y al que habían atrapado entre todos; estaban propinándole al muchacho golpes por todo el cuerpo con puños y pies. Se acercó al grupo y no hizo más que gritar: "¡No!", y ya huyeron; debió de ser su voz quizá, desarticulada y aguda, pero seguramente fue su aspecto lo que más les espantó.

»El autor del supuesto hurto estaba en la acera y le sangraban la boca y los orificios nasales; tenía los ojos hinchados y seguramente no podía ver nada. Nuestro personaje se acercó a él y colocó un pañuelo de muselina en su mano; el otro, pese a sus heridas, se restregó la sangre del rostro. A un lado aún yacía la cartera; la examinó y estaba vacía: aquellos transeúntes se habían llevado hasta el último penique. Ayudó a incorporarse al joven, y le condujo casi a rastras hasta un banco sobre el que lo tendió; el herido le contó que no tenía adónde ir, que procedía de una ciudad remota, que no había comido en varios días.

»El otro decidió ayudarle; en realidad jamás había ayudado a nadie. Lo levantó como pudo y con gran esfuerzo, ya que siempre había sido un ser débil, y fue arrastrándolo los pocos metros que faltaban para su casa.

»En la planta baja de la vivienda tenía un camastro, y colocó al joven con la delicadeza que le permitían sus torpes miembros; lo cubrió con una manta y el otro se quedó dormido. Era apenas un adolescente, pero se le veía hambriento y falto de atención.»

Ahora se expresa íntimamente el personaje central, pero aún habla de sí como alguien distante de lo que está sucediendo, no menciona en ningún momento el *yo*: «Subió a su dormitorio e intentó conciliar el sueño, pero le fue imposible: había un ser viviente en su morada, y le vinieron toda suerte de sensaciones y sentimientos que hasta entonces no había tenido. Así que bajó las escaleras y fue a verlo. El muchacho respiraba con gran rapidez y se le veía sudoroso. Lo tocó apenas y le quemaba la frente. Fue a la cocina y humedeció varios paños y se los colocó sobre el rostro, brazos y piernas para que le bajara la fiebre. Tenía el muchacho, además, una herida espantosa en la sien y el otro la limpió como pudo. Todo esto lo había leído en sus libros –dedicados a la mayor parte de las manifestaciones del saber humano– y por fin tenía ocasión de poner aquellos rudimentarios conocimientos en práctica. Allí se quedó toda la noche, nada más que observando. De madrugada, el muchacho prorrumpió en gritos terribles. Deliraba y debía de estar viendo lo que para él eran monstruos abominables en sus sueños...» De pronto, penetra sigilosamente en su razonamiento un *yo*: «En mi caso, las pesadillas están siempre pobladas de personas.» Al instante

239

regresa, sin embargo, al anonimato: «El muchacho durmió y durmió. Así estuvo tres días, delirante, gritando nombres, lugares y años. Por fin, la noche del tercer día se despertó, aunque aún no podía abrir los ojos, pues no le había bajado la hinchazón. Seguía tendido en el camastro, pero no pronunció palabra. El otro preparó algo de comida, y hubo de dársela él mismo; el herido lo devoró todo con gran ansia. »Entonces el muchacho se incorporó y le contó su historia, aún cegado. Habló durante mucho tiempo; fue un monólogo, por cuanto el otro no sabía qué responder, pues jamás había hablado con nadie. Luego le preguntó sobre su persona. Nuestro personaje se vio azorado; se le ocurrió que podría inventarse un relato sobre quién le habría gustado ser y sobre los lugares que habría querido visitar. Pero pensó que el muchacho recobraría la vista en cualquier instante, de modo que no tendría sentido mentir. Le dijo que le contaría todo cuando recobrase la salud. Le costó articular las palabras. En el papel le era tan fácil; pero hablarlo todo fue una operación desgarradora, y al concluir los escasos vocablos que pronunció, se sentía exhausto.

»Así transcurrieron otros tres días que se llenaron con los discursos del muchacho; aún no podía levantarse y seguía con los párpados prietos el uno contra el otro.

»Al cabo de esos tres días el muchacho dijo cosas que al otro le parecieron inverosímiles. Le agradeció sus atenciones, manifestó que era el único ser que le había ayudado en aquella desalmada ciudad; le alabó como no parecía posible, y estableció comparaciones con las órdenes celestiales, aunque era ése un aspecto del que el otro tenía pocas referencias en su biblioteca y no supo muy bien a qué se refería. Hasta quiso abrazarle, incorporándose y palpando el aire con las manos, pero el otro le rechazó diciendo que sería mejor conservar las fuerzas y le obligó a tenderse de nuevo.»

La exposición cambia de pronto; empieza ahora a invadir el texto el _yo_, de manera paulatina va avivándose la agitación somnolienta, provocada por un llano acto de la fisiología: «De pronto noté un escozor en los ojos; me toqué y había algo húmedo: se asemejaba al agua y al degustar aquel líquido comprendí que era muy salado; esas gotas fueron cayendo una tras otra, y no había modo de detenerlas. Recordé entonces haber leído que las personas, cuando son incapaces de contener sus emociones, sollozan. Eso me confirmó, pues, que de algún modo yo debía de ser un ser humano, no una bestia o una imposibilidad como había oído que gritaban quienes me veían recorrer las calles muy de noche.»

La provocación del *yo* es irresistible, y la narración continuará con esa misma forma: «Cuidé al muchacho, lo alimenté y lo lavé; él no hacía más que alabarme y declarar que sentía hacia mí un afecto inusitado.

»Una mañana me llamó desde la habitación donde estaba. Yo apenas acababa de despertarme y oí su voz que me decía: "¡Ya puedo ver! ¡Ya puedo ver!". Pensé en no bajar, quise huir; si me veía ahora se marcharía aterrorizado para siempre aquel único ser que había hecho que toda mi existencia hubiera cobrado sentido. Pese a todo, decidí acudir a su llamada en señal de deferencia hacia él, aunque por dentro me carcomieran el miedo y la vergüenza. Así que descendí lentamente los peldaños de la escalera y llegué hasta el umbral de la puerta.

»Vi al muchacho de espaldas. Estaba allí de pie y examinaba los tablones que habían clavado en los marcos de las ventanas, no para que no penetrara la luz, sino para que no se viera desde fuera mi imagen. Al entrar en la habitación, tosí para interrumpir el hilo de sus pensamientos y alertarle de mi presencia.»

El personaje del relato no puede, en este preciso momento, sobrellevar tanta turbación y se aparta una vez más de lo que está sucediendo, revierte al distanciamiento: «El muchacho, al verlo, fue corriendo hacia él y lo abrazó. Le dijo que le estaba profundamente agradecido, que no sabía cómo podía pagarle tantas muestras de bondad; le dijo, efusivo, que había decidido regresar a su aldea y trabajar en el campo con los miembros de su familia; le dijo que debería acompañarle porque allí el aire era límpido y la gente amable, los días livianos, las estaciones menos severas; en fin, le manifestó que la vida en su aldea era más gentil que en la ciudad y que a los seres se les valoraba por lo que eran. Y volvió a abrazarlo.»

Y llegado este punto, no puede sino confesarlo todo con el *yo*: «Yo era presa del más absoluto estupor, si casi no podía respirar de la emoción, y me pregunté cómo era posible que el muchacho no se percatara de mi aspecto. Estuve a punto de preguntarle su opinión acerca de mi presencia física, pero proceder así habría sido una descortesía. Entonces me dijo que quería regresar cuanto antes a su aldea. Y que una vez allí me escribiría para que fuera yo también, a visitarle o a vivir allí si quisiera. Le di dinero para el billete de vuelta, y el muchacho, pese a las iniciales protestas, lo aceptó y se marchó.

»La casa estaba ahora vacía; no quise tocar el camastro, con las sábanas revueltas y las mantas caídas; no quise siquiera lavar los paños de muselina con los que le había refrescado de las fiebres. Estuve observándolo todo muchas horas. Durante largos días esperé a que llegara su carta. Las únicas misivas que venían puntualmente eran las subvenciones que me remite el Estado.

»He esperado ya varios meses y, aunque no he perdido la esperanza del todo, tengo ahora algunas sospechas. Tal vez el muchacho habló por hablar; tal vez mi aspecto debió de asustarle pero quiso aparentar que no era así, por algún motivo.... miedo o dinero o prudencia; tal vez todo fue una pesadilla y lo más hermoso de mi vida no llegó a suceder jamás.»

Cuando le llegó finalmente la carta, tuvo que apostatar de sí mismo una vez más, tal era la aflicción: «Estaba escrita sólo la dirección, no el nombre (él no tenía nombre válido, para el caso). En aquel texto de letras azuladas y diminutas y espontáneas abundaban las eufóricas expresiones de gratitud, las disculpas sinceras por la demora. El joven le pedía que acudiese a su aldea: que quería mostrarle los montes y las huertas, el río y los caminos vecinales, la siega y la recolección, que quería que conociese a cuantos le habían hecho comprender quién era y dónde había de permanecer.»

Para la conclusión, sin embargo, no le queda a nuestro personaje otra ruta que la de ser valeroso, la fuerza que necesita la tiene (que hasta entonces no lo supo) y la aplica convincentemente (de lo que hasta ese momento se sintió incapaz); nunca más dejará de referirse a sí mismo con un *yo*: «En ese instante volví a introducir la carta en el sobre, y lo sellé. Con un lápiz escribí en diagonal por encima de la dirección: YA NO VIVE AQUÍ. Aquella noche, cuando todos dormían, salí a la ancha avenida donde un día había visto un buzón de color escarlata. Al introducir la carta por la fina ranura, respiré hondamente, sentí un enorme alivio. Ahora ya podía volver a ser quien siempre he sido, sin más. Yo también soy consciente de dónde tengo que permanecer; yo también sé quién, en realidad, soy.»

Antonio Soler

Cienfuegos

NARRAR ES EL DESTINO

Yo rompí mi fuego literario escribiendo relatos, y abordé la escritura de esos relatos no a modo de prueba inocua, no con balas de fogueo. En mis relatos cargué toda la munición de mi entendimiento, en los primeros y en todos los que hasta ahora he escrito. Nunca, por tanto, los he comprendido como camino, sino como destino, como objetivo final. No son subalternos de mis novelas, sino iguales suyos. Entre otras cosas porque los concibo y planeo del mismo modo, sin tener en cuenta la longitud de sus páginas, sin calibrar si irán insertos en un volumen y que ese volumen, siguiendo la mercadotecnia actual, en principio contará con menos lectores que una novela. Son especulaciones y apriorismos que no me afectan a la hora de emprender una historia. Ni a mí ni a mis personajes.

De algunos de mis relatos han nacido personajes que luego he utilizado en novelas. Nuevamente tengo que decir que no es un subsidio: en algunas de mis novelas han nacido personajes que luego han sido vistos en algunos de los relatos que he escrito. Y es que, en realidad, entiendo que cada historia que escribo, relato o novela, no es sino un fragmento de una narración de cuerpo mayor.

Otro factor que sirve para equiparar mis novelas y relatos estriba precisamente en el nombre con que me refiero a ellos. Son relatos y no cuentos, si es que hemos de ponernos a levantar fronteras entre géneros. Yo diría que mis relatos están más cerca de la novela corta, de la nouvelle *o como se le quiera llamar, que del cuento. Por estructura, intención y duración. Cada cuerpo narrativo, cada historia, precisa una modulación y una técnica muy precisa, de relojero literario si se quiere. El cuento me es casi tan ajeno como la poesía. Mis relatos tienen vocación de río navegable, un río narrativo por el que puedan fluir abiertamente esos seres que acuden a mí con algo que contar. A los que yo acudo para que me cuenten la historia de unas vidas que, según ellos, no caben en pocas páginas ni en la hermética estructura de un cuento.*

CIENFUEGOS

Fue por casualidad que conocí la historia de aquella mujer y fue gracias al azar por lo que pude unirla con otra historia y otra muerte de las que vagamente había tenido noticias años atrás, hacía mucho tiempo, cuando era un niño y estaba recién llegado a esta ciudad que mañana abandonaré de nuevo. Más de quince años sin pisar sus calles ni sentir su luz atravesando las ventanas y arrastrándose por las fachadas de sus casas, más de quince años sin querer recordar aquellos tiempos remotos en los que crecí y me hice hombre en paseos solitarios por los arrabales, en tabernas y cafés de atmósfera neblinosa o bajo las hojas estremecidas de unos árboles sin nombre. Quince años poniendo ladrillo sobre ladrillo para tapiar un pasado que en las noches, durante el sueño o el estupor del insomnio, horadaba mis muros artificiales con la facilidad con la que se rasga una telaraña.

Fue obra del azar que en la función de tarde se averiase el resorte de mi cañón y me quedara la noche libre para vagar por los barrios olvidados de esta ciudad que un día me perteneció. Si el mecanismo neumático del cañón hubiese resistido un disparo más, los dos hombres habrían revivido la historia de aquella mujer del mismo modo, con las mismas palabras y en el mismo tono de voz que lo hicieron, y la atmósfera del Cámara habría sido la misma, bulliciosa y densa, de igual modo se habrían perdido sus voces ahogadas por carcajadas o golpes, pero yo no habría rescatado de la memoria unos personajes desdibujados, ni imaginado el rostro de una mujer desconocida y hermosa ni habría tenido una prueba más de lo absurdo del mundo. Fueron mis pasos más que mi entendimiento los que me llevaron en un peregrinaje lento, observando cómo el atardecer se diluía en sombras vaporosas y en reflejos de un azul disipado, por calle Don Cristián y por los alrededores de calle Ancha hasta la esquina donde un día viví, en medio de aquel patio descomunal que entonces era un universo y que hoy me pareció un lugar destartalado, con el aserradero de madera ya sin uso y una muralla incomprensible que a duras penas mantiene aquel recinto aislado del barrio y la ciudad, con unos perros calmosos vagando en espera de ser apedreados por los niños o rociados con agua sucia por unas mujeres desastradas y murmuradoras. Hubiese ido al Café Cruz, pero supe que fue cerrado hace años, como el cine Rialto o el Pascualini, así que me encaminé hacia donde siempre había estado el Cámara, con deseos de que el tiempo pasara rápido y de verme en un camión del circo, ya de mañana, abandonando la ciudad.

Y allí lo encontré, con sus puertas adornadas con arabescos que el tiempo había deslucido, con esquirlas de escayola amputadas y los colores que la adornaban desvaídos en su mayor parte o comidos por la humedad. Sin embargo, a simple vista, el interior del Cámara continuaba como siempre, y al cruzar el umbral de su puerta tuve la sensación de que volvía al pasado, de que dejaba atrás quince años de andar por el mundo y me encontraba en mi primera juventud, acompañado por Doblas, el Campana y Luisito Sanjuán, persiguiendo con la mirada aquellas mujeres míticas que pasaban por nuestro lado abrazadas a tipos repeinados que usaban zapatos lustrosos, dejando un rastro denso que nosotros aspirábamos como animales hambrientos. Poco a poco, esa sensación de vuelta al pasado fue diluyéndose, al observar el cambio experimentado en la clientela, menos lucida y bastante más humilde, como si a aquellos hombres presumidos de otros tiempos les hubieran ido mal las cosas y fuesen allí a refugiarse de

248

las iras del mundo. Tampoco los camareros llevaban aquella chaqueta verde oscuro ni la pajarita negra que les estrangulaba el cuello, y sólo en uno de ellos, canoso y con la cara cruzada por arrugas que tenían las profundidad y delgadez de cortes de navaja, reconocí la estampa de uno de los antiguos camareros, el resto eran muchachos que atendían a la clientela con premura y pintaban el mostrador con una tiza al modo que lo hacían en las tabernas del barrio. También en los zócalos desconchados y en las manchas de humedad, en la señal sepia que una inundación había dejado en los bajos de las paredes, se notaba el paso del tiempo. Tentado estuve de poner en el mostrador el importe del coñac e irme sin ni siquiera probar la bebida, desconsolado por el vacío que allí, sin que nadie lo viera, flotaba en el humo del ambiente, en el murmullo de las voces y en el estrépito de los vasos y los gritos de los camareros. Pero al darme la vuelta vi allá al fondo el rincón donde años atrás había pasado tantas tardes, aquella especie de reservado que, bajo un mural verdoso en el que unas mujeres andaban medio desnudas por el campo, estaba guarecido en sus costados por una mampara con nervios de madera oscura en los que iban encajados cristales de colores a modo de una vidriera pobre que lo aislaba a uno del mundo y sólo le permitía la perspectiva del centro del mostrador, con sus estantes de botellas y fotografías dedicadas de Rafalito Ballesteros, del Intruso y algunos otros novilleros y desconocidas actrices de revista. Fue la visión del reservado, de su antigua mesa color caoba y el hecho de que estuviera libre lo que me retuvo y me animó a cruzar el local con mi copa en la mano para sentarme allí y revivir un nuevo instante, insospechadamente feliz, del pasado, en el centro de aquel cubículo, justo en el lugar donde uno, al echar la cabeza hacia atrás, rozaba los pies blancos y regastados de la mujer rubia que desde muchos años atrás corría por un campo verdoso y desvaído. Los dos hombres estaban allí, al otro lado de la vidriera, desde antes de mi llegada. Oí, sin saber lo que decían, el susurro de sus voces mientras contemplaba los techos decorados con otra escena bucólica, ésta de un tono amarillento o ana-

249

ranjado que el tiempo había ido transformando en un color ocre en el que se confundían las figuras representadas con el color pálido del cielo y con la madera ligeramente rojiza o rosada de un carruaje conducido por un tipo al que ya nada le quedaba de su antigua sonrisa, sólo un desconchón que, como una lepra blanca, también se había llevado su ojo izquierdo, la pata de un caballo y algunos haces de paja que descendían en vertical hasta las estanterías con fotos y botellas. En esa contemplación estaba, deslizándome de nuevo hacia recuerdos de otros tiempos, cuando oí que una voz rajada y aguardentosa decía al otro lado de la vidriera: Él la mató. Y fue como una alucinación del oído, porque al instante desapareció la voz, que había sonado nítida, y afloró de nuevo el naufragio de ruidos y voces que hasta ese momento habían formado el murmullo del bar. Miré desconcertado a ambos lados y al frente, y sólo vi la nervadura de falsa caoba y los cristales de colores a mi lado y, al frente, la sonrisa de una mujer teñida de rubio acodándose en la barra y mirándome un instante antes de besar en la oreja a un hombre pequeño que se encogía y contorsionaba dentro de una chaqueta tiesa y arrugada. Fue al volver a mirar a mi alrededor cuando me di cuenta de que en el lado derecho del biombo había un cristal azul al que le faltaba un fragmento. A través de la grieta, vi la nuca y después la mejilla tersa y roja de un hombre calvo, el dueño de la voz cascada que pronunciaba un nombre y sonreía, disfrutando al parecer de la sorpresa de su interlocutor, completamente invisible para mí. Volvió a repetir un nombre y después unas palabras que tampoco pude oír, silenciadas por un comentario del otro hombre. Pero como el calvo comenzó a reír y un par de palabras, qué buen actor, llegaron claras hasta mí, pensé que hablaban de una película o se burlaban de un serial radiofónico y relajé mi atención, di un sorbo a mi copa y me dejé caer hacia atrás, disfrutando con el roce suave de la camisa en el cuello, como si fuesen los pies de la mujer pintada en la pared los que me acariciasen con su tibieza la nuca y los comienzos de la espalda. Desde aquella posición veía los labios del hombre calvo y si me apuraba entendía con detalle todo cuanto hablaba, sí señor, decía, murió hace cuatro o cinco días y a la familia se le evaporó la pena y se le puso el mundo del revés cuando se encontraron con el testamento. La mujer rubia del mostrador interrumpió su sonrisa y volvió a mirarme severa antes de agacharse a besar de nuevo al individuo menudo y despeinado que a duras penas se mantenía de pie y se doblaba hacia atrás para beber una copa de anís o ginebra. El hombre que se adivinaba frente al calvo dijo algo en tono de interrogación, y éste le respondió con su voz ronca: No, ése no, ése estuvo aquí precisamente el día que el otro conoció a Cienfuegos, qué mujer la Chelo; era juez, y se llamaba Bernardo, Bernardo Be, dijo cuando se la presentaron, ¿cómo Be?, dijo ella, y un amigo le aclaró con una sonrisa, es la inicial, Be, Be punto. Ya, que no se fía de las malas compañías, ¿no?, se mofó la Chelo, y el otro: es precaución. Es leche, lo mismo me da Be que Ce que Cu, si él quiere Be pues Be, sonrió amarga Chelo Cienfuegos. Bernardo Be, por eso empezaron a llamarle el Bebe, volvió a reír el hombre calvo. Vi su sonrisa a través del cristal roto, pero ya no reía como minutos antes lo había hecho y yo supe entonces que no hablaban de películas ni mentiras, y lamenté vagamente no haber prestado atención durante los momentos anteriores, dedicado a seguir con la vista a la mujer rubia del vestido ceñido y rosa que ahora se acomodaba en un taburete de la barra y entreabría las piernas para dejar que el hombre menudo se le aproximara por el estrecho sendero que formaban sus muslos. Me escurrí un poco en el sillón en un intento de ver los ojos del calvo, pero era imposible, sólo alcancé a adivinar sus rasgos un instante, antes que se girase y le confesara algo a su interlocutor, que llevaba una camisa verde y una corbata estrecha y anticuada, de listas marrones. Después del murmullo volvió a su postura y dejó oír su voz rota, que nacía del ruido y el susurro: Con una navaja, en su casa. Sí, aquí, en una reunión de abogados o de jueces o de antiguos compañeros de estudio, venían cuatro o cinco y él era el menos borracho de todos, o el más borracho, tan borracho que parecía sereno y triste. Miraba a la

251

Chelo desde lejos, siguiendo el ir y venir de aquella mujer, que se crecía al saberse observada y en vez de andar parecía que se columpiaba de una mesa a otra, dominando cada gesto, cada poro de su piel, consciente de la perturbación que ocasionaba en aquel tipo relamido y medio calvo que a cada instante se limpiaba el vaho de las gafas con un pañuelo de seda para dominar los nervios y la borrachera. Se quedó allí, en un rincón de la barra, bebiendo muy despacio, firme y desatendido de sus compañeros, que, después de intentar en vano convencerlo, acabaron yéndose, dejándolo solo en aquel sitio, como quien abandona a un herido en un campo de batalla, en un lugar extraño al que ya nunca volverían hasta otra escapada, hasta otra celebración, pasado tanto tiempo que ya apenas recordarían aquellos murales ni el ambiente cargado del Cámara y lo confundirían con un lugar soñado o visto en una película exótica. Una impresión parecida a la que tendría la mañana siguiente Bernardo Be, cuando despertara en su casa y la sonrisa condescendiente de su mujer le recordase las altas horas de su vuelta y le insinuara confiada y en broma qué lío se habría buscado, sin saber que casi treinta años después ella misma tendría conocimiento de lo que aquella madrugada había ocurrido, cuando el Cámara fue quedándose solo y su marido continuó allí de pie, sin despegar la mirada de una mujer alta y morena que poco a poco, trazando un zigzag cadencioso y lento se le fue acercando y le dijo, casi rozándole los labios con el carmín oscuro de los suyos, Bernardo Be, ¿sabes ya qué es lo que más te gusta de mí?, y el otro suspiró, no, con los ojos ya de un muerto, apoyándose con la punta de los dedos en el mostrador y conteniendo la tentación de doblar las rodillas y dejarse caer sobre aquella mujer que se sacaba una hebra de tabaco con la lengua y avanzaba las caderas sin. ¿Llenamos la copita? Me sobresaltó el camarero, me quedé mirándolo atónito, como si hubiera surgido de la historia que estaba oyendo al otro lado de la vidriera. Que si le lleno, me repitió ya sin sonrisa, mirando mi copa vacía. Hice un gesto afirmativo y miré automáticamente al mostrador: la mujer rubia tenía entre sus piernas al hombre

pequeño y lo mecía como si fuese un niño, el camarero vete-
rano llenaba de anís la copa de aquel tipo al mismo tiempo
que el otro hacía lo mismo con la mía. Ni siquiera esperé a
que el joven que me había servido se diese la vuelta para incli-
narme y mirar de nuevo por la rendija del cristal. La voz rajada me llegaba más lejana, parecía que en un instante hubiese
aumentado brutalmente la sordera que me desde años, so-
portando día a día el estallido del cañón, se iba adueñando de
mí, envolviendo las voces y los sonidos con una mordaza que
me los confundía y atenuaba. Intenté acomodarme en la postura anterior, pero aun así la voz de aquel hombre, al que
ahora veía de perfil, tardó en llegarme hilvanada: Saber lo
que había pasado, creerlo, en el trabajo. Y sólo después de
unos segundos pude enlazar con palabras sueltas algunas frases: No al día siguiente, ni al otro ni al otro, seis días después
apareció por esa puerta, ya sin compañía, solo, como habría
de volver tantas veces. Se quedó parado en el mismo sitio
donde había estado la noche anterior, mirándolo todo con un
reconocimiento lejano y como sin creer lo que veía, y cuando
Chelo Cienfuegos apareció frente a él, movió la cabeza muy
despacio afirmando, como si hasta ese momento no hubiera
estado seguro el hombre de lo que había pasado seis noches
antes. Lo miró ella con una sonrisa, se volvió al. Un estallido
de carcajadas en una mesa próxima apagó de nuevo la voz del
hombre calvo, dejé de oír lo que decía durante unos segundos
y cuando los ecos de las carcajadas y sus secuelas se calma-
ron un poco, era su amigo, el de la camisa verde, quien hablaba, con voz nítida: ¿Bedoya? ¿El Niño Bedoya? Cómo no me
voy a acordar de él, con voz de clara de huevo, se los habían
cortado, los huevos, y por eso tenía aquella voz y la estatura
de un mocoso, y toda la mala leche del mundo, aunque por lo
que contaron, con las mujeres de aquí se portaba bien, era el
que les daba las llaves y limpiaba la habitación de la casa de
enfrente, el reservado, tenía devoción por la Chelo. Pues a él
se lo dijo, comentó el de la voz rajada, y después de beber un
trago continuó: Estuvieron toda la noche hablando, cerca de
la puerta, como si el juez no se atreviera a entrar, la Chelo le

metía su veneno muy poquito a poco, subiendo la barbilla, con una media sonrisa, apoyándose de espaldas al mostrador y fumando en silencio, sin prestar atención a las palabras que él le decía, entornándole un párpado a un viejo conocido que pasaba por su lado. Y él se mantenía en su postura, mostrando una indiferencia que no sentía y olisqueando de tarde en tarde el ambiente espeso del Cámara, sin apenas beber, hasta que ya al final de la noche arrimó sus labios colorados al cuello de la Chelo, a su oreja, y a ella le pareció que le derramaban por la espalda cera tibia, entornó los ojos y sonrió con aquellos dientes blancos que siempre le contrastaban con la pintura oscura de los labios, fue ella misma la que se volcó sobre el mostrador y estirando el brazo alcanzó las llaves de la casa de enfrente. El Niño Bedoya, que a esas horas estaba ya adormilado en unos sacos que había debajo del mostrador, salió de su escondrijo al oír el tintineo de las llaves y corrió a abrir la puerta del local a la Chelo y a su acompañante, que depositó en su mano de niño momificado una propina que acabó de sacarlo de las tinieblas del sueño. Desde entonces, el Bebe, como se le empezó a. Un nuevo coro de risas en la mesa vecina apagó las palabras que malamente me llegaban a través del endeble tabique. Se sucedían las risas, y el tono de las voces parecía definitivamente alzado hasta el punto de impedirme oír lo que al otro lado de la vidriera se hablaba. Por un momento estuve tentado de desentenderme de lo que allí se contaba, miré a la rubia del mostrador, separada ahora del hombre pequeño, mirándome fija y sin pestañear. Levantarme, apurar la copa y salir de allí, atravesar el barrio y refugiarme en mi caravana hasta el amanecer, hasta la hora de desmontar la carpa y viajar a otra ciudad donde no hubiera recuerdos ni pasado. Pero fue precisamente el recuerdo de tiempos anteriores lo que allí me retuvo, la imagen vaga que yo mismo conservaba del Niño Bedoya, todavía en el Cámara cuando yo empecé a recalar en él, menudo y con la piel de niño formándole pliegues muy finos en la cara y las manos, ayudando a los camareros y contando historias de otros tiempos, cuando el Cámara, según él, era un lugar en el

254

que no podían poner el pie desarrapados ni mocosos como Doblas y yo. Unas palabras oídas al azar, como la primera frase que unos minutos antes había llegado a mis oídos, me dejaron allí definitivamente anclado, mirando atrás, al pasado, como si lo hiciera a un espejo turbio que poco a poco va aclarándose, con la sensación de ser objeto de una broma imposible o estar desvariando: Abrió la puerta, apoyó una mano en el quicio y el otro, al ver allí los dedos, alzó la navaja y, sorprendiéndose de lo que él mismo hacía, del movimiento de su propia mano, lanzó un tajo y le cortó un dedo. Estremecido por la voz aguardentosa que acababa de oír, en mi mente se acumularon imágenes de mi llegada a la ciudad, los descampados y calles que debía cruzar para ir al colegio y los rumores que entonces oí sobre la muerte que había sufrido la madre de un compañero al que apenas llegué a conocer. Olvidado del alboroto que producía la gente de la mesa de al lado, me volqué contra el cristal, miré de nuevo al otro lado y vi la sonrisa del hombre de la camisa verde, los labios carnosos que dejaban ver un colmillo de oro: Hijoputa, murmuró con su voz clara. Vi también la mejilla enrojecida del calvo, y aguzando el oído, pegándolo a la grieta del cristal, me esforcé, entornando los ojos, por escuchar las palabras que se borraban con el resto de los ruidos, que se difuminaban como la neblina del tabaco se diluía en la atmósfera del local. Y de entre aquel vaho extraje restos de frases que me ayudaron a recomponer la historia: No se quedaba en la puerta, a la misma hora, aparte, Bedoyita le llevaba su copa, compró, aquel cuerpo, la Chelo tenía. Y en medio escuchaba el zumbido de todas las gargantas que allí hablaban, los vasos golpeando las mesas y las bandejas, las llamadas de los camareros, el chirriar de la puerta de los retretes y toses y mi propia respiración, una amalgama que se confundía en mis castigados oídos, en los que se perdían palabras como en un desagüe al que le hubieran arrancado las rejas. Pero, a pesar de todos los sonidos y de la voz ahogada de aquel hombre, seguía oyendo, a veces palabras inconexas, a veces frases enteras: Dos, tres noches por semana, a saber lo que le contaba a su, se sentaba

255

en la, del fondo y bebía, mirándola, no, don Bernardo Be
punto, gafas y el, tocaba la corbata, mujer crujiente, con nadie y nadie con él. Y pareció que de pronto, en un instante hubiese sanado mi sordera, y oí la voz con claridad, los espas-
mos de su faringe y el discurrir tortuoso de todos los vocablos
que emitía. Vi su sombra a través de los cristales y me di
cuenta de que se había echado hacia atrás y su boca se había
orientado hacia la ranura por la que yo escuchaba. Entonces
dijo que aquel hombre, Bernardo Be, tenía una enfermedad
incurable que se llamaba Chelo Cienfuegos, una enfermedad
que otros muchos habían padecido antes que él y contra la
que no había más medicina que el olvido y la distancia, algo
de lo que él era incapaz, pues cada vez se sentía más arrastrado hacia el Cámara, aunque intentase disimular el fuego que
lo consumía y mostrara en todo momento una templanza de
acero en medio de una gente y un mundo que le eran completamente ajenos. Sólo afloraron los nervios la primera vez que
Machuca entró en el bar y casi tropezó con él. Aunque el policía no iba de uniforme, en un gesto que quedó grabado para
siempre en la memoria del Niño Bedoya y que éste imitó
cientos de veces frente al espejo de los retretes, se cuadró delante de don Bernardo. Fue la única vez que el Bebe se sintió
perdido, sin saber de pronto dónde estaba ni qué debía hacer,
de ahí su manoteo intentando que el otro abandonara su rigi-
dez y el tratamiento, llamando apresurado a un camarero
para invitar al policía y volcando el contenido de su copa sobre los pantalones, quizá de un modo consciente, para tener
una excusa con la que poder retirarse a los lavabos e intentar
calmarse, sentado en la taza del retrete, ajustándose la corbata y limpiando de un vaho inexistente el cristal de sus gafas.
Con la limpieza de los cristales también se procuró un aplo-
mo y aserenamiento que al salir le permitieron adueñarse de
la situación y tratar con frialdad y distancia al policía. Ya
nunca volvió a inmutarse al ver a Machuca en el Cámara, con
un leve asentimiento de la cabeza y los párpados correspondía al saludo poco marcial y a la sonrisa socarrona del otro.
Imperturbable, cada noche salía del local acompañado de

Chelo Cienfuegos, no importaba lo que hubiese bebido, todo lo digería con una calma que, según la propia Chelo, era endeble, una careta que se desmoronaba nada más cruzar el umbral del piso de enfrente. Las noches que el Bebe no comparecía Cienfuegos contaba a todo el que quisiera oírla cómo aquel hombre se transformaba al encerrarse con ella en una habitación. Y aunque había quien aseguraba que aquello lo contaba la Chelo herida por la ausencia de Bernardo Be, todos, con el tiempo, hubieron de dar crédito a lo que ella decía, que en aquellos días para muchos eran patrañas. Y entonces, justo cuando empezaba el hombre de la voz cascada a referir lo contado por la Chelo, cambió de postura y su voz se me volvió a hacer difícil de captar, sobre todo porque, al contar aquellas intimidades, bajaba su volumen, y sólo después de unos momentos en los que nada más que oí restos de las distintas conversaciones que simultáneamente se mantenían en la mesa de al lado y la voz de un camarero que desde la barra llamaba a un cliente, llegaron a mí unas palabras entrecortadas: En la cama tumbada, desnuda, y él tambaleándose, poco a poco, gafas, una pluma, faisán, amarraba, la habitación respirando y se le entornaban los ojos, desnuda, con la barra de carmín, los labios y el cuerpo, y la pluma, pintaba, lento por la piel, pezones, labios, oscuros, duros, y los apretaba, la Chelo se movía queriendo salirse de los huesos y él, muy despacio, la borrachera, pasándola y ella se dejaba llevar, nadie antes que él, la miraba muy fijo y pasaba la pluma, pastosa, y decía más, la barra, untaba, final encima de ella, dormía y ya en plena madrugada a veces al amanecer, el vestido muy despacio, la miraba desde la cama, sólo con él y, semanas con la navaja. Y después de decir navaja, el hombre calvo volvió a su postura anterior y sentí con alivio cómo su voz ahogada de nuevo era audible para un oído maltratado como el mío y decía: Pues tuvo que ser verdad que aquel hombre se transformaba, y aparte de lo que hiciera con la Chelo, que eso allá cada cual, parece que todo lo que bebía tan sereno en el Cámara sólo le hacía efecto al cruzar la calle, y la borrachera, aparte de afilarle el deseo, le debía entorpecer el entendimiento, porque si no no se comprende que un hombre de su posición le diera a la Chelo una foto en la que estaban su mujer y su hijo y además se la dedicara con una guarrería y su firma auténtica. Claro, que nadie en su juicio se habría arrimado a esa mujer como él lo hizo, intentando removerle los cimientos y tragando tanto veneno que la otra, al verse sin nadie a quien atosigar, se sintiera vacía y lo reclamara a su lado como un esclavo. Pero lo de la foto fue una locura, como después se vio, a una le costó la vida y al otro el alma. Dijo ella que la vio en la cartera y se quedó mirándola. Yo tengo un hijo de la misma edad, murmuró la Chelo sin levantar la vista de la foto, pero éste es más guapo, los niños de dinero siempre son más guapos, me gusta. Y él le dijo quédatela. Entonces Chelo Cienfuegos sí despegó la vista del retrato, y sonriéndose con tristeza le tendió la cartera, se la echó sobre la cama, con aquel aire suyo de provocación que el otro infeliz no supo esquivar: Te crees que no tengo huevos de dártela, y sacó la fotografía de la cartera, tú no me conoces, Chelo, nadie me conoce, y manejando nervioso una estilográfica le dijo mirándola a la entrepierna: Y además te la voy a dedicar, te la voy a dedicar, y se aplicó a escribir con letra firme una frase que hacía referencia a los órganos genitales y al movimiento de borrachera que le daban las caderas de Chelo. Abanicó la foto muy despacio, para que se secara la tinta, y después se la entregó, casi a la fuerza, porque la Chelo se quedó muy seria, sin atreverse a romperla ni tampoco a reírse, más bien, según contó luego, le dieron ganas de llorar, de doblarse sobre sí misma y llorar. Niño. Niño, ven aquí, llamó el hombre de la camisa verde al camarero que antes me había atendido y que pasó por mi lado en dirección a la mesa desde la que el hombre de la voz recia y clara le ordenaba: Llena a don Cristóbal y a mí me traes ahora un liso. Pues eso, murmuró el de la voz cavernosa, y respiró a fondo, carraspeando mientras el camarero los atendía. En el mostrador, la mujer rubia, de espaldas ahora al hombre pequeño, conversaba falsamente animada con un tipo obeso y taciturno que la miraba con cierta incredulidad y desapego. Al ver que el silencio continuaba, me escurrí por el asiento corrido en el que estaba y me levanté para estirar las piernas, me puse de pie delante de la mesa y desde allí observé de reojo a los dos hombres que recordaban la historia de Chelo Cienfuegos, una mujer a la que yo nunca había visto y que hacía veinticinco o treinta años habría deambulado por las calles que rodeaban el Cámara y por el interior del bar, entonces algo más lustroso aunque con la misma neblina, con el mismo eco de voces flotando en él. Abandonó el camarero la mesa de los dos hombres y escuché cómo el de la voz ronca repetía, Pues eso. Desde allí, de pie delante de ellos, viéndolos de reojo a través de un espejo nublado y lejano que había en una columna, la voz me llegaba acolchada, mucho más lejana que antes pero también más uniforme, sin el tobogán ni las pérdidas que hasta entonces había sufrido. Para alguien con los tímpanos inmaculados, aquélla habría sido la posición perfecta, pero no para mí, que debía volcarme exageradamente delante de aquellos hombres si quería entender lo que decían. Así que, consciente de mi dificultad y, viendo que el calvo apenas había variado la posición favorable en la que antes se encontraba, me senté y fui reculando hasta mi puesto anterior. Desde él oí la voz de aquel hombre que, de frente, me había parecido bastante más joven de lo que a través de la ranura y en una visión fragmentada había creído: La enseñaba a todo el mundo, la tenía con las esquinas dobladas de tanto meterla y sacarla del bolso, aquí todos conocían ya a la mujer de la foto, la Beba le decían, o la Cuernos, y al niño el Bebito. Se sabían la dedicatoria de memoria, y todos intentaban descifrar el apellido de don Bernardo, pero la verdad es que no distinguían nada más allá de una Be exagerada y barriguda y el quiebro de un garabato. Iba de mano en mano entre sus amigos y todos se reían de la dedicatoria, sin acabar de creer que un hombre de aquel talante empleara esa jerga y menos por escrito y sobre la foto de su mujer y su hijo. En una de aquellas rondas fue cuando Machuca tuvo noticia de la fotografía: estaba distraído hablando con una de sus amigas y de pronto oyó cómo su vecino mentaba a don Bernardo Be mientras

259

miraba el retrato. Lo vio el policía por encima del hombro de quien había mencionado al Bebe, y con la sonrisa que tenía derritiéndosele hasta transformarle la cara en una expresión de repugnancia, se quedó mirando a la Chelo, que, sobrecogida por aquellos ojos, arrebató la fotografía de las manos de quien en esos momentos la miraba y la escondió nerviosa en el bolso. Aunque le resultaba difícil pensar que Machuca le hubiera ido con el cuento a don Bernardo, cuando éste, pocos días después, le preguntó por la foto, en lo primero que pensó la Chelo fue en los ojos y en la cara del policía. Ella se ofreció a devolvérsela, para tantearlo, y aunque él se negó, la Chelo pudo comprobar la duda y el recelo solapado del juez, que probablemente habría aceptado la devolución si ella hubiera tenido la torpeza, o mejor, el acierto, de repetir una sola vez el ofrecimiento en vez de haber caminado lenta hacia la cama y, apoyando la pierna en su borde, subirse el vestido hasta los muslos para mostrar a su amante los ribetes de unas ligas nuevas. Fue poco tiempo después cuando don Bernardo Be le pidió abiertamente la foto, lo hizo en la casa que tenían ahí al otro lado de la acera, después de una semana de ausencia y de haber estado toda la noche sentado en una de estas mesas sin beber otra cosa que sifón. Don Bernardo le dijo que ella no quería para nada la foto, y que para él aquello podía ser un peligro si en un descuido alguien se la robaba o se le extraviaba y caía en manos de algún indeseable. Lo tenía que comprender. Y la Chelo dijo que lo comprendía todo, no iba a comprender ella, y los días que llevaba sin ir por allí también los comprendía, comprendía el miedo y la miseria de los hombres, lo había comprendido hacía mucho, desde que trece años atrás la habían dejado sola y con una barriga venía comprendiendo. Y aunque bien pudo argumentar cualquier excusa, alguna de las que el mismo don Bernardo le había facilitado, que la había perdido, que tenía que estar en su casa pero que no daba con ella o que la había roto hacía dos horas y la había echado por el retrete, la Chelo le dijo simplemente que no se la iba a dar, que se pusiera de rodillas y le lamiera los pies y rezara a la Virgen, pero que ella no le iba a dar la fotografía, y le dijo, con aquella socarronería suya, ¿Verdad que se siente uno incómodo cuando le tienen cogidos los huevos? Pues toda mi vida me han tenido a mí estrangulada y pisoteada y tragando mierda, y no he ido a pedir ni a llorar a ninguna parte: si has echado una firma, la has echado, no vengas ahora. ¿Me das fuego? Como me quedé mirándola sin saber qué ocurría, la rubia de la barra se inclinó un poco más sobre mi mesa y, mostrándome la abertura de su escote, repitió: Que si tienes fuego. Todavía permanecí indeciso un momento, intentando esquivar la mirada de la boca del escote, y entonces, cuando pensé que iba a decirle que no tenía fuego, me palpé la chaqueta y encontré un encendedor viejo que, como unos alambres, un destornillador pequeño y unos trozos de corcho, siempre iba en mis bolsillos. Alargué el brazo para entregárselo, pero ella se llevó el cigarrillo a los labios y se inclinó todavía un poco más. Agité nervioso el encendedor y lo acerqué, temblando la llama, al cigarrillo que ella alzaba encogiendo los labios. Se quedó de pie, pegada a la mesa la parte baja de su vientre, mientras yo guardaba el viejo encendedor en un bolsillo distinto del que lo había sacado. Me sonrió antes de preguntar, ¿Qué bebes? Coñac, le dije muy serio, intentando oír las palabras que al otro lado del cristal cuarteado seguían fluyendo: Sin venir por el Cámara muchos días, hasta que. Me voy a sentar, propuso la rubia, pero no se movió, esperaba que yo contestara algo o que llamase al camarero, pero lo único que hice fue mirar la rotundidad de sus pechos y asentir con un gesto tan leve que la mujer no lo advirtió, y aunque dijo si quieres me voy, dio la vuelta a la mesa y se sentó a mi lado. No, no, le respondí cuando ya estaba sentada, ¿quieres tomar algo? A ti qué te pasa, fue lo que me contestó. Mientras nos mirábamos sin decir nada, escuché la voz del hombre calvo: Más temprano, subían a la casa de enfrente y allí lo único que hacía era beber, decía la Chelo que si ella no le gustaba a un hombre a ese hombre no le gustaba ninguna mujer. Tú no eres de aquí, ¿verdad?, me preguntó la rubia. O la desnudaba despacio y se quedaba mirando por la ventana mientras ella se. No, sí, es complicado, le contesté, en un tono de voz demasiado alto. Se es de un sitio o no se es, eso no es ninguna complicación. Y la miraba, decía la voz aguardentosa, no dejaba de mirarla. Me vine a vivir aquí cuando era niño, después me fui, y ahora he vuelto, aunque me voy mañana otra vez. Tú lo que pareces es un yoyó, yendo y viniendo, bromeó la rubia, aunque sin ni siquiera sonreír, con un deje de desprecio. Fui yo el que puso la sonrisa a la vez que llamaba a uno de los camareros y le indicaba que se acercase. Tú sí eres de aquí, ¿no? Sí, hijo, yo de yoyó nada, en todo caso un trompo, dando vueltas siempre en el mismo sitio. Ya, un coñac, le dije al camarero, y para la señora. Para la señora, contestó la rubia, un anís con agua y dos magdalenas. En el silencio que se hizo mientras se iba el camarero y la rubia me miraba despacio, calibrando no se sabe qué en mi cara, oí: Le decía que la foto lo estaba enrareciendo todo, y que él estaba seguro de que si se la devolvía, o mejor, la quemaba delante de él, todo volvería. ¿Y por qué vas y vienes tanto, tú?, me preguntó la rubia. Trabajo en un circo. Ya, y yo soy trapecista, murmuró mientras expulsaba una bocanada de humo. Y la Chelo le dijo: Para quitarte de en medio como todos, para. El coñac, el anís y las magdalenas, susurró el camarero dejando sobre la mesa las cosas que nombraba. Tienes mucho misterio tú, dijo la rubia después de tirar el cigarrillo, mientras le quitaba el papel a la magdalena. No, yo, ¿has oído hablar de una que le decían Chelo, que venía por aquí hace mucho? ¿Así es como tratas tú a las mujeres, preguntándoles por otra, qué te hizo ésa? Nada, yo no la conocí, le decían Chelo Cienfuegos. Ni Chelo ni Fuegos, dijo la rubia masticando el bizcocho, sería antigua ella, del tiempo de Agustina de Aragón. Sí, claro, hace mucho, tú serías una niña. Yo de niña no venía por aquí, sabes, no por nada, es que mi madre no me dejaba putear. Y después de una breve pausa, me preguntó, ¿Te lo has creído? El qué, contesté desorientado. Que soy puta, dijo tragando un sorbo de anís blanquecino y turbio. Titubeé. ¿Y tú conociste al Ramones? No, respondí aliviado. Pues ése no es antiguo, claro, que a lo mejor te pilló a ti en uno de tus vaivenes, con el circo, añadió mientras pellizcaba la yema de la otra magdalena. Era mi novio, lo mató un tren. Seguía pellizcando la magdalena, cogiendo unas migas muy pequeñas, mirándolas entre los dedos antes de llevárselas a la boca, hablando de un individuo que al parecer se dedicaba a robar motos y a alquilárselas a los jóvenes del barrio. Y mientras ella continuaba con aquella sordina y picoteando con lentitud, yo me dejé escurrir hasta la vidriera y, con la cabeza apoyada al lado de la grieta, intenté aislar de la voz de la rubia y de los sonidos del bar, como antes había hecho, el discurso del hombre calvo, que seguía retrepado en su asiento: Desde siempre, y ella le dijo que sí, que era chantaje, que lo iba a chantajear y a sacarle todo lo que pudiera, se lo dijo a él y a todos, aunque los que la conocían bien estaban seguros de que aquello era pura palabrería y que la Chelo tenía demasiado orgullo para jugar de ese modo. Lo decía por meterle miedo, pero él, que nunca supo qué mujer era la Chelo, creyó que. Tú no serás de la policía, ¿no? La rubia me miraba como si empezara a oler a podrido a su alrededor. ¿Yo? De la policía, no, contesté asombrado. Tú andas detrás de esos dos, me dijo señalando con la barbilla la vidriera. Trabajo en el circo, murmuré, le sonreí: De verdad. Ella se había puesto un nuevo cigarrillo en un lado de la boca y, sin dejar de mirarme, me hizo un gesto con la mano, señalándome el bolsillo en el que me había guardado el encendedor. Sin apartar sus ojos de los míos, intentó en vano hacer funcionar el viejo mechero hasta que, después de agitarlo, llevó a la punta del cigarrillo una llama temblorosa y pobre. Soy hombre bala, le dije, y el encargado del sistema eléctrico. Limpiándose los dientes con el interior de los labios, como si la alzaran con unos hilos invisibles, se levantó muy despacio, bebió el resto de anís y, dejando sobre la mesa la copa con el borde pintado de carmín rojo, se dio la vuelta en dirección a la barra. Todavía mirando el balanceo cadencioso con que sacudía sus caderas, me incliné sin disimulo contra el endeble muro de cristal y madera. Me costó trabajo enlazar con la conversación del otro lado, porque el tipo de la voz cascada se había volcado hacia adelante y porque mi atención se dividía entre lo que de allí malamente me llegaba y el seguimiento visual que hacía de la rubia, que en esos momentos llegaba al mostrador y se acomodaba en uno de los viejos taburetes con respaldo labrado: Que era donde vivía, es lo que yo tenía entendido, decía en esos momentos el hombre de la camisa verde y la voz clara. No, no, bajando la cuesta, en esa calle, respondía el otro, una habitación pequeña. Se me iba la voz: Su hijo, no cabía nada ni dónde ponerlo, durmiendo y el chaval, se lo llevaron, venía al Cámara lo imprescindible, pero más arreglada que nunca, para que no se notara, mantenía, y las mesas, después de tanto tiempo. La rubia se giró en el taburete y me miró con desconfianza, y mientras dirigía la vista a los dos hombres que estaban separados de mí por la vidriera, yo me enderecé un poco, sólo durante el segundo que la mujer posó de nuevo los ojos sobre mí antes de volver la cabeza y mirar otra vez al frente. También, para fortuna de mi oído, el calvo había cambiado de postura: Una tarde Machuca la esperó en una de esas esquinas que tú dices. Le siseó, y como ella ni siquiera volvió la cara, el policía, de paisano, se puso a andar a su lado, hablándole con mucha tranquilidad de lo vacío que parecía el mundo las tardes de los domingos, de lo tarde que iba a llegar ese año el buen tiempo y de cosas que a nadie le importaban. Hasta que pasaron delante de un portal y él la cogió del brazo y antes de que la Chelo se diera cuenta ya estaban dentro, ella con el brazo retorcido y el otro hablándole con los labios pegados a los de ella, rozándoselos con las púas de su bigote y sin atreverse a acercarse más, no por falta de ganas, sino porque sabía a la Chelo capaz de arrancarle medio labio de un bocado. Y así, apretándola contra la pared, la amenazó y le despachó los insultos que le parecieron. Le arrancó el bolso de las manos y después de buscar en su interior y de trastear sin encontrar la foto, lo puso bocabajo y volcó en el suelo todo lo que había dentro. Con el pie separó las cosas para asegurarse que no estaba allí lo que buscaba, y entonces le dijo a la Chelo que al día siguiente la iba a esperar en el mismo sitio, y que ella podía elegir entre llevarle una fotografía que no era suya o que en ese mismo portal le partieran las dos piernas, para que otra vez tuviera en cuenta con quién jugaba. Y mirándola con una sonrisa pastosa, le dijo: ¿No la llevarás escondida por ahí, la foto? Te debería registrar. Y le pasó los dedos muy despacio por los pechos, la sonrisa temblándole, y después, mientras le bajaba la mano por el vientre y pellizcándole el vestido le despegaba la braga de la piel, murmuró: ¿O la tendrás escondida por aquí? Y ya la Chelo no pudo contenerse y le dio un manotazo en la cara y le escupió, se apartó de él y ya iba a salir corriendo cuando Machuca, dándose la vuelta, le soltó un puñetazo en mitad del estómago, un golpe seco que la dejó asfixiada y con la vista perdida, sin oír cómo el policía, tragándose las ganas de soltarle una patada y emprender una paliza que no sabía dónde podía terminar, susurraba mañana, so puta, por la cuenta que te trae. Y allí se quedó la Chelo, arrodillada y recogiendo lo que el otro le había rociado por la penumbra del portal, temblando pero sin soltar una lágrima. Sabiendo cuáles iban a ser sus pasos y que Machuca, de un modo u otro, la tendría vigilada hasta el día siguiente, se recompuso como pudo y salió del portal de regreso a su casa, procurando que el dolor y la sensación de que el hígado y el estómago se le deshacían no la obligasen a caminar encorvada. Subió a la habitación en la que vivía y allí, de entre una desordenada montaña de ropa, sacó un sobre y lo metió en el forro del bolso, rajado por Machuca. Nadie le notó nada en el trabajo, iba de mesa en mesa con los mismos andares que siempre había usado, más tranquila en apariencia que cualquier otro día. Ni siquiera cuando Machuca apareció con un par de amigos se inmutó la Chelo. Se fue para la mesa que ocuparon el policía y sus acompañantes y con una sonrisa muy estudiada y lamiéndose los labios con la punta de la lengua, les preguntó si querían una botella de champán. Desde la mesa se fue directa al mostrador, al rincón donde estaba el Niño Bedoya. Le señaló su bolso y, sin perder la sonrisa en ningún instante, le dijo abre el bolso, coge el sobre que hay dentro, no, en el forro. Métolo entre los sacos que tienes ahí abajo y mañana por la mañana lo llevas a casa del Bebe, donde te dije, y se lo das a su mujer. Preguntas por su mujer y se lo das, a nadie más que a su mujer. No tienes que decir nada, ni decir quién lo manda ni esperar que lo abra ni nada, se lo pones en la mano y te vas, ¿enterado? Y no me mires así, anda, disimula, ayuda a Paco a recoger los vasos. Pero el Niño Bedoya no entregó el sobre a la mujer de don Bernardo Be, ni siquiera fue a su casa. Se quedó por los alrededores y cuando vio venir al juez se quitó la gorra roída que llevaba y se sacó el sobre del abrigo. Sólo le dijo: Me lo dio la Chelo anoche, para que se lo llevara a su mujer, y recogiendo el billete que el otro, medio sonámbulo, le daba, se colocó la gorra y desapareció entre la gente, tal como. Entonces, el hombre calvo giró la cabeza y a través de la grieta en el cristal clavó los ojos en mí. Frunció el ceño y miró desconfiado a su amigo, que preguntó mientras yo me retiraba un poco del delgado tabique, ¿Qué pasa? No le contestó el de la voz rota, o lo hizo con un gesto, prolongando un silencio que me llevó a volver la vista a la grieta y a encontrarme en ella con sus ojos grises y cargados. Llamé a un camarero, con la idea de pagar y marcharme de allí, pero el joven, con una bandeja cargada me hizo una señal para indicarme que debía esperar. Miré a la barra, estuve a punto de levantarme en dirección a la rubia, pero justo en ese instante, la mujer bajaba del taburete y se aproximaba al hombre pequeño con el que hacía un rato había estado abrazándose. Dejé pasar unos segundos con la vista clavada en el mural que desde las estanterías trepaba hasta el techo, amarillento y sucio. Sólo después de una observación minuciosa de la escena allí reproducida, fui capaz de agudizar el oído y escuchar la voz quebrada, ahora casi susurrante, diluyéndose entre la neblina que flotaba dentro del bar. Apenas unas palabras, desgajadas de aquel flujo, distantes entre sí, entraban en el caracol de mi oído: Chelo, madrugada, ese día, mandado a Machuca, esperó, al final, y así verla. Llegó el camarero, pero en vez de pedirle la cuenta, le dije que me pusiera otro coñac. Cuando lo estaba sirviendo, los que antes habían estado riéndose en una mesa vecina, le sisearon alzando un billete, y sin esperar que el camarero llegase, se pusieron de pie y siguieron bromeando mientras se enfundaban las chaquetas y recogían las prendas de abrigo que habían dejado en los respaldos de las sillas. Se fueron con el joven hasta la caja registradora, y a la vez que sus risas se alejaban, se hacía más clara la voz del calvo, que había recobrado su tono anterior y que acabó de hacerse audible, con algunas interferencias, cuando me volví a inclinar hacia atrás, aunque sin el riesgo ni la exageración anteriores. Allí estaba la voz, aquel rumor sereno y uniforme: Dejó escrito que sólo pensaba asustarla, y por eso sacó de un estuche viejo la navaja de afeitar que su padre le había regalado en su juventud, recordando un asesinato que había juzgado en Barcelona y en el que un muchacho, con una navaja untada en vaselina, había hecho atrocidades con el cuerpo de su novia antes de matarla. Con la idea de contarle aquel crimen y de asustarla con la amenaza de repetirlo paso a paso, de escarmentarla, fue a su casa aquella tarde, se metió por los callejones de la Trinidad y siguió las indicaciones del Niño Bedoya hasta cruzar un patio rodeado de lavaderos y subir despacio unas escaleras recién encaladas. Estuvo a punto de irse cuando, detenido delante de la puerta, esperó en vano contestación después de llamar dos veces con los nudillos. Iba ya a darse la vuelta cuando al otro lado oyó una voz que decía ya va. Tuvo unos instantes de duda, pensó correr escaleras abajo, quedarse allí y decirle a la Chelo que no le había salido la jugada, le cruzó por la mente la cara de la mujer la primera vez que la vio en el Cámara y pensó que nada más abrirse la puerta le besaría los labios y la empujaría a la cama, pero cuando la Chelo, todavía medio dormida y con el escote de la bata abierto hasta la cintura, apareció ante él y apoyó una mano en el quicio, sólo acertó a tantear en el bolsillo la navaja y a abrirla mientras la Chelo abultaba los labios no se sabe si para sonreír o insultarlo. Cuando se dio cuenta ya había alzado la navaja y de un tajo inexplicable, con un corte limpio, había cortado el dedo corazón de la mujer, que con los ojos espantados, sin dolor ni gritar, intentó cerrar la puerta y entró en la habitación, buscando un trapo con el que taponar el chorro de sangre. El Bebe, muy despacio, empujando con el pie la puerta, entró tras ella, temblando, se le acercó por la espalda y volvió a descargar un golpe con la navaja, más fuerte, rajó la bata y la combinación de la Chelo, abrió en dos los tejidos y también la piel de la mujer, que primero apareció lisa y blanca y luego se dividió con una línea rosa muy fina que al pronto se tintó de rojo y luego se desbordó de sangre. Entonces sí se quejó la Chelo, se llevó la mano a la espalda y. Se perdía la voz, mi sordera se agudizaba o el hombre bajaba el tono, todos los sonidos del mundo se fundían, se me alejaban, y las palabras que llegaba a entender no parecían producidas por una garganta humana sino por el zumbido de un motor o por el eco de todos los ruidos que flotaban en el Cámara y en sus alrededores: Hijoputa. Y buscaba por el desorden de la habitación algo con lo que defenderse, pero sólo encontraba vestidos arrugados, vasos, un cenicero que se le escurrió de las manos antes de que pudiera tirárselo a la cabeza, y él avanzaba despacio, con la navaja levantada temblándole entre los dedos, tiritando. Otro corte en la mano. Gritó, pero. Una botella que se rompió contra la pared. Bebe, cabrón, Bebe. Un golpe, casi parte la navaja, y la Chelo vio cómo su mano se le doblaba y casi se le cae al suelo, colgando seccionada en el extremo del brazo, cogió una sábana, se la lió. Como una fuente. Un corte limpio en la comisura del labio, la sábana roja y goteando. Se cortó la chaqueta y la camisa y vio la raja en su propio brazo, otro golpe y la Chelo cayó bocarriba en la cama, medio lloraba y él se sentó en su barriga, con los ojos cerrados y después del primer corte en el cuello cerró los ojos y siguió dando tajos a izquierda y derecha, rápido, sintiendo cómo la navaja chocaba con los brazos alzados de la mujer. Se levantó, un poco más aserenado, pero todavía temblando y con la idea de que iba a asustarla, de que no iba a hacer otra cosa que contarle cómo diez años antes un joven torturó a su novia con una navaja. Se la guardó en el bolsillo, abierta, y mientras oía el gorgoteo de la mujer intentando hablar, se quitó las gafas, que con la tiritina casi se le caen de las manos, y con un extremo de las sábanas las limpió de sangre. Se miró el corte del brazo y castañeteando los dientes se dirigió hacia la puerta, esquivando las cosas que había tiradas por el suelo y sin oír los quejidos sordos de la Chelo. Al empezar a bajar las escaleras se dio cuenta de que llevaba una mano empapada en sangre, no sabía si de él o de Cienfuegos, y se la limpió en la cal de la pared, se quedó mirándola. Lo vieron, y aunque la puerta de la Chelo se había quedado abierta y todavía tardaron un rato en encontrarla y en llamar por teléfono, todos pensaron que aquel hombre tan pálido era de la policía o del juzgado. Hubo confusión y nadie supo quién fue el primero en ver a la Chelo. Un borracho dijo que al entrar en la habitación todavía estaba viva y que, como pudo, con una especie de ronquido, pronunció un nombre, el mismo que había escrito con su sangre en las baldosas del suelo. Y dijo que la policía, al ver aquel nombre, borró las letras con un restregón del zapato y que le taparon la boca a la Chelo y la dejaron ahogarse con su propia sangre, y a él lo empujaron fuera del cuarto y le dijeron que. Al cabo de los meses se fue y nadie supo nunca nada. Me desentendí, por primera vez en la noche, de lo que al otro lado se hablaba. No me interesaba saber lo que el tiempo había hecho con los protagonistas de aquella historia, conocía el destino de Chelo Cienfuegos, todo lo demás, Machuca, el Niño Bedoya e incluso el juez Bernardo Be me resultaba completamente ajeno. A pesar de ello, todavía oí la voz, clara y recia del hombre de la camisa verde, haciendo temblar los cristales: La de gente que habrá condenado después y los gusanos que en esos años le habrán andado por el vientre sentenciando a muerte o a treinta años a alguien por haber hecho lo mismo que él, sin tener nunca la certeza de que el otro fuese culpable, como lo era él. Cambió la estridencia de aquella voz por el murmullo sofocado del otro: Nunca tuvo remordimientos, lo dejó escrito: Él era un brazo de la ley y su deber era juzgar, como el del asesino huir. Si lo confesó todo después de muerto y refirió los detalles en el testamento no fue porque le remordiera la conciencia, por lo menos así lo dejó dicho. Su afán era que se supiera la verdad, que él fue amante de Chelo Cienfuegos y su asesino. Y aunque ningún detalle, ni un solo movimiento, ni

269

una mirada de las que cruzó con aquella mujer podrá mudarse con el silencio o con las palabras por muchos siglos que corran, la historia está clavada en el pasado, encerrada con mil llaves, pero él además quería que fuera conocida por todos. Puede que ésa fuese su idea de la justicia, la verdad, o que en el fondo de sí mismo se sintiera orgulloso de lo que hizo y de aquel tiempo de su vida, que dio sentido al resto de sus días, a su existencia entera. Se hizo un silencio, rumor de conversaciones, la voz de un camarero, un coche arrancando fuera, al otro lado de la acera, junto al portal en el que una noche remota, cuando yo estaba recién llegado a la ciudad, entraron un juez y una mujer, alta y morena, segregando humores, cargados de deseo o de ambición, arrastrando miserias ocultas o evidentes. Ruidos, llaves de gas, cerillas raspando el mármol del mostrador, el eco de una sirena en los muelles, una respiración agitada, toses, el clamor sofocado y sordo de toda la ciudad elevándose noche arriba como una columna de humo blanquecino y venenoso, arrastrando las historias, las voces, los recuerdos y las quejas de miles de hombres y mujeres, la de Chelo Cienfuegos perdida entre esa nube transparente y fría, nacida entre las pinturas desconchadas del Cámara, el lugar que años atrás vio el paso de aquella mujer asesinada en una habitación desolada de la Trinidad y en el que mucho tiempo después, una voz quebrada recompuso un fragmento, tergiversado, fabulado, de su vida. Seguía hablando el hombre de la voz aguardentosa, pero yo ya me había enderezado en mi asiento y apenas oía el rumor de sus palabras perdido en el sonido atenuado del bar, ni siquiera podía comprender cómo durante dos horas podía haber entendido algo de lo que aquella voz apagada y renqueante susurraba. Aparté de mi lado la copa intacta de coñac y miré a la barra, buscando en vano, detrás de las columnas y en la esquina de los servicios, a la mujer rubia. Se había marchado, tampoco quedaba rastro del hombre menudo y borracho. Me levanté muy despacio, tan cansado como si acabara de concluir la recogida de la carpa, y me detuve delante de la vidriera, observando por última vez el mural verdoso y la mujer medio desnuda bajo la que había escuchado la historia de la Chelo. El calvo y su acompañante dejaron de hablar para volver a fijar los ojos en mí, pero entonces fui yo el que les dirigió una mirada acusadora, casi de desprecio, intuyendo que ellos, con su verbo, de algún modo eran cómplices del Bebe, como lo soy yo al transcribir en los papeles que son la memoria del circo y de sus gentes lo que ellos dijeron. Fui directamente a la caja registradora y después de pagar, con la cabeza baja, deseando apartar de mi vista aquel lugar en el que pasé largas horas de mi juventud y al que probablemente ya nunca regresaré, salí del Cámara.

Los alrededores estaban impregnados de los mismos recuerdos, de las mismas voces, de las mismas imágenes ahogadas durante tanto tiempo en la memoria. Con las manos en los bolsillos, repasando la avería de mi cañón mentalmente para huir de aquel paisaje, del pasado, de Chelo Cienfuegos y de tanta gente y tantos fantasmas que poblaban esas calles, fui recorriendo el mismo camino que recién llegado a la ciudad atravesaba cada día para ir al colegio, calle Ancha, los badenes del Perchel y el puente de la Aurora. Y el único consuelo, el único estímulo para dar un nuevo paso lo encontraba en la idea de que mañana el mundo volvería a ser igual que ayer, y que esta ciudad y los recuerdos y el tiempo se disiparán cuando me meta en el ánima del cañón y un estallido, que sólo oiré cuando me sienta dividido en dos, me impulse hacia la luz y lo vea todo del revés, distorsionado por la velocidad y por un estruendo que, aunque sólo sea por un instante, acallará todos los rumores y hundirá en el silencio el desquiciado griterío del mundo.

Pedro Sorela

Secuestrador(a) que se extravió

Escribí mi primer cuento, después de dos o tres novelas, para capturar lo que no puedo sino llamar una especie de visión que me alcanzó en mitad del asfalto, de noche, tarde, y que no podía meter en ninguna parte. Hacerlo en lo que luego me enteré era un cuento me satisfizo tanto y con tanta intensidad (una compañera del diario donde yo hacía esos días guardia de noche me preguntó al verme escribir si me pasaba algo) que durante los meses, años siguientes me empezaron a suceder más visiones, y más rápidamente, hasta un punto sospechoso. Yo creo que me sucedían –esto es: historias fulminantes con principio y escenario que no encontraban acomodo más que bajo la forma de cuento– por lo muy bien que me lo había pasado con la primera. O, a saber, por lo bien que se lo había pasado ella.

Con el tiempo, una vez hube reunido una suerte de volumen, una amiga que los leyó me hizo una serie de observaciones, y entre otras una que retuve, pues me sentí descubierto. Casi todos esos cuentos, me dijo, son relatos de viaje.

Tengo cierto miedo al contarlo pues pasa como con el fuego, que no se debe jugar con la bola de las visiones, pero supongo que eso es lo que son mis cuentos, hasta ahora: historias que no sé si se me ocurren o me ocurren –supongo que viene a ser lo mismo– donde y cuando me siento mejor: viajando. Yo creo que a ciertos escritores de novelas nos gusta tanto viajar porque esa es una excusa para alejarnos de ellas sin mala conciencia y por el único motivo que lo merece. Los cuentos vendrían a ser como amantes de escala, de una sola y memorable primera vez.

Esa noche conduje de nuevo a 40 por hora, pues no había podido recoger mis gafas nuevas y seguía con las de sol. Entre no ver nada y ver poco y oscuro prefiero lo último. De haber sido más prudente, de haber cogido un taxi, ¿la habría visto? Seguramente no. Es indudable que el taxi hubiera marchado más aprisa, pero apenas circulan taxis frente a la fábrica, a las dos de la mañana, y hubiera pasado más tarde por aquella plaza. Ya se habría ido.

Y caso de no haberse ido, caso de seguir ahí, agarrándose el vestido por el cuello y mirando al horizonte, ¿habría podido parar, de ir en taxi? Sé que no. Es obvio que no es lo mismo ir en taxi que en coche. Ni se me habría ocurrido. Además, ¿se imaginan? «Oiga, pare el coche que veo una viejecita extraña.»

Sí, es probable que ni la hubiera visto. En los taxis se habla de fútbol, de calor –hacía un calor demencial–, de si se trabaja mucho o poco por la noche. Se tiende a mirar al conductor, o mejor a sus ojos en el antifaz del espejo, de forma que uno no mira el paisaje; sería de mala educación. Tampoco habría llevado mis gafas negras: ¿qué hubiera pensado el taxista?; ni siquiera habría aceptado a un individuo con gafas negras, a las dos de la mañana, a la salida de una fábrica. No hubiera podido ver ni el paisaje, ni a la viejecita, y caso de adivinarla no hubiera podido percibir el detalle de que se sujetaba el cuello y miraba el horizonte, como perdida.

Me detuve, pues, bajé la ventanilla y le pregunté a distancia: «¿Está bien, señora? ¿Le pasa algo?» Contestó algo que no llegó, de modo que bajé y pregunté de nuevo. «Estoy bien», dijo con su aire pacífico. «¿Está muy lejos Sol?», preguntó. «Sí, está muy lejos. Al otro lado de la ciudad.»

Ya he dicho que se sujetaba por el cuello el vestido –blanco y negro, como los de mi abuela– y eso la hacía particularmente indefensa: no había corrientes esa noche de aire opresor. La viejecita se apoyaba con una mano en el capó de un coche y miraba hacia el sur.

«¿Y Fuencarral? ¿Está muy lejos Fuencarral?»

Sólo entonces comprendí que se había perdido, y durante un instante me asombró que me hubiera tocado precisamente a mí llevarla a su casa, y al tiempo tuve la tentación de enfadarme pues estaba cansado, con calor, ya me había hecho a la idea de una ducha y una cerveza helada.

Pronto abandoné la idea de sacarle su dirección, o tan siquiera saber su barrio. Sólo mencionaba Sol, Tirso de Molina, Atocha..., lugares remotos que casi pertenecían a otra ciudad. No podía imaginar que hubiera caminado tanto, aunque ella lo dijera. Y con ese calor. Miré arriba y abajo de la calle, por si aparecía algún coche de la policía. Inútil decir que no apareció ninguno. Apenas pasaba nadie esa noche inmóvil.

Full de dieces-ochos

Me resigné pues a la idea de llevarla yo. Pero ¿adónde? Creí encontrar la solución al recordar que no muy lejos había una residencia de ancianos. Claro, me dije, y no me di un golpe en la frente de milagro, ésa es su casa. Cómo me acordé de la residencia no me lo pregunten.

Es una de esas cosas que uno aprende sin llegar a saber que las sabe.

No parecía muy convencida de subir al coche. Normal. Le expliqué que se había perdido y que la iba a llevar a su casa. Con lógica me preguntó si yo sabía dónde estaba su casa. Entonces le dije que primero la iba a llevar a la policía, para que ahí averiguáramos entre todos dónde vivía. Eso debió de aliviarla. «No, si ya me conocen», dijo. Y de inmediato me advirtió: «No irá usted a creer que por nada malo, ¿verdad?» Lo de la policía había roto la desconfianza porque accedió a subir al coche. No parecía desconfianza, en realidad, sino como un deseo de no molestar. Cuidé que la puerta no pillara su falda larga, me senté al volante y conduje de nuevo muy despacio. Con mis gafas negras, el mundo se simplificaba en noche muy oscura y luces tenues.

¿Por qué no la llevé a la policía? Porque no sabía dónde encontrarla, porque no me gusta demasiado la policía... Sobre todo porque ya me había hecho a la idea de llevarla yo. Me hacía ilusión. Yo soy un jugador.

¡Parecía tan fácil además! Es como cuando uno tiene un full de dieces-ochos en la mano. Te crees invencible.

Mi full era un sujeto barbudo en la puerta de la residencia de ancianos, que además mantenía abierta una gran reja entre enormes muros. Ya está, me dije, ahora la entrego, me despido, voy a casa y me doy la ducha. He de reconocer que me sentí feliz por hacer una buena acción con tan poco esfuerzo. Como cuando arriesgas un poco y ganas con un farol.

Resultó que el barbudo de la puerta no tenía muchas luces. Ninguna, a decir verdad. A los tres minutos me sentía mucho más a gusto hablando con la viejecita. Mucho más. Era incomparablemente más inteligente. Algo despistada, quizá, pero mucho más inteligente. El otro era imbécil. Mucho. No sólo no reconoció a la viejecita –se inclinó, la miró apenas y dijo «No es de las nuestras» con seguridad repelente de quien lleva póquer–, sino que no hubo forma de convencerle para que nos dejara usar el teléfono. O al menos que llamara él a la policía, que hiciera algo. Nada. Con lo de que no era de las suyas, pareciera que lo tenía todo resuelto.

Menos mal que me quité las gafas. Sería por el calor. Si no llego a quitármelas no sé qué hubiera ocurrido. Algo distinto, sin duda, o al menos más tarde. Me quité las gafas –también es cierto que había parado el coche bajo un farol– y vi que la viejecita llevaba una placa en la solapa. La giré con cuidado para que le diera la luz. Se podía leer claramente *General*, luego algo borroso, más bien rascado, tachado, y luego 202 y algo borroso.

Ahí se animó el barbudo. Comenzó a especular sobre las múltiples posibilidades de la dirección –porque era una dirección, estaba claro–, mas no le di la oportunidad y me marché de allí. Reconozco que no quería que se apuntase el tanto de resolver el caso. Con lo imbécil que era.

Cincuenta Generales

Me detuve más adelante, bajo otro farol, y cogí el callejero de la guantera. Busqué la calle *General*. «Llueve», dijo la viejecita. Yo estaba tan interesado en mi libro que no me había dado cuenta. Caían gruesas gotas de tormenta, pronto se hicieron estruendo y chaparrón.

La luz del coche funcionaba sólo si se abría la puerta, de manera que abrí la mía y preferí que no me importara mojarme por la izquierda. Busqué *General* y juré al ver que había por lo menos cincuenta generales en las calles de Madrid. Percibí que la viejecita me miraba al oír el juramento; también opté por no darle importancia. Yo juro mucho.

Intenté de nuevo la táctica del sondeo. Me puse a enumerarle los generales uno a uno, despacio, con la esperanza de que un comentario, una sonrisa, al menos una luz en los ojos me diera una pista. Recordaba el método de una película: hacían lo mismo con un espía drogado. La pista llegó cuando dije *General Manso*, y tan claramente como un signo divino. La viejecita sonrió y le brillaron los ojos con el mejor de los recuerdos. Bendije al espía, busqué alegremente la página

165, letra G, según indicaba el callejero, y no juré de nuevo porque estaba demasiado contento por haber acabado con el problema. *General Manso* era una callejuela en la que ni siquiera cabía el nombre, que iba a dar al paseo de Extremadura, en el quinto pino, al otro lado de Madrid. Arranqué de nuevo, con buen ánimo. Se iba a terminar la historia, y no sin esfuerzo. Y si ganar con un farol da gusto, casi más lo da ganar con una escalerilla miserable, construida poco a poco, frente a un trío de ases. Eso sí que da gusto. No calculé lo difícil que iba a ser. Entre que yo tenía que seguir con gafas negras y que caía toda el agua del cielo, no se veía ni castaña. Cómo sería la cosa que tuve que andar en primera casi todo el tiempo, pues de pasar a segunda se me hubiera calado el coche.

Cruzamos pues Madrid, la viejecita y yo, casi casi como si estuviéramos andando. Ella parecía contenta, mirando con mucha atención. Ahora me pregunto por qué no hablé más con ella. Por qué no le preguntaría por su marido. Sí le pregunté si tenía hijos, y me dijo que no. No insistí por ahí. Le pregunté de dónde era y me dijo que de León, y lo poco que hablamos fue de León, un sitio que no conozco. Si le hubiera preguntado por el marido todo hubiera sido distinto. Seguro.

Es cierto que me oriento muy mal, aunque esa noche, reconocerán, se habría perdido hasta la Guardia Civil. Y fue muy cerca. Íbamos ya por el paseo de Extremadura, y en lugar de girar hacia la izquierda, por la calle de Granados, giré a la derecha, poco antes. Ya me estaba dando cuenta de que no era por ahí cuando el coche se puso a toser y luego se paró como muerto. La luz de la gasolina brillaba como un limón.

Entonces juré de verdad, y la viejecita me miró, y yo la miré a ella, me importa un pito que oyera mis juramentos. (Aunque me importaba ahora: iba a decir *me importaba tres cojones* y el recuerdo de la viejecita, de su mirada pacífica, me lo ha impedido.)

Estábamos en una de esas calles sin color. Las conozco de sobra pues siempre he vivido en ellas. Edificios altos y grises, portales iguales, algún bar ruidoso de día y ahora completamente muerto, alguna farmacia. Poco más. Seguía lloviendo y me sentía tan desanimado que ni siquiera juré cuando miré el reloj y vi que eran ya las cinco y cuarto.

Ustedes no me creerán si les digo que me bajé y llamé al primer timbre del primer portal que me cayó bajo la mano. ¿Qué otra cosa podía hacer? Ni siquiera pasaba nadie. No contestaron. No quise insistir y llamé al lado. Como no contestaban, llamé de nuevo y también al segundo derecha. Tampoco. Así seguí, dejando pasar un tiempo que a mí me parecía largo y que me temo iba abreviando, y mientras esperaba miraba al coche. Comenzaba a temer que le ocurriera algo a la viejecita. Antes de bajar le había preguntado si tenía frío y me había dicho que no, pero yo sí lo tenía. También es cierto que yo estaba mojado y ella no.

Cuando había timbrado ya en el quinto izquierda me contestó una dormida voz de hombre. Le estaba pidiendo que si podía llamar a la policía municipal cuando contestó otra voz, una de mujer mayor, gritona. Quise empezar de nuevo, mas el hombre se impacientó con la segunda explicación, la mujer no comprendió que hubiera dos voces en el telefonillo, nos armamos un lío y me impacienté yo: «Olvídenlo», dije, «ha sido una equivocación.» La vieja insultó. Colgaron.

Seis gotas en un charco

Comencé de nuevo por el sexto izquierda –me salté el quinto derecha como si perteneciera a una zona de desorden y antipatía– y me propuse esperar más para que no ocurriera lo mismo. Calculé incluso en el reloj que pasaran cinco minutos por piso, con dos llamadas largas cada minuto y medio, y una tercera a los dos minutos para llegar a los cinco exactos. Yo soy muy maniático cuando me empeño en algo.

Tras la llamada al octavo izquierda –pensaba seguir con toda la calle si fuera preciso–, comprobé que podía ver mejor a la viejecita en el coche. Amanecía. Juré en voz alta, articuladamente aunque sin pasión. Estaba muy cansado y me sentía muy triste. El amanecer me deprime. Oí entonces una voz tranquila por el telefonillo.

Opté por no explicarle nada, y le pedí directamente que llamara a la policía municipal, al 092, porque no sabía cómo llevar a su casa a una viejecita perdida que estaba en mi coche, y mi coche sin gasolina.

«No tengo teléfono», me dijo con la misma tranquilidad de antes.

Miré hacia el coche y comprobé que se veía aún mejor que antes, y me sentí más deprimido, mucho más. Seguía lloviendo, poco, conté seis gotas en un charco.

«Suban», dijo al fin la voz, era una voz de mujer.

La viejecita se había dormido. Pacíficamente, con las manos en el regazo y la cabeza ligeramente inclinada. Despertó sin sobresalto tan pronto le puse la mano en el hombro, y accedió a bajar y entrar en el edificio. Se volvió a apretar el vestido por el cuello y eso me inquietó.

Nos abrió la puerta del octavo izquierda una mujer de ojos negros y unos treinta y cinco años, vestida con una bata azul sobre un camisón blanco que le asomaba por debajo. Iba descalza. Pidió que no hiciéramos ruido, llevó a la viejecita a la cocina y la sentó en una silla. Aunque no hizo preguntas, le expliqué nuestra historia, sin detalles. Dijo que a esa hora no se podía hacer nada, lo mejor era dormir un poco y esperar a la mañana.

Mas la viejecita ya no quería dormir. Parecía sentirse muy a gusto en la casa, y sobre todo con la mujer, que le sonreía con dulzura. Hizo comentarios sobre cómo eran antes los tazones de la leche y lo poco que le gustaba la leche a su marido. «Le conocerían ustedes, ¿verdad?», preguntó; «Hipólito Manso, el secretario del ayuntamiento».

Ya no juré. Solté un gemido y me senté de golpe, y sólo entonces la mujer se me quedó mirando con esos ojos que no olvido. Me gustaba. Mucho. Era una mujer distinta. Le expliqué lo de la placa con el nombre *General* algo, y cómo deduje por una sonrisa y el brillo de un recuerdo en los ojos que la viejecita vivía en la calle General Manso, y ahora resultaba que Manso era su marido y de ahí el brillo y la sonrisa. Dormimos. Eso era lo que había que hacer, sin duda. La viejecita durmió con la mujer, en una cama grande, desocupada por una razón que no me atreví a preguntar y que cada día me obsesiona más. Había otro cuarto donde dormía un niño, que fue el que me despertó, horas después. Tenía los ojos de su madre. Yo dormí en el salón, encogido en un sofá. Por la mañana ni se planteó qué había que hacer. Había que buscar gasolina y entregar a la viejecita a la policía. Ya la conocían y sabrían dónde llevarla. Dormía cuando me marché, y ni se nos ocurrió despertarla.

No sé aún cómo se llamaba la mujer. Después de que el niño me despertara, me lavé un poco y bebí el café que ella me preparó y comí con ganas unas galletas. Sólo hablamos de la viejecita y del viaje con ella, pero sé que había algo debajo y que lo que menos importaba era lo que dijéramos. Esa convicción es algo que con frecuencia me impide dormir.

Salí pues y compré una lata de gasolina, y no se me ocurrió otra cosa que dar una vuelta para comprobar que el coche andaba bien. Pensé también en buscar una tienda para comprarle algo a la mujer, algo para agradecerle y también para prometerle. Mas lo primero era comprobar el coche.

Octavos izquierda

No supe volver. Giré primero a la izquierda y luego me obligaron a torcer a la derecha, para salir al paseo de Extremadura, y no pude volver a meterme hasta bastante más adelante, de modo que cuando logré regresar al barrio ese de calles y edificios iguales no fui capaz de reconocer el mío y perdí a la mujer y a la viejecita para siempre.

Claro que lo intenté. Di vueltas hasta agotar de nuevo la gasolina, compré más y llené el coche hasta el borde y volví a girar y girar, y me paré muchas veces para timbrar en docenas de octavos izquierda... hasta hoy.

No puedo dejar de pensar que mi historia hubiera sido distinta de no haber llovido esa noche, o de no haber visto la película de espías, o de haber preguntado a una viuda por su marido, o de haber cogido un taxi y no haberme dirigido a casa a 40 por hora. Y si fui a 40 fue porque llevaba gafas de sol y no se veía ni castaña. Quién sabe por qué no había recogido aún mis gafas nuevas, listas desde hacía cuatro días. Tantas son las razones que prefiero no pensar en ellas. Me obsesiona sin embargo recordar que las gafas viejas se me rompieron al atarme un zapato. Las tenía en el bolsillo de la camisa porque llevaba puestas las de sol. Las gafas se suelen caer, en verano. En invierno nunca.

Manuel Talens

Ucronía

Con el cuento sucede lo mismo que con el arte en general: primero existe, nace libre, y luego los teóricos se encargan de circunscribir sus fronteras. Demasiada tinta se ha gastado ya tratando de explicarlo.

¿Qué es un cuento? Una de las muchas definiciones que se pueden leer en cualquier tratado, enciclopedia o diccionario, lo define como la «relación, de palabra o por escrito, de un suceso falso o de pura invención».

Se me pide ahora que entregue una página explicando mi poética del cuento. Es muy sencilla: contar. Descubrí su existencia al calor del brasero en las duras noches invernales de Granada, cuando mi abuela, que no sabía de literaturas pero llegó a poseer una inmensa fuerza telúrica en el oficio de crear mundos de ficción, lograba mantener boquiabiertos a media docena de niños mediante esa ciencia sutil que consiste en hilar sabiamente las palabras. Ella fue mi escuela en este oficio.

Muchos años después, cuando quise convertir la escritura en quehacer diario, tras haber leído cientos o miles de cuentos y tras haber interiorizado de manera intuitiva las técnicas de los cuentistas que nos han precedido, recurrí a los libros que disecan con asepsia el arte de narrar. En ellos sólo he aprendido a designar las cosas por su nombre, de la misma manera que un escolar «descubre» que ese tiempo verbal utilizado sin vacilaciones en su vida diaria se llama pretérito anterior, o que el insulto que le lanza a su hermana responde al apelativo de interjección. Supe que existen las elipsis, las digresiones, los contextos, las metáforas, el punto de vista y los saltos en el tiempo, que todo cuento que se precie necesita por sistema mantener la tensión interna del relato y que el menor decaimiento significa su muerte. En el camino perdí la inocencia del que sabe sin saber y descubrí que, a veces, contar historias puede responder a ese deseo subconsciente de tornar a las raíces populares de la

farsa utilizada como arma política, como revancha, como con-
trapeso de la historia oficial. Venganzas *en general y* «*Ucronía*»
en particular responden a dicho principio.

UCRONÍA

Maldito, pues, serás tú desde ahora sobre la
tierra, la cual ha abierto su boca y recibido de
tu mano la sangre de tu hermano.

Génesis, 4:11

El 24 de agosto del año 1936, pocos días después de que el
gobierno constitucional de la Segunda República sintiera en
sus carnes la terrible pérdida de Badajoz, que significó la
unión entre los sublevados del sur y los del norte, el general
Francisco Franco Bahamonde, cabecilla importante de lo
que habían dado en llamar Ejército Nacional, se encontraba
en la ciudad de Cáceres planeando con los otros jefes militares la ofensiva de Madrid.

Eran las once de la noche, pero no pensó en irse a la cama,
ya que aún le aguardaba sobre la mesa un caramillo de sentencias por firmar.

Había sido una jornada fatigosa. Al amanecer, después de
pasar revista a los soldados de su guarnición como cada mañana, tuvo que soportar el engorro de la visita del nuncio de
Su Santidad, y luego despachó con sus más inmediatos subalternos. A las dos de la tarde, tras comer un plato de cuscús
preparado por el cocinero magrebí que lo acompañaba fiel-
mente desde sus tiempos africanos, se sintió un poco indis-
puesto. Notaba la cabeza pesada y calurosa, llena de presa-
gios alarmistas, como si estuviese a punto de enfermar.
Hombre precavido, decidió echarse una siesta de veinte minutos, contraviniendo por una vez la dureza espartana de su
vida.

Fue una buena decisión. En efecto, media hora más tarde,
tras levantarse de la litera, estaba fresco y vigilante de nuevo.

289

Le esperaban horas tensas en la sala de armas con el teniente coronel Yagüe y con los generales Mola y Queipo de Llano -venidos especialmente para la ocasión- frente al enorme mapa de Castilla en el que tenían que jugar a las batallas, y cuando llegó el momento de empezar, sintió por dentro la fiebre del guerrero que está casi a punto de dar el último zarpazo.

No todo fue cómodo en la reunión. Por momentos, los gritos retumbaron más alto de lo habitual, e incluso tuvo que sujetar dos veces a Yagüe para que no hiciese locuras cuando ya empuñaba la pistola.

Acabaron a las nueve y, tras cenar un huevo pasado por agua y un hervido de patatas, se encerró en su despacho para terminar los papeles que tenía pendientes desde la noche anterior.

Solía alumbrarse con un flexo de poca potencia, ya que gustaba del trabajo a contraluz. El cuarto era austero, sin ventanas visibles en las paredes, y los únicos muebles que encerraba eran la mesa de trabajo, un armario lleno de documentos traslapados, cuatro sillas de caderas y el posapiés de mimbre para compensar la escasa longitud de sus piernas.

De pronto, sintió como una inquietud. La primera indicación de que algo raro estaba ocurriendo fue un olor inconfundible a pedo de sargento. Había aprendido a diferenciar las flatulencias durante sus ya dilatados años de vida cuartelera: las de tropa eran fétidas, bastardas, sin gracia alguna, y dejaban en el paladar un regusto de habichuela. Los pedos de suboficial tenían menos aristas en el envoltorio, pero no dejaban por eso de ser populacheros. Quedaban, por fin, los del cuerpo de oficiales, que impregnaban la pituitaria con una solera grácil, aterciopelada, y aumentaban reglamentariamente de calidad conforme se multiplicaba el número de puntas estrelladas en las bocamangas.

No acababa de entenderlo. ¿Cómo era posible que estuviera oliendo a pedo de sargento si los últimos que habían estado con él ocupaban la parte más alta del escalafón?

«Qué raro», pensó.

Agitó las aletas de la nariz y atisbó en torno, hacia la penumbra. Se encontraba solo, y recordó que él mismo había atrancado la puerta desde el interior. El tufo aumentó con prontitud, hasta convertirse en una fetidez inaguantable, espantosa, sofocante. No era capaz de resistirla, y eso que siempre se había vanagloriado de franquear invicto cualquier inconveniencia de la vida. Desconcertado, arrugó las cejas y sacó un pañuelo del bolsillo de la guerrera (sintió un amago de angustia en el estómago al ver el mocarrón verdiseco que había pegado distraídamente con el dedo mientras discutía con Queipo de Llano). Apretó con el extremo opuesto del pañuelo los orificios de sus fosas nasales, se alzó luego de la silla y fue junto a la puerta y, con un automatismo supersticioso, giró hacia la derecha el interruptor de la lámpara cenital. Se hizo la luz en todos los rincones.

Dio una vuelta inquisidora por la habitación, tratando de escudriñar el origen de aquel hedor agobiante, y como al cabo de unos segundos le pareciese que estaba disminuyendo, dejó el pañuelo sobre la mesa, al lado del flexo (melindroso desde su niñez, le daba asco metérselo de nuevo en el bolsillo a causa del moco), y volvió a sentarse en su lugar.

Empuñó el palillero y firmó de un tirón siete nuevas sentencias de muerte. La tinta se le agotó al encararse con la octava. Aprovechó para leer descuidadamente el nombre y los datos sumarios del condenado: «Salvador Hidalgo Hidalgo, natural de Poliñá de Júcar, Valencia, miembro de la FAI, hijo y nieto de anarquistas, se hace llamar Salvoret.»

Dirigió con frialdad su mano hacia el tintero y mojó la plumilla, pero no llegó a terminar la F de su inicial, pues vio perfectamente en el papel que el color de la bugalla se había tornado de negro a marrón. Giró la muñeca con curiosidad incontenida para observar la punta de la pluma y, entonces, percibió de nuevo la hedentina.

Esta vez era mierda.

Comenzó a sentirse muy intranquilo. Se irguió de un salto presintiendo el peor atentado y fue directamente hacia la puerta. No logró desprender el pasador y, para colmo, vio al desistir que en su anillo de boda se habían engarzado cinco pequeñas cagarrutas.

Oyó de pronto un cuesco espantoso, cuyo retintín permaneció reiterativo en sus oídos durante largos segundos, como un eco intemporal. Olía a pocilga.

–¡González! –gritó, llamando al capitán que se encontraba de guardia.

No obtuvo respuesta, por más que llamó a González, a Mudárriz y a Almerich, y lo más espeluznante fue que la mierda empezó a surgir a su alrededor, con el resuello cadencioso de una marcha militar. Brotaba por las paredes, por el suelo, por los muebles, por arriba y por abajo, y cuando quiso acordar, andaba zangoteando en plastas de estercolero.

El nerviosismo que sentía aumentó de intensidad y le hizo revolverse pleno de impaciencia de un lado para otro –como fiera enjaulada– a la búsqueda de un sitio por el que escapar de aquel cuarto maloliente. Golpeó las paredes con los puños hasta hacerse sangre en los nudillos, dio puntapiés, calamorradas, rodillazos, rascó desconchones, cambió con violencia los muebles de su sitio, y cada golpe que asestaba parecía desencadenar un fluido mayor de materia excrementicia. Cualquier cosa le hubiera satisfecho, una ranura en las paredes que le permitiese respirar el aire de la noche, o una ventana oculta tras el armario para quebrar sus cristales, o quizás una trampilla en el suelo, bajo la mesa.

Esfuerzo inútil.

–¡Carmen! –aulló, sin comprender lo que estaba sucediendo.

Ya fuera de sí, echó mano a la pistolera que llevaba colgada del cinto. Empuñó la Browning que una semana antes le habían traído de contrabando y, a voleo, empezó a pegar tiros en todas las direcciones. Trató de destrozar a balazos, sin lograrlo, la colanilla de la puerta, y vació inútilmente el cargador en pocos segundos. Desesperado, arrojó entonces el arma contra la pared, y a cambio consiguió una salpicadura peguntosa de diarreílla en el bigote. Era la primera vez en su carrera que perdía el compás, pues ni siquiera en los momentos más tensos –aquella vez, por ejemplo, que mató a un soldado a bocajarro por quejarse del rancho– le habían temblado las manos.

Los ojos se le salían, se le mudó la color y la angustia empezó a nublarle la poca serenidad que le quedaba.

–¡Carmen! –continuó, ya en todo y por todo fuera de control.

Las aguas mayores habían cubierto por completo el suelo del despacho y, humeando, empezaban a subir peligrosamente de nivel. Eran distintas según las zonas del cuarto: blandillas por unos lados, y por otros morcillonas, con zonas amarillentas alternando con castaño, con lentejas y espinacas, y pepitas de melón.

De pronto, se percató de que estaba enfangado hasta la cintura. Le resultaba difícil desplazarse, pues las botas se le pegaban como lapas en el fondo. Nunca en su vida había visto tanta mierda.

«¿Será una pesadilla?», se dijo, pellizcándose los brazos.

Siguió moviéndose de un lado para otro, chapoteando cada vez con más impedimento, pues los zurullos ya le llegaban a la nuez. Se encaramó trabajosamente encima de la mesa y miró a su alrededor: era todo un mar apestoso.

¡Que terrible desespero! Él, que fue el héroe invicto de Marruecos, que había reprimido sin compasión a los mineros asturianos, que salió indemne de tres atentados perfectos, que hacía motivo de honor el haber deshecho a todos sus adversarios, estaba ahora allí, como un vulgar forajido, a punto de sucumbir en aquella zahúrda, emborrizado, adobado, condimentado, aliñado, sazonado, escabechado, aderezado, en pura y fatídica mierda.

Recordó como en sueños los terribles ejercicios espirituales que durante su infancia colegial le hicieran presentir la crueldad del infierno. ¿Sería esto el humo, piedra azufre, sentina y cosas pútridas que tanto recalcaba San Ignacio de Loyola? ¿Estaría ya muerto y condenado?

«No, no es posible», se dijo. «Estoy vivo, porque todavía

293

puedo palparme el cuerpo con los dedos, y eso no sucede en la muerte.»

(Ajena a él, machaconamente, la mierda subía, y subía, y subía, y subía.)

«¿Pero por qué?, ¿por qué?, ¿por qué?, ¿por qué?, ¿por qué?, ¿por qué?», preguntaba.

Y aquella interrogación, sin respuesta imaginable, le restallaba en los oídos, mezclándose con el murmullo burbujeador de los excrementos.

«¡Yo soy el militar más grande de la historia de España, mucho más que don Pelayo, que el Cid Campeador, que el general Castaños!, ¡esto es injusto!, ¡injusto!, ¡¡injusto!!», repetía para sus adentros sin descanso, ya totalmente desahuciado.

Y hasta los pensamientos le apestaban, le sabían a mierda.

En un último intento por sobrevivir, con la muerte ya en la barbilla, el general Francisco Franco Bahamonde levantó su menudo cuerpecito medio palmo, sosteniéndolo en difícil equilibrio sobre la punta de las botas.

(La línea de flotación seguía subiendo de continuo, milímetro a milímetro.)

Empezó a notar en la lengua el gustillo fecal del líquido sobrenadante, que se abrió camino con suavidad hasta las fosas amigdalares y lo obligó a saborear la primera tragantada.

Se mantuvo así durante largos segundos, masticando, paladeando, insalivando, sorbiendo contra su voluntad, y cuando ya no pudo aguantar, agotado por el esfuerzo, se dejó ir a la deriva.

«¡No puede ser!, ¡no puede ser!, ¡no puede ser!, ¡no puede ser!, ¡no puede ser!», pensó por última vez, abandonado ya a su infame destino.

Comenzó a sumergirse lentamente, y conforme zozobraba, la mierda se le fue metiendo por los resquicios del cuerpo, por el ombligo, por la uretra, por el culo, las narices, las orejas, por los ojos y los poros de la piel; se le introdujo en las venas..., las arterias..., los pulmones..., y en... llegando al cora... zón..., ya... to... do... él... era... mi... e... r... d... a...

El mundo se llenó de silencio.

No había espanto, no había dolor. Allí estaba por fin el general Franco en los infiernos, solo y maldito, solo y despierto entre los muertos, bajo la podredumbre de las recién paridas ametralladas durante los primeros días del alzamiento, junto a los tristes niños descuartizados y negros por la explosión. Lo esperaban todos, rostros huecos de pólvora perpetua, fantasmas sin nombre, para pasar la larga noche de su eternidad. Y despacito, con una mansedumbre inacabable, la sangre de las santas madres de España cayó en él como la lluvia, y un agonizante río de ojos çortados empezó a resbalar sobre su piel mirándolo sin término, ya para siempre, por los siglos de los siglos de los siglos de los siglos.

Fue necesario tergiversar los hechos para evitar el escándalo que una muerte como aquélla hubiese desencadenado: el comandante médico del batallón, a punta de pistola y bajo la amenaza de un consejo de guerra sumarísimo, estableció como causa del deceso un tifus petequial.

A la mañana siguiente, es decir, el 25 de agosto de 1936, el Ejército Nacional, tras quedar privado de su figura más superlativa, cayó bajo el control del general Queipo de Llano, quien fatalmente no estaba ungido por la mano de Dios, debido a lo cual comenzó poco a poco a perder las posiciones conquistadas, y para el comienzo del año 1937 los insurrectos se encontraban al borde del colapso.

Poco tiempo después, el 24 de marzo –siete meses cabales desde aquella noche de agosto–, la guerra terminó con la victoria del bando republicano y, de esta manera, los habitantes de la piel de toro comenzaron por fin a vivir en armonía, y España ya no pudo ser una ni grande, sino libre como el viento.

Eloy Tizón

Los viajes de Anatalia

Escribir cuentos es una empresa imposible.
El cuento quema en las manos y hay que librarse de él cuanto antes.
El cuento sólo admite la plenitud, la hora en punto, la felicidad extrema o la extrema pesadumbre.
Una línea de más arruina el cuento.
Está o no está. Es inútil caer en la trampa y tratar de alargar un cuento. Las partes añadidas desentonan como los parches de un traje.
La paradoja del cuento es la de una riqueza infinita concentrada en una cabeza de alfiler.
Hay que dejar tiempo al cuento, se tarda mucho en ser breve.
Cada cuento que uno escribe representa una pequeña muerte y una pequeña resurrección.
El cuento sabe a poco, pero ése es precisamente su mérito y su verdadero sabor. No hay otro.
El cuento, al ser tan breve, tal vez sea inagotable.
Ningún cuento escrito por encargo ha sobrevivido.
Los cuentos que caen en el efectismo del final inesperado resultan decepcionantes.
El cuento hace buena la teoría de que menos es más.

Los viajes de Anatalia *a mí me parece que no es un cuento, yo no sé lo que es. Recuerdo que lo escribí a lo largo de varios meses de tanteo bajo una sensación de orfandad y de no saber escribir. Si en él los personajes están perdidos, su autor lo estaba aún más. Luego me dijeron que trataba de unos trenes y una niña. Ah, bien. Yo pensé que era otra cosa.*

Renuncio a las clasificaciones. Mis cuentos se parecen a poemas que se parecen a cuentos.

LOS VIAJES DE ANATALIA

Mamá en el andén paga lo justo al taxista, al maletero, vigila cómo el enorme equipaje pardo, el cajón con las partituras, sus cajas y sombrereras, la ropa de los niños, nuestra, va siendo engullido trozo a trozo por el vagón mercancías. Sin rostro. Mi madre y su portamonedas conceden un beso a tía Berta, corre un viento frío, partamos, partamos, mamá asciende escalones, esto se llama departamento y es de oscura madera densa, yo preferiría viajar en barco, mamá aspira el barnizado, corrige un portafolios, ¿cómo has dicho que se llama? Un trompetista de uniforme pasa comiendo absurdamente una gragea. Anatalia abre sus grandes ojos claros y mira cómo el circo de los hombres levanta la carpa de la mañana con su esfuerzo, sus ingredientes, con todo su oro en promesa y su desgracia. Comenzamos a movernos, era verdad que esto andaba, saludad a tía Berta, tía, tía, se llama departamento, cuidado con el viento, las bufandas, ¿os habéis dejado algo?, se oye la voz de mamá diciendo gracias por todo, y sentaos en vuestros sitios, mientras se empequeñece la estación y estamos respirando y yo miro el neceser que está a punto de caerse.

Al atravesar la frontera, se vieron restos de trincheras, tanquetas retorcidas, pedazos de vidrio. ¿Tenéis hambre? Al atravesar la frontera un caballero gordo y como sin esperanza es arrojado a patadas por el Servicio de Aduanas. El camarero levanta la tapa de la sopa como si se levantase la tapa de los sesos. Dice mi madre: Allí ya veréis, tendremos diez o doce cuartos para todos, espejos empañados, solfeo, y un jardinero que imagino aburrido cambiando de orientación los rosales. Esgrima. Tendremos (no tosas, Anatalia) esos afilados lacayos que patinan sobre el mármol y un pequeño estanque de agua contaminada que provocará cólicos y tisanas, qué, qué os parece. Elba parece ir leyendo en el cristal las páginas del paisaje. O quién sabe. Acaso todos estén pensando en la villa del verano, las meriendas en el Campo de los Arces, aquella tarde que pusimos una piedra sobre otra para marcar un sendero y al día siguiente no estaba; nos parece muy bien; pienso en la biblioteca roja y su escalera para alcanzar los estantes más altos con los libros que los pequeños no tenemos por qué leer. Bajo la vidriera llameante, el abuelo recorta titulares sobre los comienzos de la aviación y los ordena con adhesivo en un álbum. Turguéniev reposa en yeso. Dinos, ¿desde allí también iremos caminando hasta el Campo de los Arces? ¿Instalaremos panales? ¿Falta mucho, di, para llegar? Y lo que es más importante, ¿podríamos repetir nuevamente confitura de grosella?

Querida tía Berta:
muchos abrazos de todos, no sabes lo bien que lo pasamos ahora y Clara no se come las uñas. Mis sabores preferidos de esta semana son: la menta. Nos acordamos mucho de casa, la hierba recién cortada, el catecismo que nos enseñabas debajo de una gotera y todavía nos lo sabemos, no creas. La postal representa una puesta de sol y dos naranjos (dile a Niso que no olvide nuestra apuesta). El sitio adonde vamos se llama: Establecimiento de Baños, allí los jardineros se aburren. ¿Has vacunado ya a *Elmer*? Hoy estamos viajando entre jaulas de faisanes. Pero hay momentos en que, no sé, conozco el peso del aire, veo la temperatura, me asusto, y entonces cruje el entarimado (perdóname los tachones), ascienden los dirigibles, y todo es una gran mancha, tía.

Anatalia

Huíamos de la separación, del desorden, de la separación del desorden, del asma de Anatalia y de todo lo que hiere. Pero el asma, ay, siguió viajando con nosotros, se hospedó en los mismos paradores, pidió pomelo en el desayuno y regresó con los pies fatigados tras la visita a museos. Mamá no descuida una ruina; las visitamos todas. Nos hace comparar dinteles, memorizar gárgolas, amanecemos góticos, a ver quién me dice qué es esto, el día se despliega innumerable y nosotros caminamos, caminamos, esto es un gladiador de escayola horriblemente mutilado, mamá. Acudimos a cada piedra, a cada «hecho relevante», como diría Procopio, el administrador tuerto, bello, reticente, opaco, siempre géminis, contable de fracasos, con su infusión de media tarde y su corbata exhaustiva. Una columna toda rota y con cenizas es un «hecho relevante». En el salón de música del tren nos sentimos desbordados. Mamá se levanta de su asiento, dice que necesita tomar un poco de aire (así: necesito tomar un poco de aire), su silueta se nos aleja mientras al fondo la orquesta derriba valses, agita esos harapos de música, un *ritornello* obsesivo que los ejecutantes vierten, una y otra vez, sobre la espalda de los pasajeros.

Un poco de gelatina tiembla sobre el mantel. Enfrente de nosotros, un oriental va leyendo un libro con forro de papel pintado. A lo lejos se escucha un fondo de engranajes y calderas, música sobre música, y dos viajeros irritados discutiendo porque aquella tarde el vagón entero olía insoportablemente a mar.

¿Por qué decimos que Dios es creador? Porque todas las cosas las hizo de la nada. ¿Por qué decimos que Dios es Señor de todas las cosas? Porque todas Le pertenecen, y cuida de ellas con sabiduría y bondad pero no consigo dormirme o estamos atravesando algún túnel. Es cierto que yo podría contar mi historia, una historia hecha de sombras, partitura del vacío, rosa líquida de nada. En mi infancia llueve siempre. Yo camino hacia el colegio de la mano de mamá, y estoy tem-

301

blando. Como a toda prisa para llegar a tiempo a clase y vomito entre dos autos. Hay un buzón absurdo en la esquina que recuerda mucho un cumpleaños. De pequeño soy Julio Verne. Mi soledad y mi cuarto se van poblando de mástiles y planisferios, de planetas sumergidos y resacas, de maderas encalladas. En mi escritorio suceden furiosísimos motines, naufragan los batiscafos, mi cama es una isla que se desplaza. El correo del zar cruza la estepa, no hay tiempo, van a matarlo, y la primera comunión, estarás contento, ya está tan cerca.

Julio Verne hizo la primera comunión vestido de blanco y fue comprendiendo lentamente lo que significaba llevar nuestro apellido, la carga de desamparo y astenia que arrastraba su ortografía, la locura del diptongo, qué extrañeza, y el acento final que lo clausura, duro y concreto como un acento. A esa hora, en el otro extremo del mundo, una espiga cae tronchada por el peso de la calma. Se producen besos. Tío Néstor estará intentando cazar becadas inútilmente, volverá empapado como un río, morirá sangrando majestuosamente. Cuando me haga viejo y torpe y sin respuesta, tal vez recuerde este instante en que me siento triste o bostezo. ¿Se alegra Dios al vernos crecer? Sí, Dios se alegra al vernos crecer porque para Él lo más importante del mundo son los hombres. Lo estable se modifica, las piedras fluyen, hay columnas con el interior comido por las larvas. El capitán Nemo estará luchando en la sala de máquinas, la profesora de francés que tuve en 5.º curso beberá su leche cada tarde, un astro entra en mutación y el cielo se interrumpe. Una pupila se esconde tras un párpado, y hay un vago pugilato de sombras sobre mi almohada. Y después nada, el silencio. La exquisita elocuencia del silencio.

A esa hora, en otro extremo del mundo, en ese vagón de sospecha, Anatalia y Clara son las únicas que ven, en dirección contraria al suyo y a gran velocidad, enorme y sin propósito, pasar un tren en llamas.

Fotografías:

1. Retrato de todos los hermanos, delante de algo que parece vagamente un auditorio. Imagen desenfocada, borrosa, con placas de suciedad y tiempo acumulado, Elba de espaldas. Yo soy el niño de la izquierda, que muestra a la cámara oscura su solapa fugitiva.
2. Tía Jania: los ojos demasiado separados, cabeza de acuarelista mediocre, la nariz naufraga estrepitosamente en su navegación hacia la frente –en fin, una cara en desuso.
3. En esta viñeta aparecen mis familiares, mis otros, aquellos que negué para, alejándome, acercarme a ellos de otra manera, manteles del pasado, y hoy queda únicamente un extraño trampolín en que sólo el viento se ejercita y el pozo de los miedos con su guardabosques ahogado en el fondo.

   En el tiempo paralelo de la foto, el aire siempre está detenido, sonríen los muertos, este roble jamás será alcanzado por el rayo; no hay lugar en blanco y negro para el daño.
4. Primer plano de unas manos, las manos de mi madre, depositando una porcelana negra en la tumba del primo Golosimo. Sin embargo, las fechas no coinciden (¿perteneciente tal vez a otros viajes?). Hay en ese gesto una cierta intensidad irreparable: las manos lácteas, fluviales, chorreando cinco dedos, su cutis narrativo.
5. Anatalia con la mano sobre la boca para que nadie note que tose, para no toser en la foto, para que la foto no salga tosida y seas, siempre y siempre, la niña clara y reciente que no va a morirse nunca.
6. Mamá apoyada contra el pretil de algún puerto, con el vestido deslustrado que nos robó la encajera, atrozmente nítida, inmóvil como cariátide, bajo los cielos cruciales de Europa.
7. El día en que volamos la cometa. (Los truenos rodaban a través de la tormenta.) Todo el grupo corriendo, sombras fijadas, en busca de un refugio –que resultó ser un

abeto sumamente permeable. En el ángulo derecho del reverso alguien ha escrito: «Tievs, Sanoi. Las canciones hermosas también son tristes. Domingos, la risa, los bulevares.»

¿Qué quiere decir morirse? Morirse quiere decir una cinta fea en las pamelas, parientes enguantados, el luto musical del piano sonando en la terraza, y dejar de ver a los otros. Cuando uno se muere, uno ya no puede ver más a los otros y eso quiere decir morirse. Su padre, por ejemplo, que entraba a medianoche en su cuarto cuando ella tenía pesadillas o fiebre, es seguro que ya no puede verla. Anatalia recuerda que su padre tenía un catalejo que te llenaba de mar, un silbato de madera, una caja de pinturas al óleo en cuyo interior parecían contenerse todos los pinares del mundo, todos los bosques, futuros abetos sordomudos y playas en potencia. Y esa palabra tan rara: morirse. Pero no por eso Anatalia piensa que su padre ha dejado de entrar en las habitaciones. Eso no lo piensa Anatalia. Anatalia piensa más bien que su padre continúa entrando y saliendo a tientas de las habitaciones mal iluminadas de la muerte, buscándola a ella y buscando en ella la fiebre, y no puede encontrarla. Morirse quiere decir estar obligado a entrar y salir de los cuartos todo el tiempo preguntando si saben de alguien que esa noche tiene fiebre. No lo puede evitar, cada vez que recuerda a su padre le ve correr extraviado con un termómetro en la mano, a través de pasillos y vestíbulos y corredores interminables buscando una cama donde ni ella ni la pesadilla duermen. ¿Y cómo va a encontrarla ahora que viajan de un lado para otro sin detenerse buscando el Establecimiento de Baños? Su padre no va a saber. Y si no puede encontrarla, ¿entonces de qué sirve morirse? Abrir y cerrar tantas puertas al cabo del día sin encontrar a nadie debe de cansar mucho, y tal vez su padre esté ya desanimado. Anatalia sufre al pensar eso porque sabe que de todas las habitaciones posibles que su padre ha recorrido desde que murió (y deben de ser muchas), la alcoba donde se encuentra ella, la alcoba de los vivos, precisamente ésa, es la única donde su padre nunca podrá entrar para hacerle compañía o consolarla en la fiebre.

Nos levantaremos, acudiremos al baño, veremos desde lo alto el movimiento de tropas, el parpadeo de un río poblado de peces muertos, diremos en realidad no hay peligro, un violín es arrastrado por las aguas, ¡no tolero bromas a costa de mi pijama!, hablaremos de la guerra que va a estallar o no mañana por la mañana. Detesto. Sufriremos detenciones y registros –maletas boca arriba, flores de esparto–, por la noche faltarán dos viajeros más en nuestra mesa, sentiré ahogo al mediodía, ¿coceremos hierbas balsámicas?, ¿jarabe de estramonio?, tres de los revisores acaban de morir o están a punto de hacerlo. Detesto. Veremos salir al anticuario aquel llevando un abrigo de vicuña forrado con acciones y un riñón encharcado, buenas noches a todos, nos levantaremos, acudiremos al baño, así pasan los días y el destierro y hablamos del Establecimiento de Baños como si realmente existiese, tú calla.

Una forma no acertó a concretarse. Hubo una vaga crispación al fondo, un chasquido de articulaciones o vértebras que crujen. Una piedra cayó desde la nada. Pasó un cometa. Entre las ráfagas de hojas amarillas, los vagones permanecen detenidos mientras por las vías atraviesa, interminable, la hilera de soldados. Anatalia mira las cabezas anónimas que suben y bajan, grandes masas de sombra taladrando sus espaldas, no estaba claro. Entonces, durante un segundo, distinguió entre los soldados el rostro de su padre. Anatalia sintió una brutal alarma interior, y fue como si le colgasen los pulmones al cuello y tirasen con fuerza hacia abajo, descendió muy despacio la cabeza hasta apoyarla sobre su mano que olía a lavanda y milkibar, y se aferró a ese olor para no caer, para mantenerse bien erguida sobre el filo de la náusea. No me dejes caer. Me asusta estar asustada. Cerró los ojos y vio el sombrío comedor de palisandro con su padre que silbaba y tosía mientras daba cuerda a un reloj de pared. Vio a su madre, bellísima, en un minuto eterno, alzando los prismáticos para no perderse la llegada del ganador a la meta del hipódromo. Me vio a mí, su hermano, aterrorizado ante un árbol de Navidad gigante cuyas luces chisporrotean y que, tras una breve detonación, fundió la instalación eléctrica de la casa. Se la oyó decir: «Fue la cena más dichosa», y luego su mano que repasaba el borde deshilachado de la manta de viaje. Afuera se escuchaba el gemido de la hierba. Un perro estornudó. Ladró una armónica. Una forma no acertó a concretarse.

Clara deseaba regresar al cuarto de los juegos cuando no hubiese nadie y encontrar todos los zapatos de sus hermanos desparramados en desorden sobre la alfombra. Ya lo tenía pensado: abriría de golpe. Deseaba sorprender ese baile entre fantasmas.

Elba deseaba que el violín que la obligaban a tocar cada tarde a la hora de la siesta se convirtiese en un pájaro diminuto, ella lo iba a apretar un poco, protegerlo contra su pecho, es mío, lo apretaría un poco más, al pájaro, y asesinarlo.

Anatalia deseaba que el mar fuese una casa de muñecas y a los lados batiese un oleaje de espuma y armarios.

Mamá lo que más deseaba era quedarse quieta frente a una ventana ojival y que asomada a la ventana hubiese una matrona con los brazos desnudos y el dedo índice extendido y sobre el dedo índice un papagayo.

Los hijos del capitán Grant deseaban un viaje de aventuras y al final del trayecto encontraron a su padre. La cubierta del libro era de un realismo emocionante, violento, no podía ser mentira.

Los deseos son futuros incumplidos. Todo parece indicar que nuestros antepasados también abrigaron deseos humanos, razonables, y todos ellos desaparecieron sin dejar rastro. ¿Son algo? Una galería de bonitos muertos chistosos.

Procopio les tenía envidia a los árboles del parque, no mucha, sólo un poco, sobre todo a aquellos que lucían una cartulina con su nombre clavado en la corteza, celtis australis, ligistrum, morera de Ceilán. Corpulentos combatientes carbonizados en pie, con la pequeña condecoración de resina en la solapa.

Procopio deseaba una vida simple y resignada, le fue negada, y una tarde mientras paseaba, el río se echó a hablar.

Mamá mira la ventanilla como si asistiese a una exposición de paisajes. O mejor: mi madre mira un solo lienzo que se transforma incesantemente, un boceto que la velocidad corrige a cada instante, manchas pardas de los valles, veranos, el esqueleto de un puente, la mejilla polvorienta de una cabra (¿nenúfares?, ¿qué nenúfares?), trigales donde se extiende el crepúsculo en una hermosa gangrena. Qué mano sabia o estéril profundiza los ponientes, con qué pulso tembloroso son tensados los telégrafos. Mamá piensa en Dios, en Cristo, en todos los autos averiados, contempla la sombra de un viñedo, piensa que ser madre tal vez sea algo inútil, cómo puedes pensar que piensa eso. Mamá esconde el rostro entre las manos, sufre o duerme, y nosotros espiamos sus recuerdos.

Bajo la lluvia, veo sacar vajillas que perduran, alfombras incultas, lunas de espejo grandes como escaparates. En un letrero medio pisoteado todavía puede leerse: «blecimiento e bañ». ¿Realmente lo vi? Quiero decir: ¿realmente? En los camiones de mudanzas van siendo acumulados los costosos carillones, arañas enfundadas, mapas de polvo, floreros de polvo, una inevitable ruleta aporta su incoherencia. Toda esta escena, con los mozos de cuerda sorteando cada charco, tiene algo de baile de máscaras en un jardín zoológico. Y luego también están las bordadoras, los camareros, *maîtres d'hôtel* con el vientre hinchado, tumefactos, como si efectivamente continuasen atendiendo al cliente después de haber sido ahorcados, y en un rincón del vestíbulo, sentado en un simulacro de sofá, una especie de embajador derrumbado, sosteniendo una pecera.

Mamá exhibe pasaportes, visados, cartillas de nacimiento; una hipoteca vencida, permisos de residencia; todo lo muestra. Un anciano militar, de aspecto extremadamente frágil, más bien delicado, analiza despacio los documentos, parece conmovido ante las pólizas. Por alguna oscura razón, su cortesía hace pensar en diccionarios. Entonces, ¿se nos permitiría quedarnos? No, no se nos permitiría quedarnos. Dice que el lugar se ha transformado. Dice que hemos sido víctimas de circunstancias adversas. Dice que no. Dice, lleno de alegre pesimismo, que se siente aislado y enfermo, y que debe cuidar su apariencia de salud. Pregunta si no conocíamos la inminencia de un conflicto. «Conflicto» era algo que evocaba malas notas, profesores particulares, calamidades domésticas, ruina, y las quejas destempladas de Procopio, el administrador tuerto, con ese algo de cojo que a veces tienen los tuertos. Dice que se nos extendería, qué duda cabe, un salvoconducto, y hubo el momento en que vimos salir nuestro equipaje con los grandes sellos militares que les permitirán a ustedes dirigirse a donde ustedes gusten, viajar hacia otros lugares, hacia otros balnearios destruidos.

Mamá en el andén paga lo justo al taxista, al maletero, vigila cómo nuestro pasado va siendo engullido en pedazos por el vagón mercancías. Estaos quietos, por favor, estaos quietos, no hay nada, nadie, todo ha sido mentira, los pasajes de primera, inminencia o conflicto ya nada importa, la casa de mi infancia y sus pasillos, es necesario que las personas descansemos, no es nada, no es nada, no debéis preocuparos, moriremos todos, nada, nadie, yo he leído que los protagonistas jamás mueren, yo he leído.

Aromas de jarabe y de limpieza: nuestro nuevo departamento. Ventanillas que parecen ventanillas, asientos tapizados –yo soy el que lo mira todo–, pantallas luminosas con una góndola dibujada. A ambos lados de las vías, las casas se observan con hostilidad. Entonces mi hermana hace un gesto del que no podré olvidarme: asomada, comienza a despedirse, pero todo está desierto en los andenes. Retengamos esa imagen porque no volveremos a verla: Anatalia se despide, agita su mano al vacío, le dice adiós a la nada en una estación para nadie, y el viento rueda frío. Si fue un gesto de soberbia, si el mundo se abrió para ella o se sintió lastimada, no sabría decirlo.

Pedro Ugarte

Una memoria frágil

ALGUNAS OPINIONES PERSONALES
SOBRE EL CUENTO

El cuento es un género abnegado y heroico. Esta definición puede parecer tremendista. Prueben, sin embargo, a escribir cuentos en exclusiva y comprobarán cuál es el alcance de su carrera literaria. Por suerte o por desgracia, los novelistas acaban escribiendo cuentos (deben comparecer en antologías, publicar en suplementos de verano, contratar lecturas en capitales de provincia, rellenar espacios entre novela y novela). También por suerte o por desgracia, los cuentistas de raza acaban escribiendo novelas (quieren publicar de vez en cuando). En general, los novelistas escriben cuentos mediocres y los cuentistas escriben novelas indecisas. Todo esto no tiene la más mínima importancia. De hecho, las antologías de cuentos casi siempre están formadas por novelistas. (Creo al respecto que mi cuento en este libro debe algo a mi única novela: gracias.) Contra esto nada puede hacerse, ya que los novelistas son los únicos autores de cuentos con cierta proyección. De los demás nada se sabe.

El cuento es un género mayor, pero la constatación es sospechosa. Resulta tan sospechosa como aquella de que los negros son igual de inteligentes que los blancos. De la gente que declara estas obviedades hay que desconfiar. En consecuencia, la reputación del cuento, en el mundo literario, es parecida a la de los negros en ciertos estados de la Unión.

El cuento es el género literario de finales de este siglo (y espero que del siglo que viene), el que mejor refleja, interna y externamente, nuestro tiempo y nuestros problemas. Sólo falta que se den cuenta de ello los editores, los críticos, los libreros, el público e incluso algunos escritores. ¿Por qué no le decimos al público que en América esto ya es prácticamente así? El público se convencería sin necesidad de mejores argumentos.

El cuento está considerado como un género difícil. Y sin embargo, milagrosamente, un buen lector descubre más cuentos excelentes que excelentes novelas. No dispongo de mejor estadística que mi propia biblioteca. ¿Qué le dice la suya?

312

Hay otro argumento a favor del cuento: a pesar de todos los pesares, es un género incombustible. *La irónica historia de la literatura apuntala esta evidencia: Ignacio Aldecoa, Julio Cortázar, muchos otros, escribieron novelas con un único objetivo: para que se les tomara en serio. A partir de ese momento sus cuentos se hicieron respetar. Gracias a este fenómeno subsistirán siempre como escritores, se reeditarán sus excelentes relatos y nosotros podremos leerlos. Alguien debería estudiar esa curiosa función de la novelística contemporánea en beneficio de un género subterráneo, maltratado, casi anónimo y completamente maravilloso.*

un burla o crítica de los novelistas?

cute.

No me gustan los donostiarras. No me gustan por saberlos originarios de una ciudad tan mona y tan alegre, esa ciudad que uno habría querido que fuera la suya pero que, tras tantos años de ostracismo, hay que acabar odiando hasta la médula. ~ las problemas de país basco.

No, no me gustan los donostiarras. Siempre tienen que *sarcasmo* parecerlo, parecer donostiarras, quiero decir. Hasta cuando no son guapos resultan atractivos los donostiarras y hasta los que no son muy listos tienen un no sé qué de donostiarra que queda francamente seductor. Además, conocer a un donostiarra es sembrar en uno mismo una hectárea de sospechas enfermizas. Porque a partir de entonces todo se remueve en una vorágine de preguntas: Pero ¿quién es este donostiarra? ¿Desayunará todos los días en la terraza de su casa junto al mar el donostiarra? ¿Tendrá una novia francesa el donostiarra? ¿Oirá los discos de Miles Davis y Stanley Jordan –a los que ve en persona en verano– el donostiarra? ¿Frecuentará el hipódromo? ¿Tomará café en el Hotel María Cristina? ¿Tendrá un velero? ¿Pero qué es lo que hace aquí este maldito donostiarra, perdiendo el tiempo entre nosotros, en vez de darse un paseo por la bahía en su motora? *bow tie*

Los donostiarras llevan una pajarita imaginaria en la garganta aunque vayan descamisados. Los donostiarras, si no están afeitados, no tienen mal aspecto porque se parecen a George Michael, y si llevan chancletas parece que lucen zapatos

315

italianos, y aunque lleven barba descuidada, el efecto óptico se resuelve en una nítida perilla.

Porque los donostiarras no son horteras, ni son modernos, ni clásicos, ni barrocos, ni siquiera parecen gente del país. Los donostiarras son una cosa antigua que ya no se lleva, pero que viste mucho. Los donostiarras son muy *chics*. Uno acaba harto de los donostiarras. No tienen que enfadarse ni insultar para humillar al populacho. Basta que lleven una postal de su pueblo entre los dientes. Querrán parecer amables, querrán ser simpáticos con todo el mundo los donostiarras, hasta querrán disimular su origen, o insistir en que no pertenecen a ese tipo de donostiarras. ¡Como si pudiera haber otro! Sí, todo será en vano. No hay modo de ponerse a su nivel. Si quieren condescender, se trata tan sólo de una liberalidad graciosa, no de un acto de justicia; en cualquier momento pueden decirte: soy donostiarra, así, a la brava, como para recordarte que todo aquello de la Revolución Francesa no es más que un bulo y que siguen existiendo, no ya clases sociales, sino rancios estamentos feudales, complicadas relaciones de vasallaje geográfico que nadie podrá nunca abolir.

Descendiendo a lo concreto: el novio de Marisa era un donostiarra y yo, tras una rápida reflexión política, me convertí en un violento jacobino ~~¿el opuesto de donostiarra?~~

Hacía varias semanas que escribía a Marisa cuidadosas cartas anónimas que depositaba en el buzón de su portal.

~~revolucionario ; contra de donostiarr~~

Marisa, deja a ese tipo repulsivo. Estás traicionándonos a todos. ¿No ves su aspecto de fantoche? Te estás humillando con él. No soporto imaginarlo contigo, depositando sobre tu piel delicada su baba amarillenta de donostiarra. Vuelve conmigo, Marisa. Seremos honestos y sencillos, como nuestra gente, gente sobria envuelta en nieblas siderúrgicas. Deja a ese finolis que seguramente guarda bajo su pose afeminada degeneradísimas perversiones. Es un Casanova donostiarra. Es un marqués de Sade donostiarra...

más perverso y horrible que Don Juan.

Comprendí que Marisa había denunciado aquello a la policía el día que vi merodear a una patrulla de municipales por su casa. Sin embargo tuve suerte, mis cartas eran diarias, y aquel día vi desde lejos el coche policial, a dos agentes montar en él y luego alejarse discretamente. Ahora aguardaban en una plazoleta cercana, justo detrás del kiosco. Qué torpes, pensé. Podían haber mandado a la Secreta. Aunque, bueno, me parece que los municipales no tienen Secreta.

Regresando a mi relato: pasé junto al portal como si nada e incluso, con increíble sangre fría, me detuve a su altura y encendí un cigarrillo antes de continuar.

Desde luego, si insistían en su ostentosa vigilancia, jamás lograrían identificarme. Sin embargo aquello poco me importaba. Era Marisa el verdadero objeto de mis inquietudes. Ella había acudido a los polis en un momento de nerviosismo, pero en el fondo me necesitaba, me necesitaba mucho. Sólo yo podría salvarla de las garras de aquel indeseable, aunque de momento se sintiera completamente recogida en la calefacción central de sus dos brazos elegantes.

Tentando a la suerte y pensando que, a pesar de todo, ya era hora de darme a conocer, escribí una nueva misiva:

Marisa, sólo quiero decirte que eso de llamar a la policía ha sido un completo error. No debes asustarte. Lo hago todo por tu bien. Marisa, ¡soy yo!

¿Era posible que hubiera tardado tanto tiempo en reconocer mi voz? Yo siempre escribía mis mensajes con aquella antigua Hermes Baby, cuyos caracteres ella tan bien conocía. Al fin y al cabo, habíamos salido juntos durante tres años y me había podido ver infinidad de veces tecleando en la máquina esas larguísimas novelas que yo nunca podía publicar.

Pero al fin consiguió averiguar que era yo el que estaba detrás de aquellas severas epístolas morales. Tras ese último mensaje que, para evitar cualquier roce con los agentes, prudentemente hice llegar por correo, recibí en mi buhardilla la visita del abogado Álvarez de las Heras (un sujeto cuyo largo

317

apellido nada tenía que ver con aquel apodo que le hizo tan popular en nuestra facultad: Margarito. Sí, eran otros tiempos, tiempos que terminaron de súbito, con sendos diplomas en nuestras manos, y eligiendo él y yo dos trampolines distintos: el suyo le catapultó y el otro se quebró bajo mi peso).

–Mario, vengo como amigo –comenzó, con la torva cordialidad de los sicarios bienpagados–. Marisa te ruega que la dejes en paz. Lo vuestro ha terminado. Mario, ella no quiere hacerte daño. No nos obligues a adoptar otras medidas.

Le saqué a puntapiés de mi covacha e inmediatamente redacté otro mensaje:

> Marisa, he recibido la visita de tu esbirro y también sus amenazas. Éste es mi consejo: rodéate de buena gente. La culpa de todo la tiene ese príncipe azul de tu donostiarra. Te he dicho mil veces que debes desembarazarte de él. Tenemos toda la vida por delante. Marisa, por favor, olvidemos el pasado.

El pasado. Sí, había escrito aquello sin premeditación alguna, pero luego me detuve y clavé los ojos en esa palabra: el pasado. Yo siempre había tenido problemas con él. Me parecía algo así como una cortina, o una celosía, o a veces una atmósfera lunar, sin oxígeno, sin hidrógeno, sin nada. Desde luego, si existe la memoria, debe de ser algo muy frágil. A veces me llega, saliendo de una densa penumbra, el recuerdo vago de aquel día en que Marisa y yo nos separamos.

Recuerdo el tapete verde, las bolas de un billar americano entrechocando según las lecciones de Newton, las risas, las bromas, las bebidas. Estábamos jugando con otra pareja. Ellos contra nosotros. Era divertido. Fue entonces cuando Marisa erró un tiro imperdonable. Nuestros amigos se rieron y ella me miró con una sonrisa mientras se encogía de hombros.

Pero estaba equivocada.

–Esto para que aprendas –dije.

Cogí la empuñadura de mi palo y la proyecté contra su mejilla.

318

Todas las caras de alrededor se desfiguraron. Todas casi más que la de Marisa, que ahora sangraba, y debía apoyarse en la pared para no desplomarse sobre el suelo. La chica de la otra pareja corrió a socorrerla y el chico, por la espalda, se abalanzó sobre mí, me rodeó con sus brazos y me inmovilizó. Todos se pusieron de su parte.

–Mario, por Dios, que sólo es un juego, por favor... –me decía mi inesperado guardaespaldas, con voz grave y persuasiva, como si estuviera hablándole a un tipo muy nervioso.

Pero no, aquello no era un juego. Jugar al billar con una pareja de donostiarras no podía ser un juego. Y en todo caso, era cierto que habíamos salido los cuatro por la noche y se nos había ocurrido jugar al billar. Pero podía haber sido cualquier otra cosa. Cualquier otro juego. Tomar café o subir a una montaña rusa, por ejemplo. Y si todo eso eran juegos, y si al fin y al cabo la vida no eran más que una diaria superposición de juegos, entonces no merecía la pena vivirla.

Yo creo que la vida es muy importante (por otra parte, es lo único que tengo) y eso no es un juego. Y así, aplicando, con lógica absoluta, la misma ley a los elementos de que aquélla se compone, no hay una sola minucia que sea intrascendente. Como, por ejemplo, la bola de billar que Marisa había sido incapaz de introducir en el agujero. Mientras se preparaba, entre las bromas de la partida, yo ya pensaba: «Si fallas, voy a darte una lección.»

La pareja llevó a Marisa al cuarto de socorro. Como sólo tenía lo que había merecido, yo me quedé en el bar, apurando mi copa y jugando otra partida, pero ahora con absoluta seriedad, sin nadie que asistiera al trance despreocupadamente, poniendo toda la atención que el juego merecía, concentrándome en cada tacada. Sí, la vida es muy importante y no hay en ella lugar para las bromas.

Marisa, incomprensiblemente, no quiso volverme a ver. A partir de ese momento, hay en mi mente otra nube confusa. Días después la localicé en la calle, decidí seguirla, supe lo del donostiarra y así comenzaron los anónimos y todo lo demás.

Ahora no hay tiempo para nada. Yo no puedo pasar sobre

319

situaciones así como si nada me fuera en ellas. Debía actuar inmediatamente. El donostiarra, por otra parte, no podía reconocerme. Cuando él acudía a recoger a Marisa, yo aguardaba agazapado detrás del kiosco. Venía en descapotable: sí, no había duda, era un completo donostiarra. Luego bajaba Marisa, se besaban y yo imaginaba entonces todo lo que podían hacer aquella noche, cómo cenaban en un excelente restaurante y luego visitaban una elegante cafetería y acababan en la suite más lujosa del Hotel María Cristina, donde el donostiarra caería sobre el cuerpo de Marisa como un alimoche en busca de carroña.

Qué repugnante era todo aquello. Odiaba, odiaba al donostiarra, lo odiaba hasta el final.

Ahora viene otra extraña penumbra en la cabeza, un obtuso vacío en esa profunda gruta donde se cocinan las ideas. Sólo al final aparezco yo otra vez, esposado, sentado en una silla y, al frente, un policía escribiendo a máquina, intercambiando breves frases con un compañero que está hurgando en los archivos o aquel otro que, a mi espalda, me ha puesto una autoritaria mano sobre el hombro sin la más mínima intención de levantarla.

–Está despertando –dice alguien.

Y yo digo que sí, que sí, que yo los maté, convencido por completo de que, aunque no recuerdo nada, en el fondo me conozco.

Me piden detalles pero deben sacarme las palabras con trabajo. Yo hago lo que puedo. En realidad son ellos los que me están informando a mí.

Todo ocurrió, dicen, junto a los jardines de Alderdi Eder. Un brutal atropello. Las víctimas han sido identificadas. Un muchacho de Valencia y una chica de la ciudad. Pertenece, dicen, a una familia muy conocida en Donosti.

Me piden mis datos personales, pero yo no puedo responder. Uno de ellos tiene mi cartera. De ella saca algún documento y recita todos mis datos al que rellena los impresos.

Resuena otra vez mi nombre. Sí, nacido en Donosti…, residente en Donosti.

320

De repente el universo entero me parece una caja de sorpresas. Algo hierve en mi cabeza. Estoy cansado, estoy muy cansado. Me cubro la cara con las manos esposadas y una enredadera de preguntas va creciendo por las paredes interiores de mi cráneo.

Ahí dentro, en algún punto remoto, debo hallarme yo, perdido e indefenso, como un niño pequeño que no sabe adónde ir.

ironía

¿Qué son las relaciones entre los grupos en españa? ✓
¿Hay casi "nacionalismo" en cada grupo?

* el final abierto

— irónico juega... no da el nombre ... confundirn

Ignacio Vidal-Folch

Ilíada

LA LEY DE LA APOTEOSIS

Un cuento es una ficción en prosa de corta extensión. Si en las últimas frases, además, se esconde un desenlace que resuelve la trama en forma de apoteosis, mejor aún.

El que viene a continuación es el primer relato que escribí y publiqué, y me siento orgulloso de él, como del libro en que apareció (El arte no paga). *Por entonces estaba convencido de que todo me estaba permitido, salvo aburrir al lector. Tenía pánico a que se desinteresase de lo que le contaba, de forma que extendí la apoteosis final, haciéndola durar desde la primera a la última frase. Multipliqué los chistes y retruécanos y aceleré la acción de la trama, las sorpresas, el cóctel de jergas hasta el límite de la animalada. Esta normativa autoimpuesta obligaba a dejar de lado toda contemplación con la lógica psicológica e idiomática de los personajes, pero a cambio me permitía explorar insólitas posibilidades cómicas del habla (aunque aquí y allá iba encontrando alguna huella que ojalá fuera de Valle-Inclán y de Bustos Domecq) y liberar la imaginación de toda traba o respeto humano.*

Podía haber escrito cien cuentos más como los de El arte no paga, *pero una vez encontrada la fórmula del cóctel me hubiera sido tedioso prepararlo (y a usted beberlo) muchas veces más. En cambio, tal como quedaron las cosas, era tan divertido...*

ILÍADA

Que es que estoy hecho un mulo. Mil horas perdidas en el Gimnasio Adonis han hecho de mi bíceps algo bello, pero temible. Así que cuando Pío Moragas, alias el Quimeras, asomó por una esquina del brazo de Magda –que es mi novia mal que lo niegue– y se rió en mis barbas, decidí aclararle quién soy yo. Embestí. Los de mi familia llevamos en las venas unas gotas de sangre torera: el resto es leche y agua, pero entonces yo no lo sabía. Y cuando mi poderosa diestra iba a impactar en la odiada bocaza reidora del Quimeras, el alma me cayó a los pies: de aquel cuello de búfalo pendía la medalla que regalé a Magda por San Valentín, con la leyenda *Amor Eterno*. Medalla y cadenita, en oro de ley.

De ley también el puñetazo del Quimeras: ¿cómo pudo, de un solo golpe, amoratarme los dos ojos? Yo, como Roldán en Roncesvalles, olfateaba alguna traición.

Aquello no iba a quedar así. Me incorporé clamando venganza, e hice un viaje relámpago en metro en busca de refuerzos. Durante el viaje fui rumiando atroces revanchas, pozos de culebras, piscinas desbordantes de vitriolo que roería la vil carne del Quimeras, con gran despliegue de burbujitas y regurgiteos...

En La Verneda topé con Sebas el Seboso; ése es carne de horca, y además muy feo. Lo pesqué empeñado en romper el cláusor de una Mobilet especialmente atractiva por los adhesivos de fórmula uno que decoraban el chasis.

–Déjalo, Sebas –dije, dándomelas de misterioso–. Traigo aquí un negocio para cubrirte de pesetas hasta las pestañas.

–¿Y llevas otra vez gafas de sol? –contestó el chirlero con media sonrisa–. ¿Quién te ha zurrado esta vez?

–Pío Moragas. De eso quería hablarte.

–¿El Quimeras? Le conozco, es un tipo importante que distribuye heroína a todo lo largo y lo ancho del Clot. Y a la tunanta de su novia, le conozco el culo de memoria. Se llama Magda...

Se me salía un volcán por los ojos.

–Magda es «mi» novia; y no es una tunanta.

Sebas acentuó su sonrisa mellada:

–Caramba, Lapo –un mal nombre mío que me colgaron en base a que me alivio siempre escupiendo, en base a que me gusta escupir–, felicidades. Es una chica estupenda para alguien como tú... ¿Y qué es de tu vida?

–Ando con unas ganas locas de triturar al Quimeras. Busco gente con redaños que me ayude...

–Te será difícil. ¡Ya no hay coraje en La Verneda!

–Pagaré bien –dije.

–¡Cuenta conmigo! –se brindó, raudo, el Seboso–. Tengo lo que hay que tener y nada me arredra. Ayer mismo desnuqué a una anciana.

–¡Bravo! –le encomié–. Pero el Quimeras es otra cosa.

–Podríamos recabar ayuda de mi padre. Él es un hombre cabal, capaz de hacer daño a cualquiera.

El Seboso partió, a lomos de su Mobilet, en busca de su padre. Yo, que soy muy caviloso, hice tiempo deliberando así:

«Ay de mí. Ay, Magda, Magda. ¿Ahora olvidas que te saqué de servir de casa de la Cornadó, aquella señora repulida y mentecata del Ensanche? ¿Olvidas que invertí mis ahorros en ponerte un piso y una churrería? ¿Y que en los crepúsculos blancos del otoño yo acudía a Churros Magda para ayudarte a bajar la persiana de metal? Luego vagábamos del brazo por nuestro triste y sudoroso barrio...»

Interrumpió mis melancolías el petardeo de la Mobilet. Venían en ella Sebas el Seboso y su padre, don Pepín. Este señor me gustó: tenía un aspecto de lo menos cristiano. Mientras nos encaminábamos –para conspirar– a la taberna del Chusma, le fui estudiando: piel de color de Cacaolat; un ojo azul, nuboso y ciego; el otro, negro; cara de póquer. Con la saliva iba haciendo sin pausa ruidillos siniestros; tendría unos setenta años, vestía ropa de chérif y le faltaban tres dedos de una mano.

–Lo cual no quita –dijo Sebas guiñándome un ojo, a lo listo– para que le punce la tripa al más arrojado.

Llegamos a la taberna. El Chusma, aunque de padres desconocidos, era gallego por convicción. Su local hedía a orella de cerdo hervida; colgaban del techo racimos de orellas; el chusma, de puro contrahecho y amontonado, también parecía una orella.

Nos sentamos los tres ante una colonia de virus disfrazados de mesa, a pensar cómo podríamos hacerle mucho daño al Quimeras. El primero en tener ideas sutiles fue Sebas:

–Se le coge, se le da de puñalás, se le echa a un barranco, y ¡aire!

–Habría que no matarle –moderé, piadoso– porque tiene cuatro hermanos, muy fuertes todos.

Don Pepín, uniendo las yemas de sus pocos dedos, habló por primera vez regalándonos generosos medallones de saliva:

–Examinemos a fondo este problema. Si la memoria no me falla, los Moragas viven en el número dieciocho de la calle Guipúzcoa. Lo más oportuno sería sorprenderles durante el sueño: eliminar a los cuatro hermanos facilitaría considerablemente el resto de las gestiones. En cuanto al Quimeras –prosiguió–, si mis informes son exactos frecuenta por las noches el baile del Galaxias, acompañado de su novia (una cualquiera que atiende por Magda). Pues bien, una vez resuelto a nuestra plena satisfacción el contencioso de los hermanos, nos mudamos al baile, y allí, con suma discreción, rematamos el negocio. ¿Es solvente, este Lapo? –preguntó a su hijo.

–Tiene cien mil pafias.

–Que se vean, y la mitad por delante –apremió don Pepín, olvidando el aire magistral.

Pagué, no sin recalcar que Magda no era una cualquiera y sí una chica honesta donde las haya.

En ésas, entran en la taberna dos jóvenes barbudos y narizotas, vestidos con camisas de leñador y pantalones de pana. Se plantaron pierniabiertos junto al mostrador, y dejaron una bolsa de cuero negro en el suelo. A la primera los tomé por curas obreros, pero como no sonreían a lo beata, inferí eran vascos.

–Esos dos –murmuró don Pepín– seguro que cargan con algo que nos irá de perillas.

Pidió al Chema un porrón de vino con Coca-Cola y se dirigió a los vascos:

–¡Gora Euzkadi, muchachos! ¿Cómo queda la lucha por Rentería?

–¿Y pues? ¿Eres de allí? –contestó el más narigudo de los dos.

–No, pero mis amigos y yo apoyamos con fervor la causa euskalduna...

Un rato más tarde estábamos los cinco bebiendo hectolitros de patxarán y de calimotxo y formábamos un coro de borrachos:

No tenemos novia, ¡pues y qué!
No tenemos novia, ¡pues y qué!
tenemos otra cosa que también nos sienta bien:
(chorus) ¡El patxarán!
¡El patxarán!
¡El patxarán y la botella de champán!

–¡Venga jaleo! –rugía Sebas.

–¡Viva la bronca! –tronaba yo.

–¿Sabéis cantar el «Euzko gudariak»? –preguntó, turbios ya los ojillos, Koldo.

–¿O el «Guernica arbolea»? –decía Ibón.

–No las conozco –respondió don Pepín– pero sí, en cambio, la de «Los estudiantes navarros»...

Seguimos cantando y bebiendo hasta que Ibón expresó su deseo de descargar la vejiga. Era la ocasión: en cuanto aquél desapareció por la puerta del retrete, don Pepín destrozó el porrón contra la cabeza de Koldo, yo le di de patadas en el vientre, Sebas se apoderó de la bolsa de cuero y los tres salimos de estampida, acomodados en la Mobilet, en dirección al domicilio de los hermanos Moragas. Caía sobre el barrio una noche pegajosa y dulzona que presagiaba tormenta. Llegamos a Guipúzcoa, 18.

Sin tropiezo alguno nos colamos por el sótano del inmueble aquel, que era grande, más grande que un elefante o dos. El sótano mismo era –¿cómo explicarlo?– también muy grande, muy grande. Por las paredes, de ladrillo pelado, corrían las grandes tuberías de conducción de gas y agua, y cables eléctricos a puñados.

Don Pepín vació en el suelo la bolsa de cuero que nos habían regalado los vascos, y fue examinando, con duras críticas, el botín:

–Una Marietta..., arma de colegialas. Una Magnum..., arruga las chaquetas y te salen callos en las manos. Goma Dos, muy escandaloso... ¡Esto es lo que buscaba!

Sostenía amorosamente un pequeño detonador de efecto retardado.

–Ahora abrimos una brecha en la tubería de gas y conectamos este juguetito para que haga explosión a medianoche. A esa hora, el sótano estará a rebosar de gas y toda la barraca reventará por los aires.

El plan me pareció monstruoso:

–¡Hombre, don Pepín! ¡Modérese, cavile un poco! ¡En este edificio viven lo menos trescientas personas!

–Lapo –respondió con voz grave– no es cosa de chapucear en momentos tan trascendentales. Respeto y admiro tus reparos, porque soy tan sentimental como tú; venga un ejemplo: ¿te gustan los tangos?

–¡Me chiflan! ¡Son mi música preferida!

–Pues a mí también me gustan; fíjate tú si soy o no soy sensible.

Me convenció. (¡Tenía labia, el condenado!) Así que reventamos unos cuantos tubos, pusimos el detonador en hora y salimos del inmueble.

Las doce. Ya nos tenías a los tres a la puerta del Galaxias. Yo quería entrar ya y acabar con la faena, pero don Pepín me retuvo hasta que sentimos tremolar el suelo bajo nuestros pies. A un rincón del cielo se elevó un montón de humo, de llamas y de cascotes; luego oímos la explosión.

–Ya están los hermanos Moragas «paladeando con unción los dulces / nombres de Cristo», como decía Unamuno. Vamos para dentro –dijo don Pepín.

Estaba el local aquel a rebosar de chusma. Hembras guapas, había las que quieras. Hombres chulos y malcarados, lo mismo. Entre ellos andaría el Quimeras. El local... los que no lo conozcan, se imaginen una sala muy grande, redonda. A la izquierda, una orquesta que nada tiene que envidiar a la de Pérez Prado. A la derecha, una barra o mostrador de veinte metros en madera del Gabón. En medio, unidades y unidades de chusma bailan a lo eléctrico, como si les corrieran lagartos por la espalda. Con el relinchar de la música no se había enterado nadie de la explosión y del siniestro.

Luego, cuando la orquesta tocó bailes lentos (para lo del manoseo), localizamos al Quimeras. ¡No lo creeréis! ¡Estaba bailando con mi novia! ¡Muy acaramelados! ¡Muy azucaraditos ellos!

–¿Aquella mole sudorosa no es el Quimeras? –señaló don Pepín.

–Sí, el que baila con la horrenda –dijo Sebas.

–¡No es horrenda! –tercié. Porque vestida con aquella casaca de cuero, las mallas rotas y el pelo trasquilado y pintado de verde, en verdad que parecía un tocinito del cielo.

Don Pepín, como Patton, impartió órdenes:

–Vosotros dos os escondéis en los lavabos; yo llevaré allí, con mil argucias, al Quimeras. Entre los tres le ponemos a tono, y tú, Lapo, apoquinas las otras cincuenta mil a tocateja.

Estábamos Sebas y yo acechando en los lavabos (muy limpios, por cierto; todos los bares debieran tomar ejemplo del Galaxias, donde los lavabos tienen sus baldosines, sus espejos y toalla y su jabón en la pica) cuando de pronto irrumpen allí el Quimeras, grande que no se le veía la punta, y don Pepín detrás de él.

–¿Tú aquí, boca-rape? –saludó el Quimeras al verme–. ¿Cómo te han dejado entrar? ¿Ya eres mayor de edad?

Y al decirlo se desploma, porque don Pepín le estaba dando, con no poca saña, de puñaladas en los riñones. Yo también hice lo que buenamente pude: le di con mi navaja en la nuca, diciendo:

–¡Ten! ¡El puntillazo!

Escupiendo sangre, el Quimeras barbotó aún:

–... debo de estar borracho...

Hay en el retrete aquel un ventanuco o tragaluz que da a un patio interior oscuro como las cucarachas. Por allí contábamos nosotros despachar al fiambre y salir luego tan panchos por la puerta. Entre don Pepín y yo izamos al finado, mientras Sebas, blandiendo un mocho, enjuagaba la sangre vertida.

–¡El condenado está demasiado gordo! ¡No cabe por la tronera! –renegó don Pepín–. ¿Cómo escamoteamos ahora estos cien kilos?

–¡Sentémosle en un váter! –sugerí.

Y eso hacíamos, cuando ¿quién dirías que abre la puerta y se pone a mirar el espectáculo? Pues Koldo, con la cabeza enfajada de vendas y gasas. Sin decir palabra volvió a salir cerrando la puerta meticulosamente a sus espaldas. Sebas, que gime de puro miedo. Su padre le da de caponazos, aullando:

–¡Te tengo dicho que en casos así tú tienes que correr el pestillo! ¡Asno grande!

–¿Qué hacemos ahora, don Pepín? Nos han cortado la retirada.

–¡Por el tragaluz!

Y allá nos encaramamos, para caer luego en el patiecillo que ya he mentado. Estaba el suelo alfombrado de basura, papel aceitoso, fruta con gusanos, compresas sangrientas, palomas muertas; no olía a gloria.

Quisimos trepar por las paredes a lo gato, pero húmedas que estaban y resbalosas, no pudo ser.

–Esto es lo que los franceses llaman un *impasse* –adoctrinó don Pepín.

–¡Fino estratega, sí señor! –dije, irritado.

–Callarse y abrir las navajas, que oigo voces.

Del otro lado del muro se oía decir a Ibón:

–¿Y pues? ¿Cómo se han ido? Por la puerta, imposible.

–A ver ese ventanuco... –respondió Koldo.

Pasaron segundos largos como semanas hasta que en el tragaluz se perfilaron las cabezas de los dos vascos. Pero, embuchados como estábamos en la sombra, no podían vernos.

–Parece que aquí no hay nadie; vámonos pues.

–Espera..., se oye algo; como una máquina de escribir.

Era el tecleteo de los dientes de Sebas.

–¡Míralos! ¡Allí! ¡Escondiditos en el rincón, los muy pillastres! Voy a cerrar la puerta, no sea que otra gente vaya a interrumpir nuestra plática, pues.

La cabeza de Ibón desapareció. Koldo fiscalizó con mucho empaque:

–¿Dónde están las armas que habéis robado al pueblo?

Don Pepín, que era de nosotros tres el más ilustrado, respondió con gran alarde salivar:

–Pues las guardamos en un sótano, pero casualmente, esta noche el edificio ha hecho explosión, y...

El chasquido de dos navajas automáticas cortó la retórica de don Pepín. Sebas quiso aún argüir:

–¡Perdonadnos, camaradas! ¡Las queríamos para matar policías!

¡Pico de oro! ¡Crisóstomo él! Pero aquellos dos brutos no atendían a razones. Se descolgaron hasta el patio, y ya nos tienes a los cinco, cinco sombras oscuras buscándose en la sombra de la negra noche. Yo, por mi parte, me pasé todo el rato quietecito en un rincón, echando puñaladas al buen tuntún en cuanto oía algún ruido o jadeo, y tratando así de abrir sin mucho riesgo carnes ajenas.

Debió de pasar una hora larga –pespunteada por algún gemido– hasta que comenzó a llover y a salir la luna. Entonces, por la postura de los cuerpos, pude barruntar lo que había pasado:

Todos estaban muertos: Koldo o Ibón había herido a Sebas. Koldo había matado a Ibón. Don Pepín mató a Koldo, y Sebas y don Pepín se habían matado mutuamente; de mí nadie se había acordado ni para una mala puñalada.

Como que tengo yo mucho sentimiento, que ya lo he dicho antes, di en lamentarme, darme puñetazos en el pecho y decir:

«Qué triste, esto de matarse así, y esto debiera hacerte reflexionar para más adelante. Y eran todos gente selecta. Pero de noche todos los gatos son pardos. ¿Y dónde habrá guardado don Pepín los cuartos que le adelanté?»

En fin, recuperados los diez mil duros, trepé al ventanuco; caí en el cuarto de baño; miré con sonrisa fatua al Quimeras, sentadito en su retrete; descorrí el pestillo y abríme paso entre la cola de chusma que esperaba para entrar. Al pasar por la sala de baile vi por última vez en mi vida a Magda: iba desesperada, preguntando a todo el mundo:

–¿Has visto a un hombre corpulento y apuesto, que responde por «Quimeras»?

¡Corpulento y apuesto! ¡Corpulento y apuesto!... ¡De acuerdo con lo primero! ¡Aunque tal vez fuera más justo decir graso, mantecoso, panzudo, vacón...! Las gordas Quimeras, Sebas y don Pepín salían en los periódicos del día siguiente (¡la ilusión que les haría si pudieran verlo!) como un comando fascista liado en mortal riña con dos terroristas vascos.

Dos líneas más abajo se reseñaba el viaje a Barcelona de varios comandos etarras dispuestos a vengar la muerte de sus camaradas. Para colmo, los cuatro hermanos Moragas no figuraban en la relación de víctimas de calle Guipúzcoa, 18. Parece que a la hora de la explosión andaban por ahí, atracando farmacias. ¡El aire se enrarecía! Por eso hube de exiliarme a La Gomera, donde espero hallar el olvido de Magda y la paz que anhela mi fatigado espíritu.

En cuanto a los otros... a veces pienso en ellos: ¡Gente corajuda, muerta en un retrete!... El del Galaxias estaba limpio como una patena... Siempre se van los mejores.

Roger Wolfe

Quién tiene derecho a ponerse paranoico

Un buen cuento es una escena apenas entrevista, un retazo, un jirón, una instantánea de la vida misma.

El cuento no requiere un planteamiento, ni un nudo, ni un desenlace, ni una «anécdota», aunque puede tenerlos y muchos buenos cuentos los tienen. Sin embargo, el cuento es primo hermano del poema y –como tal– exige al menos un buen arranque, un sólido remate y, sobre todo, una muy particular tensión.

Dos de mis cuentistas favoritos son Chéjov y Ernest Hemingway. Este último tiene piezas maestras del género; entre ellas se me ocurren ahora mismo «Un sitio limpio y bien iluminado» o «Los asesinos».

A veces el cuento se solapa con otros géneros, como ocurre en las piezas autobiográficas/ensayísticas de William Saroyan o de ese otro genio, hoy un tanto olvidado, que fue James Thurber. En ocasiones cede también prestados sus atributos; muchas de las mejores muestras de reportaje periodístico están en deuda con él.

El cuento, como todo género literario, puede ser casi cualquier cosa. Pero en ese casi, que depende del talento del autor, está el quid.

Cuando un cuento es bueno no hay nada mejor.

Suena el teléfono.

Mi contestador hace los honores.

Voz nasal, algo nerviosa. Una importante revista de Madrid.

Crónicas del supuesto escándalo anunciado, actualidad financiera y política, chorizos con trajes de cien papeles babeando ante las cámaras. Ocio y espectáculos, viaje a Egipto y vuelva de una pieza, horóscopo, cómo adelgazar quince kilos en cinco días y vivir para contarlo, sugerencias del *chef*. Cajón de sastre pseudocultural.

«Estamos haciendo un reportaje sobre escritores jóvenes. La nueva narrativa, el mundo urbano, las influencias del rock y ese tipo de cosas. Por favor, si puede –si puedes– llámame al 570 87 00 de Madrid. En cualquier caso, te volveré a llamar...»

Estaba intentando concentrarme en el guión de una película, mi primer guión, probablemente mi última película, al menos el argumento es mío y no tengo gran cosa que perder.

Son las 19.30 y a estas horas al atraco a mano armada la Telefónica lo llama tarifa de tarde. Consulto la tabla de precios que cuelga encima del teléfono. Tres minutos, que es lo que calculo, interprovincial, franja de color verde, 135 ptas.

Marco el número y espero.

Ha sido un día muy largo para todos y la telefonista tiene voz de estar cansándose de ser tan eficiente. Me suelta el nombre de la revista y le digo quién soy y de dónde llamo y por quién pregunto, y no me da tiempo ni a intentar imaginarme de qué color tendrá las bragas, porque antes de rogarle que le diga al fulano que me llame él, ya me ha pasado. Musiquita de fondo y luego la voz del tipo del contestador.

–Me has dejado un mensaje pidiéndote que te llamara... Había pensado pedirle, sí, por segunda vez, que colgáramos y me llamara él, pero se me lanza a toda mecha y tengo un concepto un tanto extraño de la buena educación, cosas de mis padres, la educación consiste en que todos los demás hagan lo que les salga de los cojones y tú les des las gracias y te calles y te jodas.

–Me han hablado de ti y he pensado que estaría bien incluirte en el reportaje. Has publicado dos libros de poesía, ¿no? ¿Y una novela?

Hay una pausa que según parece alguien quiere que rellene. fill

Le echo un vistazo a las tarifas, cinco minutos, 211 pesetas, y da comienzo el forcejeo.

–Tres libros de poesía. Un libro de relatos. Una novela.

–¿Ah, sí? ¿Y dónde has publicado?

habla continua- mente. Le suelto el rollo, un ojo en el teléfono, el otro en la tabla de tarifas, nueve minutos, 361 pesetas, visiones de jodidos recibos de teléfonos como rollos de papel de wáter empapelando la habitación, la cara del gerente de mi banco la última vez que se me ocurrió pedirle un préstamo.

–O sea, que parece que estás teniendo suerte últimamente.

(¡) –Sí, hay gente que a volverse ciego para ganarse los garbanzos lo llama suerte.

–Y en tu poesía, no quiero caer en tópicos, pero ¿tú dirías que hay una influencia del mundo urbano?

(4) –Bueno, urbano, no sé. Yo escribo de lo que hay. Claro que tampoco se puede decir que mi influencia más importante sea Garcilaso.

–Eso conecta con algunos otros escritores jóvenes de ahora mismo, ¿no?

–No sé con quién conecta. No he leído a nadie.

–Es curioso, eso mismo es lo que me dicen los demás.

–No me sorprende.

–Entonces, ¿qué lees?

–Lo que me gusta.

–¿Qué autores te gustan?

–Qué sé yo, sería un poco largo..., desde Hemingway hasta Juan Carlos Onetti, desde la novela picaresca hasta Cervantes, Baroja, Hammett, Chandler...; basura surtida.

–Un poco de todo.

–Eso es. Un poco de todo.

–Oye, no es por nada, pero qué bien hablas español...

–Sí. A veces incluso escribo en español también.

–Sí, sí. Ja, ja. ¿Y de qué va tu novela?

–Creo que sería mejor que la leyeras. Sobre todo teniendo en cuenta que me estás haciendo una entrevista.

–Bueno, sí, pero ya sabes..., hay tanto que leer, tan poco tiempo...

–La soledad, la lluvia, los caminos...

–¿Cómo?

–No, nada, que realmente pienso que sería mejor que la leyeras.

–Pero más o menos, ¿de qué trata?

–Es muy fácil y a la vez un poco complicado. Un tipo que se dedica a liquidar gente. Un exterminador.

Hubo un chasquido en la línea.

–¿Un qué? ¿Un manipulador?

–Un exterminador. Ex–ter–mi–na–dor. Lo que suelen llamar un asesino de masas.

–¿Como *Henry*?

–No, no es como *Henry*. De hecho, y te lo puedes creer o no, *Henry* no tiene absolutamente nada que ver con el asunto.

–Entonces, ¿qué es? ¿Una especie de *Espanis saico*?

–No, tampoco. Ni *espanis* ni *saico*. El protagonista de mi novela no es un psicópata. Los psicópatas se suelen dedicar a otras cosas. A calentarse el culo en el Parlamento, por ejemplo. Y no he leído a Easton Ellis.

339

–¿No querías que te influyera?

–No, no. Es que estaba perdiendo el tiempo con Schopenhauer.⁑

–¿Con quién?

–Schopenhauer. Un cabeza cuadrada que te recomiendo que leas. Cuando tengas tiempo, claro.

–¿Y cómo se llama?

–¿El qué? ¿La novela?

–No, el personaje. ¿La novela cómo se titulaba?

–*Las caléndulas ya no creen ni en Jesucristo.*

–*Las caléndulas ya no creen ni en Jesucristo...*

–Exactamente.

–¿Y el personaje?

–El personaje no tiene nombre. Por eso es anónimo.

–Sí, ¿eh? ¿Y eso tiene alguna explicación?

–Nada tiene nunca explicación. Mi novela no tiene explicación. El mundo no tiene explicación. La muerte no tiene explicación. Todo el mundo quiere siempre que le expliquen todo, las explicaciones son muy liberadoras, relajan mucho la conciencia y esas cosas, y además así no hay que pensar, pero aquí no hay explicación que valga. Ésa es precisamente la explicación.

Alguien interrumpe la conversación al otro lado del hilo. El tipo cuchichea durante unos segundos y aprovecho para echarle una mirada al reloj.

Unos quince minutos y subiendo. Las tarifas ya no quiero ni mirarlas.

Creo que no se ha enterado de la última respuesta, pero es igual, va a poner lo que le salga de la punta del capullo y a lo mejor, con un poco de suerte, escribir mi nombre y apellido sin más de tres erratas.

–Oye, ¿estás ahí?

–Sí. Estoy aquí, sí. En Gijón. Tú estás en Madrid. Larga distancia.

–¿En Gijón? Pero entonces, ¿quién me había dicho que vivías en Barcelona...?

–No tengo ni idea. Pero te aseguro que no vivo en Barcelo-

340

na. Vivo en Gijón. Gijón. Asturias. Marco incomparable. Pa- *confusión*
raíso natural. Prefijo 98, ¿te acuerdas? *(1)*

es un joven

–Pero tienes... veinti... tres años, ¿no es así?
–Pues no, no es así. Treinta y uno, tengo treinta y uno.
Sólo me faltan dos para que me crucifiquen.
  –¿Treinta y uno? Bueno..., sí..., pero de alguna manera te
puedes encuadrar en ese grupo de narradores jóvenes que están surgiendo ahora..., y que por cierto, otro escritor, cuyo
nombre no voy a decir, claro, que tiene más o menos tu edad
pero que no se considera perteneciente a esa generación, me
dijo que bueno..., que le parecía que había una especie de
montaje..., la violencia, el sexo, la vida urbana..., que había
mucha gente que se estaba queriendo subir al carro...
  –Pues no sé dónde coño vivirá él, pero yo vivo en una ciudad. Y hace muchos años que no veo ningún carro. Si hay
gente viviendo en otro planeta, es problema suyo. No me molesta que hablen de las bragas de su bisabuela, si eso es lo que
quieren. Pero a mí no me interesan. Ni ellos ni la ropa interior de su bisabuela.
  –¿Y el rock? Se habla de la música rock como otra de *(4)*
vuestras influencias más importantes...

maltrata de rock

  –Bueno, te estás empeñando en usar el plural y la verdad
es que siento mucho tener que llevarte la contraria, pero yo
sólo puedo hablar por mí. El rock está en el mundo, y yo también. Y Jesucristo también, y supongo que las bragas de la bisabuela también. Escondidas en algún desván, pero también.
Y Juan Sebastián Bach también. Ya te digo que no me molesta, ni me molesta ni me importa, lo que hagan los demás,
siempre y cuando no me toquen las narices. Pero no soy un
cantante de rock frustrado. Soy escritor. *no quiere ser un ejemplo*
  –Ya..., sí, claro. Te entiendo. *de un grupo.*
  –Me alegra mucho saberlo.
  –Pues, nada, muy bien. No te preocupes. Yo creo que con
esto ya tengo más que suficiente.
  –¿Te parece?
  –Sí, sí. Van a ser, no sé, diecisiete, veinte líneas. Con esto
ya me vale. Y eso sí, voy a ver si localizo a un fotógrafo para

que se pase por tu casa. ¿Estarás en casa mañana por la mañana?

–Estaré en casa todo el día. Si me dejan. Y acuérdate, Gijón. Asturias. Gaitas, sidra, fabada. Tremendamente urbano. No vayáis a enviar al pobre hombre a Barcelona.

–No, hombre, no. Además, ya te llamará antes de pasar por tu casa. Va a ser alguien de allí, el que vaya. Y a ver si buscáis un buen sitio, algo que esté bien. Delante de una comisaría, por ejemplo.

–¿Con esposas o sin ellas? ¿Un buen porrazo en la cabeza? ¿La ceja partida? ¿Algo de eso?

–Bueno, tampoco hace falta tanto. Pero algo duro.

–Duro y urbano.

–Eso es.

–Muy bien. Espero su llamada. Y una cosa, por favor.

–Dime.

–Treinta y uno. No te olvides. Trein-ta-yu-no.

–Que sí, hombre, que sí. Tampoco te pongas paranoico.

–No, en absoluto. Si no lo digo por nada. Es por poner los puntos sobre la íes.

–No te preocupes, hombre. Y ya te llama mañana el fotógrafo.

–Muy bien. De acuerdo.

Le doy las gracias al zumbido entrecortado con que el auricular me agradece mis esfuerzos, cuelgo el teléfono y le echo un vistazo al reloj.

Veinticinco minutos. 1.148 pesetas. Telefónica. Tarifa de tarde.

Intento volver a mi trabajo y ya me estoy imaginando el reportaje.

Joven poeta escocés residente en Barcelona. Veintitrés años. Toca la batería en un grupo de rock y se reconoce influido por el último cine independiente americano...

Con un currículum así, quién cojones tiene derecho a ponerse paranoico.

342

Epílogo

El doble significado que encierra el título de esta antología obliga a una doble justificación. El primer significado afecta a la naturaleza misma del cuento, posiblemente el único género que no necesita una definición: no hay que ser especialista en literatura para saber en qué consiste, aunque sólo sea porque es el único género que nos pertenece a todos. Todos hemos escuchado cuentos y muchos hemos sido contadores de cuentos. El mismo chiste, que en países como el nuestro se convierte en una verdadera enfermedad, nace de esta necesidad de contar una historia abarcable y coherente, por mucho que dentro encierre el absurdo o la ambigüedad y que termine con un final definitivo. Un final que, sin embargo, tolera una continuación o un nuevo episodio protagonizado muchas veces por los mismos personajes.

Cuando explicamos hechos reales necesitamos darles la coherencia de un relato. Si la poesía es un instante de vida que aspira a la eternidad y la novela es el intento de abarcar toda una vida, el cuento aspira a resumir la vida en un instante, un instante de vida. Es decir, el cuento no nos roba el tiempo sino que nos sumerge en un tiempo que no es eterno como el de la poesía o interminable como el de la novela, sino que es un fragmento más de nuestra fragmentaria vida. Por eso Cervantes, para hacernos verdadero a Don Quijote, tuvo que recurrir al fragmento: la novela como una acumulación de episodios interdependientes o independientes, según nuestra voluntad.

Y lo mismo ocurre con otro libro verdadero y magistral, el *Lazarillo de Tormes*. La novela moderna, liberada de la utopía decimonónica de que nuestra vida es una unidad lineal y abarcable, regresa a este carácter fragmentario, a este tejido de acontecimientos, de hechos que necesitamos contar o escuchar. Así leemos la única novela de Monterroso, *Lo demás es silencio*, así recordamos y recuperamos *Rayuela* de Cortázar o *Tres tristes tigres* de Guillermo Cabrera Infante. Por hablar de escritores que cuando escriben cuentan, que al escribir se mantienen fieles a la palabra hablada.

Cuando se nos dice que el cuento tiene que ser breve se nos está diciendo que tiene que ser un fragmento de tiempo que vive por su cuenta, como vivimos los fragmentos de nuestra vida, como recordamos y contamos nuestra vida. Si la novela es una utopía, el cuento es una necesidad. La novela sólo la podemos leer, su tiempo es el de la lectura. El cuento lo podemos escuchar incluso cuando lo leemos.

Para Bioy Casares, «en el cuento hay pocos personajes que intervienen, una acción muy clara y de resolución muy breve», mientras que para Italo Calvino, a propósito de la concisión, «me limitaré a deciros que sueño con inmensas cosmogonías, sagas y epopeyas encerradas en las dimensiones de un epigrama». Horacio Quiroga, otro de los grandes cultivadores y el que más sensatas palabras ha escrito sobre el género, resume ambas posturas aparentemente extremas: «No cansar. Tal es, a mi modo de ver, el apotegma inicial del perfecto cuentista. El tiempo es demasiado corto en esta miserable vida para perderlo de un modo más miserable aún.» Lo importante no es, pues, la extensión, sino que a lo largo de este tiempo estemos contando sin interrupción, tejiendo una historia cuyo final está a nuestro alcance.

He dicho que el cuento es un fragmento cerrado de nuestra vida, un fragmento que podemos contar como solemos contar momentos de nuestras vidas que se convierten en historias. Pero, precisamente porque no es toda nuestra vida sino una parte de ella, es también un episodio. No hay un buen contador de un solo cuento y la verdadera dimensión del famoso dinosaurio de Monterroso se integra en un conjunto de fragmentos definidos por un título más que significativo y que ilustra perfectamente lo que estoy diciendo aquí: *Obras completas (y otros cuentos)*. Un título que podría valer para *Las mil y una noches*, para *El Decamerón* de Boccaccio o para cualquiera de los títulos de los libros de Jorge Luis Borges, empezando por *El Aleph*, relato absoluto y fragmento de un alfabeto que es parte de nuestra historia y que al mismo tiempo nos resulta misterioso. Que Borges sea el escritor en lengua castellana más grande de nuestro siglo dice no poco en favor del cuento.

La novela tiene unas leyes creadas por los propios novelistas: hay una historia de la novela como género y es fácil trazar no la evolución, palabra de dudosa validez en el terreno del arte, sino sus sucesivas transformaciones. Resulta bastante fácil establecer las distancias entre *Madame Bovary* de Gustave Flaubert y *Finnegans Wake* de James Joyce, entre *La busca* de Pío Baroja y *Tiempo de silencio* de Luis Martín Santos o *Reivindicación del conde don Julián*, de Juan Goytisolo, por no hablar de *Larva* de Julián Ríos. No ocurre así con el cuento, donde es el escritor quien ha de adaptarse a las exigencias del género, del mismo modo que el poeta ha de adaptarse a las exigencias del soneto. Lo único que caben, pues, son las variaciones. Más allá de las variaciones, el cuento deja, simplemente, de ser cuento. De este modo, cuando los distintos cultivadores del género tratan de definirlo, no están creando una *poética* que marque su visión personal, sino una *poética* que defina al cuento en su conjunto. De este modo, el «Manual del perfecto cuentista» o el «Decálogo del perfecto cuentista» de Horacio Quiroga, no tratan de definir su propia obra, sino la de todo escritor de cuentos.

Los novelistas, como los pintores o los músicos, para afirmarse necesitan negar a los demás. La contribución más dramática y más emblemática en el terreno de la pintura es la de Picasso, puesto que su propia obra encarna esta necesidad de transformación, de continua negación que otros artistas sólo experimentan con respecto a pintores anteriores o contemporáneos, no con respecto a sí mismos. Del mismo modo, cada novela es una nueva propuesta, un nuevo intento de apresar o de definir la realidad, una transformación que puede sufrir un mismo escritor, como es el caso de Valle-Inclán o el de James Joyce.

Los cuentistas, por el contrario, pertenecen a una cofradía cuyo ideal es llegar al cuento perfecto, es decir, integrarse a los que alcanzaron dicho ideal. Pues si las novelas son, por su propia naturaleza, imperfectas y en esta imperfección radica su grandeza, y los novelistas están obligados a innovar y a renovarse para expresar la sensibilidad de una época, no ocurre así con el cuento. El lector de cuentos puede prescindir de la época en que fueron escritos, podría incluso decirse que en esta atemporalidad radica una de sus grandezas, del mismo modo que a nadie se le ocurriría preocuparse por la época a la que pertenece una fábula, un proverbio o un chiste. Con frecuencia, no sólo carecen de época sino incluso de nacionalidad.

Se explica así, y esto nos lleva al segundo significado del título de la nuestra, lo gratificante que es hacer una antología del cuento, liberados como estamos del criterio historicista. Apenas un cuento cumple con las características escritas o no escritas del género, en el que la calidad y el espejismo de la brevedad son condiciones primordiales, se integra en una tradición en la que la época y el nombre del autor tienen una importancia secundaria. ¿Necesitamos saber quién ha escrito «Caperucita Roja», «Pulgarcito», «El gato con botas» y tantos otros cuentos que estimularon desde la infancia nuestra pasión por el cuento?

Y hablo de cuento infantil porque si una antología de los mejores cuentistas universales carece de sentido por lo inabarcable (en todo caso, hay una serie de nombres que están en la memoria de todos), sí es más frecuente la antología temática, porque a la definida calidad del escritor se une la más imprecisa definición del tema. El aspecto más estimulante de este tipo de antología es que, por su carácter abierto, las sugerencias del antólogo coinciden y se enfrentan a las del lector. Un lector muy especial, puesto que del mismo modo que hay una cofradía de escritores de cuentos hay una cofradía de lectores: un club en el sentido más auténtico y británico del término. No en vano sus miembros se reúnen allí para contar y escuchar dentro de unas reglas muy precisas que sólo existen en el interior de dicho club. Con este espíritu nos acercamos a la *Antología del cuento fantástico* de Jorge Luis Borges, Adolfo Bioy Casares y Silvina Ocampo o a la *Antología del cuento triste* de Augusto Monterroso y Bárbara Jacobs. Por supuesto, antologías que no pueden o no deben ser nunca obra de un único autor. Los cuentos hablan y nosotros hablamos de los cuentos. También podría decirse (algo mucho más difícil de conseguir en novela, donde la amplitud, paradójicamente, al desarrollarlos, limita los temas) que todo autor que cuenta (todo clásico del cuento, si se prefiere) se adapta fácilmente a cualquier tipo de antología. Por eso siempre se puede afirmar, de los cuentos incluidos en ellas, que son todos los que están pero no están todos los que son.

Lo mismo puede decirse de cualquier antología que hagamos de nuestros contemporáneos, aunque las razones son muy distintas. Aquí no entra tanto la complicidad entre autor, antólogo y lector como una inevitable arbitrariedad. El arte no puede prescindir del tiempo en el que surge, puesto que nosotros somos hijos del Tiempo (este tiempo cuyo inicio situamos en la expulsión del Paraíso) pero también de nuestro tiempo. Sin embargo, es muy poco lo que quedará de nuestro tiempo Perecedero, se incorporará a ese Tiempo que no es abstracto, ni siquiera universal, pero sí el poso o la sustancia de todos los tiempos vividos. Lo que hoy nos parece trascendente (la agonía de un dictador, una masacre, la muerte de una princesa en vuelo hacia el lecho nupcial) puede perder muy pronto esta trascendencia. Y si una novela exige la anécdota, lo intrascendente para darle verosimilitud, la verosimilitud que exige lo cotidiano, en el cuento, que muchas veces surge simplemente como una anécdota, la anécdota, si no se metamorfosea, es inaceptable. Por otro lado, precisamente porque las reglas del juego son mucho.más definidas, y no sólo para el especialista sino también para el simple lector, es más fácil distinguir entre buenos y malos escritores de cuentos.

Puede decirse que una primera antología lleva a antologías en las que cada vez caben menos variaciones. A lo largo de las numerosas antologías que han ido surgiendo sobre el cuento español contemporáneo (y por contemporáneo entiendo ahora el de los escritores nacidos después de la guerra civil o que empezaron a publicar por las mismas fechas, es decir, a mediados de los años sesenta) hay una serie de nombres que podemos considerar como imprescindibles en una antología de los cuentistas que cuentan: Javier Tomeo, Esther Tusquets, José María Merino, Juan José Millás, Luis Mateo Díez, Álvaro Pombo, Javier Marías, Enrique Vila-Matas, Cristina Fernández Cubas y otros nombres, pocos, que me permito omitir en nombre de la disidencia o del rigor. Pero creo que es un panorama bastante exhaustivo de los nombres que cuentan a la hora de hacer un recuento del relato español dominante a mediados de la década de los ochenta.

Lo que quedaba por hacer era una antología exhaustiva de los cuentistas de la última década, el periodo que va de 1987 a 1997. Cuando digo exhaustiva, quiero decir que incluya a todos aquellos escritores que cuentan por encima de modas y anécdotas literarias. Como es lógico, hay aquí un inevitable elemento de riesgo, por muchas que hayan sido las medidas que hayamos tomado para que no fuera así. Por supuesto, sólo se incluye aquí a autores que han publicado como mínimo un libro de cuentos cuya calidad es indiscutible, al margen de su valor como poetas o novelistas. Como el propio lector podrá comprobar, muchos de los cuentos incluidos aquí son superiores a las novelas que han dado prestigio a sus autores. El hecho de que sean dos antólogos contribuye asimismo a una mayor objetividad. Como la Guardia Civil y las monjas, y por parecidas razones, caminamos, como antólogos, en pareja.

El primer criterio ha sido, por supuesto, el de la calidad. El segundo, el de la fidelidad al género. Aunque el criterio de

350

incluir textos más abiertos, que rocen lo poemático o lo ensayístico o incluso que procedan de una novela sea válido (este tipo de relato es muy frecuente en la narrativa mexicana, por ejemplo, y prescindir de ellos representaría una grave lesión), aquí no sólo hemos exigido (nos hemos exigido) que, como he dicho, cada autor haya publicado como mínimo un libro de cuentos, sino que entre dentro de los esquemas impuestos por el género. Algunos relatos, como «Cienfuegos» de Antonio Soler y, muy especialmente, «Peces pintados» de Luis Magrinyà, rozan la novela breve, pero ninguno de ellos puede decirse que no cumpla con las características más ortodoxas del cuento. Y, en todo caso, no somos tan fanáticos como para caer víctimas de nuestros propios criterios. El fanatismo nos habría obligado a prescindir de una de las joyas del libro, «Cienfuegos», y de uno de nuestros mejores cultivadores del relato, sea éste considerado novela breve o cuento, Magrinyà.

Por la misma razón de tolerable flexibilidad, si bien incluimos solamente a escritores nacidos a partir de los años cincuenta y que han publicado a lo largo de la última década, hemos incluido a una autora que publicó su primer libro en 1986 y hemos excluido a autores muy familiares al lector a través de otras antologías: su presencia sería una reiteración y quitaría espacio a otros autores de valor. Si bien hay que decir que el espacio no ha sido nuestro criterio inicial y que, cuando ha llegado la hora de tenerlo en cuenta, nuestro rigor en la selección lo ha hecho innecesario. En todo caso, aunque su obra no aparezca en esta selección, el lector tendrá muy presente, como lo hemos tenido nosotros, a autores como Javier García Sánchez, José Antonio Millán, José Ferrer Bermejo, Antonio Muñoz Molina, Agustín Cerezales, Pedro Zarraluki, Ignacio Martínez de Pisón, Juan Miñana, Almudena Grandes o Laura Freixas. Otras ausencias, que son presencias en más de una antología por razones puramente comerciales, se deben a razones de coherencia. A pesar de que escritores como Ray Loriga, José Ángel Mañas o Benjamín Prado escriben un tipo de obra que roza las características del rela-

351

to, ninguno de ellos ha publicado un libro de cuentos. La del cuento es una orden de observantes.

Los autores aquí incluidos lo están por derecho propio. Muchos de los excluidos lo están después de dos largos años de discusiones y de reflexión. Si bien ni a Fernando Valls ni a mí nos ha guiado ningún principio estético (preferencia por una determinada dirección artística), sí que nos ha orientado una sensibilidad estética educada a lo largo de muchas lecturas. Por caminos muy distintos, hemos coincidido en el eclecticismo y en el rigor. Insisto en que en una antología de cuentos el eclecticismo es posible porque en las reglas que impone el propio género quedan eliminados los que no se atienen a sus exigencias. Todo lo contrario de lo que ha ocurrido en las antologías de poesía, que pecan casi todas de partidismo, arbitrariedad, mala fe o, en el mejor de los casos, de ignorancia. En cada una de ellas hay ausencias tan imperdonables como imperdonables son ciertas presencias.

No hay que buscar otra unidad que la del rigor. Apenas cuentan, los cuentos entran a formar parte de una tradición. Ésta es su unidad. Y si presentamos a los autores por orden alfabético es, precisamente, porque todo criterio cronológico o temático puede resultar una engañosa y peligrosa imposición. Por lo mismo, no vamos a caer en la trampa de hablar de la crisis de fin de siglo y del milenio, ninguno de los cuentos aquí incluidos refleja más crisis que la del individuo desamparado, humillado o ninguneado. Unas veces por otros individuos aquejados del mismo mal, otras por una sociedad urbana carente de personalidad y a la que sólo podemos integrarnos renegando de nuestra subjetividad, y otras por una estructura social basada en la injusticia y en la intolerancia. En todos los casos, es un enfrentamiento entre individuo y sociedad, algo que está ya presente en los grandes cuentistas rusos o en los centroeuropeos. Aquí sí que puede hablarse de una fuerte unidad estética que incide en la temática: apenas hay modelos españoles que no sean los propios contemporáneos.

Con frecuencia, personajes anodinos se enfrentan a situaciones sorprendentes, y es así como descubrimos lo que de extraño oculta la realidad cotidiana. La obsesión, el rencor, la ansiedad, el desasosiego y el terror son los estados de ánimo dominantes. La realidad exterior se ve alterada por la alucinación o por el sueño. Las perspectivas se alteran con la suplantación de la personalidad o con la inquietante presencia del pasado. Víctimas del azar o de la lógica, los personajes viajan para huir o en busca de un sentido, y con frecuencia no sabemos si lo que se nos narra es real o surge de la necesidad de mentir, de inventar; en una palabra, de contar, de ser escuchados, de vencer la soledad o de recuperar la identidad, obsesiones dominantes en la mayoría de los relatos. En este sentido, sí que es posible leer este libro como una suma de voces que nos cuentan nuestras inquietudes.

Como en *El Decamerón* de Boccaccio, también aquí nos encontramos con una serie de narradores que a través de la alegría del relato tratan de olvidarse de la peste y de la muerte. Si algo tienen en común estos cuentos es el humor. También la clara voluntad de contar, lo que explica, en la mayoría de ellos, una notable ausencia de recursos retóricos. Apenas hay descripciones, la lengua es pragmática: pocas veces se acude a la frase contundente, al efectismo o a la impresión lírica. Hay, sí, elementos curiosos o desconcertantes que ponen en entredicho nuestra percepción de la realidad. Con frecuencia nos movemos en el terreno del absurdo pese a que nos encontramos en paisajes familiares. Pocas veces hay una localización geográfica precisa y casi siempre estamos en una ciudad sin nombre o desplazándonos de un lugar a otro. Las ciudades concretas (Barcelona, Gerona) son esencialmente nocturnas o, como Avignon, es una ciudad de paso. O vemos el mundo a través de la ventanilla de un tren. La discoteca, el bar, el taxi, el coche, el retrete, el río o la colina nos llevan a sorprendentes encuentros y a descorazonadores desencuentros.

Son, desde luego, cuentos de nuestro siglo. Definitivamente (ya lo habíamos visto en Álvaro Pombo, en Javier Tomeo, en Cristina Fernández Cubas, en Enrique Vila-Matas o en Ignacio Martínez de Pisón) no se niega lo local. Por el contrario, a través de lo local se crea una complicidad con el lector que contempla desconcertado cómo lo familiar se transforma para convertirse en un lugar absolutamente absurdo.

Y mientras se cuenta el cuento (lo oímos a través de la lectura, el narrador no se oculta) estamos de nuevo en el bosque del lobo, en la casa de chocolate o en el castillo de la bella durmiente. Estamos en el centro del relato. Que no por ser verdadero deja de ser una invención. Es posible que como en «Nadie» de Isabel del Río, en este proceso o metamorfosis de la palabra al hecho, se origine «una mudanza casi tan trascendental como el alumbramiento y sólo cuando acontece puede uno ser quien es y siempre ha sido» o, como en «La cajera» de González Sainz, «todos preguntan lo mismo y, cuando llegan, si es que alguno efectivamente llega y si en realidad existe de veras ese centro para él, cosa harto improbable en todo caso, ya tienen que estar entonces inmediatamente de vuelta». Es en esta situación de precariedad donde cada uno de los relatos se integra en la antología como testimonio de un siglo que ha vivido simultáneamente las realidades más brutales (las expresadas aquí por Fernando Aramburu en «Todos somos poliedros»), y la más profunda sensación de irrealidad, expresada en la mayoría de los relatos. No deja de ser significativo (el azar o la necesidad) que la antología se abra con el relato de Mercedes Abad «Sueldo de marido», donde un caso de suplantación de personalidad está visto como «un auténtico y apasionante *thriller* de imprevisible final», y que se cierre con «Quién tiene derecho a ponerse paranoico» de Roger Wolfe, donde «nada tiene explicación. Mi novela no tiene explicación. El mundo no tiene explicación».

La literatura y la vida concebidas como un trayecto. En «Todos somos poliedros», de Fernando Aramburu, un inquietante trayecto en bicicleta de un obrero amenazado por un grupo de jóvenes neonazis. En «Las alegres comadrejas del Windsurf», de Juan Bonilla, la invención de un amor para vencer la soledad y «el porvenir derritiéndose como un astro». En «Habitaciones, Zimmer, Chambres, Rooms», de Gonzalo Calcedo, la casual visitante de hoteles que acaba por olvidar los lugares donde ha vivido la absurda realidad. En «Volver a casa», de Javier Cercas, un trayecto de Estados Unidos a Gerona que es una revelación. En «La mujer impenetrable», de Luis García Jambrina, el «horrible secreto que se esconde detrás de la apariencia» de quien no sabemos si es hombre o mujer. En «Entiéndame», de Marcos Giralt Torrente, un inquietante recorrido en taxi que se evoca como una metáfora. En «El último top-less», de Mariano Gistaín, una atracción desplazada: el narrador se casa con la hermana de la mujer deseada. En «La cajera», de J. A. González Sainz, un minucioso viaje a la irrealidad estimulado por la soledad y el deseo. En «El sindicato de poetas hambrientos ataca de nuevo», el viaje en un coche robado por el suplantador de Josan Hatero. En «Peces pintados», de Luis Magrinyà, el viaje a las colinas acompañados por la presencia obsesiva de los ausentes. En «Vida de Aurelio M., filósofo», de José Ovejero, el descubrimiento, en un retrete, de «la esencia última de la materia». En «El silencio del patinador», de Juan Manuel de Prada, la nostalgia de los patines que alejan al narrador de la casa y de la madre. En «Nadie», de Isabel del Río, la imposible metamorfosis del *él* en *yo*. En «Cienfuegos», de Antonio Soler, la búsqueda, a través de un relato, de «un fragmento tergiversado, fabulado de la vida». En «Secuestrador(a) que se extravió», de Pedro Sorela, un recorrido en taxi para perder lo encontrado... En «Ucronía», de Manuel Talens, la metamorfosis del general Franco en pura mierda impura. En «Los viajes de Anatalia», de Eloy Tizón, el viaje en tren de una familia en busca de la felicidad y de una muchacha que huye «de todo lo que duele». En «Una memoria frágil», de Pedro Ugarte, un enamorado que confunde su identidad, «perdido e indefenso, como un niño pequeño que no sabe adónde ir». En «Ilíada», de Ignacio y Vidal-Folch, un amor desesperado y un desenlace definitivo en un retrete. Y en «Quién tiene derecho a ponerse paranoico», de Roger Wolfe, un escritor que se ve condenado a metamorfosearse en representante de la nueva narrativa, que desprecia.

Esta unidad (suplantación de personalidades, búsqueda de una identidad, viajes al vacío o a la nada) está expresada con voces cada una de ellas inconfundible. Voces dramáticas, absurdas, desenfadadas, grotescas o sórdidas. En ninguno de los cuentos incluidos hay una intención moral o didáctica. En cada uno de ellos el lector se siente arrastrado por la tensión o por la amenidad. Y uno de los aspectos más interesantes es que no se trata de hacernos pasar la invención por realidad sino, por el contrario, de hacernos ver la realidad a través de la ficción. Es decir, de devolver al relato su condición de historia contada para satisfacer una necesidad: la de leer o de escuchar experiencias inventadas que se convierten en metáforas de nuestras propias experiencias.

JUAN ANTONIO MASOLIVER RÓDENAS
Londres, 25 de diciembre de 1997

NOTA SOBRE LOS AUTORES

MERCEDES ABAD nació en Barcelona en 1961. Periodista de profesión (colabora en la edición catalana de *El País*), en 1986 ganó el VIII Premio La Sonrisa Vertical con su primer libro de cuentos, *Ligeros libertinajes sabáticos*. Ha publicado dos volúmenes más de relatos: *Felicidades conyugales* (1989) y *Soplando al viento* (1995). Los tres en la editorial Tusquets. En *Sólo dime dónde lo hacemos* (Temas de hoy, Madrid, 1991) indaga en los espacios alternativos para hacer el amor. También ha estrenado tres obras de teatro, *Pretèrit perfecte* (1992), *Si non è vero...* (1995) y *Bunyols de quaresma* (1997).

FERNANDO ARAMBURU nació en San Sebastián en 1959 y actualmente reside en Alemania. Ha publicado un libro de prosas breves, *El artista y su cadáver* (1984), y en la editorial Tusquets una novela, *Fuegos con limón* (1996), que obtuvo el Premio Ramón Gómez de la Serna, y un libro de cuentos, *No ser no duele* (1997).

JUAN BONILLA nació en Jerez en 1966. Traductor, crítico literario y articulista en *El Correo de Andalucía*, ha obtenido el Premio La Nación de relatos y el Luis Cernuda de poemas. Ha cultivado la prosa narrativa: *Minifundios* (Qüásyeditorial, Sevilla, 1993) y *Veinticinco años de éxitos* (La carbonería, Sevilla, 1993), que corregido y aumentado se tituló *El arte del yo-yo* (Pre-Textos, Valencia, 1996); el cuento: *El que apaga la luz* (Pre-Textos, Valencia, 1994); la poesía: *Partes de guerra* (Pre-Textos, Valencia, 1995) y la novela *Nadie conoce a nadie* (Ediciones B, Barcelona, 1996). Ha trabajado en la revista *Ajoblanco*.

GONZALO CALCEDO nació en Plencia en 1961 y en la actualidad reside en Santander, donde trabaja en la administración autonómica. Ha sido finalista del II Premio Nuevos Narradores, de la editorial Tusquets, con *Esperando al enemigo* (1996). En 1997 obtuvo el Premio NH de cuentos al mejor libro inédito con *Otras geografías* (publicado en NH Hoteles, 1998).

JAVIER CERCAS nació en Ibahernando (Cáceres), en 1962, pero desde niño ha vivido entre Barcelona y Gerona, en cuya Universidad es profesor de Literatura Española Contemporánea, después de haber trabajado en la de Illinois, Urbana (Estados Unidos). Es autor de un libro de cuentos, *El móvil* (Sirmio, Barcelona, 1987), de una novela corta, *El inquilino* (Sirmio, Barcelona, 1989), y de una novela, *El vientre de la ballena* (Tusquets, Barcelona, 1997). Ha dedicado un ensayo a *La obra literaria de Gonzalo Suárez* (Sirmio, Barcelona, 1993) y acaba de publicar un libro de artículos sobre literatura titulado *Una buena temporada*, Editorial Regional de Extremadura, Mérida, 1998.

LUIS GARCÍA JAMBRINA nació en Zamora en 1960. Es profesor de Literatura Española en la Universidad de Salamanca y lo ha sido en la James Madison de Virginia (Estados Unidos). *Oposiciones a la Morgue y otros ajustes de cuentas* (Valdemar, Madrid, 1995) es su primera colección de relatos. Ha publicado trabajos sobre Claudio Rodríguez, Miguel Espinosa y Francisco Umbral.

MARCOS GIRALT TORRENTE nació en Madrid en 1968. *Entiéndame* (Anagrama, Barcelona, 1995) es su primer libro. Cultiva la crítica en el diario *El País* y en la *Revista de libros*.

MARIANO GISTAÍN nació en Barbastro en 1958. Junto a José Antonio Ciria publicó una biografía del boxeador Perico Fernández, *La vida en un puño* (*El Día de Aragón*, 1987). Su obra de ficción se compone de un libro de cuentos, *El polvo del siglo* (Xórdica, Zaragoza, 1996), y de una novela, *La mala conciencia*, publicada en Anagrama en 1997. Es columnista de *El Periódico de Aragón* y de *El Periódico de Cataluña*.

JOSÉ ÁNGEL GONZÁLEZ SAINZ nació en Soria en 1956. Realizó en Barcelona estudios de Ingeniería y de Ciencias Políticas y Económicas y se licenció en Filología. Desde 1982 vive en Venecia, en cuya Universidad trabaja como lector. Ha traducido, entre otros autores, a Emmanuelle Severino, Claudio Magris y Danielle del Giudice y es codirector de la revista *Archipiélago*. Tiene en su haber un libro de relatos, *Los encuentros* (Anagrama, Barcelona, 1989) y la novela *Un mundo exasperado,* con la que ganó el Premio Herralde en 1995.

JOSAN HATERO nació en Barcelona en 1970. *Biografía de la huida* (Debate, Madrid, 1996) es su primer libro publicado.

LUIS MAGRINYÀ nació en Palma de Mallorca en 1960. Trabaja en el Seminario de Lexicografía de la Real Academia Española de la Lengua. Ha traducido a C. S. Lewis, Henry James y Jane Austen y dirige la colección de clásicos de la editorial Alba. Es autor de dos libros de relatos publicados por Debate, *Los aéreos* (1993) y *Belinda y el monstruo* (1995).

JOSÉ OVEJERO nació en Madrid en 1958 y en la actualidad reside en Bruselas, donde trabaja como intérprete. Sobre esta ciudad publicó en 1996 un libro que forma parte de la colección «Las ciudades», de Destino. Con *Biografía del explorador* obtuvo el Premio Ciudad de Irún de poesía, en 1993. De 1996 es *Cuentos para salvarnos todos*, y de 1997 la novela *Añoranza del héroe*, ambos publicados en Destino.

JUAN MANUEL DE PRADA nació en Baracaldo (Vizcaya) en 1970. Pasó su niñez y adolescencia en Zamora y en la actualidad reside en Madrid. Trabaja como articulista del periódico *ABC*, en la sección «El ángulo oscuro». En 1997, con «Armando Buscarini: la meta es el olvido» obtuvo el XIV Premio José María Pemán de artículos periodísticos. Al mismo personaje le ha dedicado un librito, *Armando Buscarini o el arte de pasar hambre* (AMG, Logroño, 1996). Ha publicado un libro de prosas, *Coños* (Valdemar, Madrid, 1995); dos volúmenes de relatos: *Una temporada en Melchinar* (Agrupación Madrileña de Arte, Madrid, 1994), con el que consiguió el Premio Ramón Gómez de la Serna, y *El silencio del patinador* (Valdemar, Madrid, 1995); y dos novelas: *Las máscaras del héroe* (Valdemar, Madrid 1996), Premio Ojo Crítico, y *La tempestad* (Planeta, Barcelona, 1997), Premio Planeta.

ISABEL DEL RÍO nació en Madrid en 1954. Es licenciada en Ciencias de la Información por la Universidad Complutense. Reside en Londres, donde trabaja como traductora en la ONU y ha colaborado en los programas de «Artes y letras» de la sección española de la BBC. *La duda* (Tusquets, Barcelona, 1995), su primer libro de ficción, quedó finalista en el I Premio Nuevos Narradores.

ANTONIO SOLER nació en Málaga en 1956. Ha sido guionista de televisión y actualmente colabora como articulista en *ABC*. Ha ganado los premios Jauja, Ignacio Aldecoa y Ciudad de Valladolid y publicado un par de libros de relatos, *Tierra de nadie* (Caja General de Ahorros de Granada, 1991) y *Extranjeros en la noche* (Edhasa, Barcelona, 1992), y las novelas *Modelo de pasión* (1993), con la que obtuvo el Premio Andalucía, *Los héroes de la frontera* (Anagrama, Barcelona, 1995), Premio de la Crítica Andaluza, y *Las bailarinas muertas* (Anagrama, Barcelona, 1996), con la que consiguió el Premio Herralde y el de la Crítica.

PEDRO SORELA nació en Bogotá en 1951. Ha trabajado con grupos de teatro independiente y en la actualidad es profesor en la Facultad de Ciencias de la Comunicación en la Universidad Complutense. Es colaborador habitual de *El País*. Ha publicado un ensayo sobre *El otro García Már-*

quez; los años difíciles (Mondadori, Barcelona, 1981), un libro de relatos, *Ladrón de árboles* (Ediciones Corunda, México, 1993; edición española en Ediciones del Bronce, Barcelona, 1998), varias novelas en la editorial Alfaguara, *Aire de Gádor* (1989), *Huellas del actor en peligro* (1991), *Fin del viento* (1994), *Viajes de Niebla* (1997), y un volumen con sus artículos publicados en *El País, 57 pasos por la acera de Sombra* (Prames, Zaragoza, 1998).

MANUEL TALENS nació en Granada en 1948. Ha publicado dos novelas, *La parábola de Carmen la Reina* (Versal, Madrid, 1992) e *Hijas de Eva* (1997), y un libro de cuentos, *Venganzas* (1994), ambos en Tusquets. Ha traducido numerosos textos semióticos, cinematográficos y narrativos y es colaborador habitual de la edición valenciana de *El País*.

ELOY TIZÓN nació en Madrid en 1964. Es autor de un libro de poemas (*La página amenazada*, Arnao, Madrid, 1984) y otro de relatos (*Velocidad de los jardines*, Anagrama, Barcelona, 1992). Con su única novela (*Seda salvaje*, Anagrama, 1995) quedó finalista del Premio Herralde.

PEDRO UGARTE nació en Bilbao en 1963. Es abogado y economista y autor de dos poemarios, *Incendios y amenazas* (Sociedad El Sitio, Bilbao, 1989), con el que consiguió el Premio Nervión, y *El falso fugitivo* (Pérgola, Bilbao, 1991), y de tres libros de relatos, *Los traficantes de palabras* (Mursia, Barcelona, 1990), *Manual para extranjeros* (Margen Cultural, Bilbao, 1993) y *La isla de Komodo* (Bassarai, Vitoria, 1996). En 1992 publicó *Noticia de tierras improbables*, una rara compilación de apuntes narrativos. Su primera novela, *Los cuerpos de las nadadoras* (Anagrama, Barcelona, 1996), fue finalista del Premio Herralde y Premio Euskadi de Literatura y Papeles de Zabalanda.

IGNACIO VIDAL-FOLCH nació en Barcelona en 1956. Ha sido colaborador habitual de *La Vanguardia* y ahora lo es de *El País*. Ha publicado dos libros de relatos, *El arte no paga* (1988) y *Amigos que no he vuelto a ver* (1997), y dos novelas, *No se lo digas a nadie* (1987) y *La libertad* (1996), todos ellos en la editorial Anagrama. En colaboración con Ramón de España ha editado *El canon de los cómics* (Glenat, Barcelona, 1996).

ROGER WOLFE nació en Westerham, Kent (Inglaterra) en 1962, pero vive en España desde los cuatro años. Ha publicado varios libros de poemas, *Diecisiete poemas* (A. Caffarena, Málaga, 1986), *Días perdidos en los transportes públicos* (1992), con el que ganó el Premio Anthropos, *Hablando de pintura con un ciego* (Renacimiento, Sevilla, 1993), *Arde Babilonia* (Visor, Madrid, 1994) y *Mensajes en botellas rotas* (Renacimiento, Sevilla, 1996); una novela, *El índice de Dios* (Espasa-Calpe, Madrid, 1993) dos libros de ensayo-ficción, *Todos los monos del mundo* (Renacimiento, Sevilla, 1995) y *Hay una guerra* (Huerga & Fierro, Madrid, 1997), y los libros de relatos *Quién no necesita algo en que apoyarse* (Aguaclara, Alicante, 1993) y *Mi corazón es una casa helada en el fondo del infierno* (Aguaclara, Alicante, 1996).

FUENTES

MERCEDES ABAD, «Sueldo de marido», *Felicidades conyugales*, Tusquets, Barcelona, 1989, pp. 79-95.

FERNANDO ARAMBURU, «Todos somos poliedros», *No ser no duele*, Tusquets, Barcelona, 1997, pp. 165-175.

JUAN BONILLA, «Las alegres comadrejas del Windsurf», *El que apaga la luz*, Pre-Textos, Valencia, 1994, pp. 21-33.

GONZALO CALCEDO, «Habitaciones, Zimmer, Chambres, Rooms», *Esperando al enemigo*, Tusquets, Barcelona, 1996, pp. 111-121.

JAVIER CERCAS, «Volver a casa» (inédito).

LUIS GARCÍA JAMBRINA, «La mujer impenetrable», *Oposiciones a la Morgue y otros ajustes de cuentas*, Valdemar, Madrid, 1995, pp. 77-86.

MARCOS GIRALT TORRENTE, «Entiéndame», *Entiéndame*, Anagrama, Barcelona, 1995, pp. 11-23.

MARIANO GISTAÍN, «El último top-less», *El polvo del siglo*, Xordica, Zaragoza, 1996, pp. 30-34.

J. A. GONZÁLEZ SAINZ, «La cajera», *Los encuentros*, Anagrama, Barcelona, 1989, pp. 36-56. (Reproducción revisada.)

JOSAN HATERO, «El sindicato de poetas hambrientos ataca de

nuevo», *Biografía de la huida*, Debate, Madrid, 1996, pp. 11-30.

LUIS MAGRINYÀ, «Peces pintados», *Belinda y el monstruo*, Debate, Madrid, 1995, pp. 201-246.

JOSÉ OVEJERO, «Vida de Aurelio M., filósofo», *Cuentos para salvarnos todos*, Destino, Barcelona, 1996, pp. 157-174.

JUAN MANUEL DE PRADA, «El silencio del patinador», *El silencio del patinador*, Valdemar, Madrid, 1995, pp. 113-130.

ISABEL DEL RÍO, «Nadie», *La duda*, Tusquets, Barcelona, 1995, pp. 81-90.

ANTONIO SOLER, «Cienfuegos», *Extranjeros en la noche*, Edhasa, Barcelona, 1992, pp. 223-256.

PEDRO SORELA, «Secuestrador(a) que se extravió», *Ladrón de árboles*, Ediciones Corunda, México, 1993, pp. 7-15.

MANUEL TALENS, «Ucronía», *Venganzas*, Tusquets, Barcelona, 1994, pp. 25-34.

ELOY TIZÓN, «Los viajes de Anatalia», *Velocidad de los jardines*, Anagrama, Barcelona, 1992, pp. 14-29.

PEDRO UGARTE, «Una memoria frágil», *Manual para extranjeros*, Margen Cultural, Bilbao, 1993, pp. 66-74.

IGNACIO VIDAL-FOLCH, «Ilíada», *El arte no paga*, Anagrama, Barcelona, 1988, pp. 9-20.

ROGER WOLFE, «Quién tiene derecho a ponerse paranoico», *Mi corazón es una casa helada en el fondo del infierno*, Aguaclara, Alicante, 1996, pp. 79-85.

ÍNDICE